文春文庫

帰還

堂場瞬一

文藝春秋

目次

帰還

第１章　友を送る

　新幹線の自由席に乗るのは久しぶりだ。品川《しながわ》駅から、指定された車両に乗りこんだ松《まつ》浦恭司《うらきょうじ》は、座れるだろうかと心配になった。東海道新幹線のぞみは、自由席車両が少なく、席の奪い合いになることも少なくない。だいたい、今回同行する高本歩美《たかもとあゆみ》も本郷太《ほんごうた》郎《ろう》もケチ臭《くさ》いではないか。指定席を取っても、ちょっと高くなるだけなのに。会社の金を使う出張だったら、絶対に指定席を取るはずだ。

　ほぼ満席の自由席車両に入って、二人が並んで腰かけているのを見つけた。三人がけの席の、通路側の一つだけが空いている。松浦はほっとしてそこに落ち着き、バッグを膝《ひざ》に載《の》せた。一泊の予定なので、荷物はそれほど大きくない。

「こっちに座るか？」真ん中の席に落ち着いていた歩美に声をかける。女性は通路側に座りたがるものだ。

「大丈夫よ。名古屋《なごや》まで一時間半だし」

「マツ、お前、何で東京駅から乗らなかったんだ？」窓際に座る本郷が、身を乗り出すようにして声をかけてきた。

「近くで取材だったんだ」

「何の？」

「二ヶ月前に起きた殺し……犯人が容疑否認のまま起訴されたんだけど、ちょっと様子がおかしいんだ」松浦は声を潜《ひそ》めて言った。

「おかしいって、何が？」

「どうも、初動捜査の段階で大きなミスがあったらしい。無実の人間を逮捕したとは言わないけど、裁判で揉《も》めそうなんだよ。それで、弁護士に見通しを聞いてきた」

「編集委員はお忙しいことだな」

「貧乏暇《びんぼうひま》なしでね」

「こっちは暇で死にそうだ」

だから太るんだろうが、と言いかけて、松浦は皮肉を吞《の》みこんだ。東日《とうにち》新聞の関連会社である「東日文化財団」に勤務する本郷が、忙しいわけがない。それにしても、本当に太った……三十年前、入社した時は中肉中背の体格だったのに、今は横に二倍ぐらいに広がった感じがする。グリーン車のシートでもきついぐらいではないだろうか。

一方の歩美は、三十年前とほとんど体型が変わっていない。かなり節制しているのか、金をかけているのか、五十歳をとうに過ぎたのに、未だに若さのかけらが残っている。そのまま、年齢のことについては話題にしない方がいいだろう。自分だって、最近は鏡を覗《のぞ》く度に、新しい白髪を発見するのだから。

「でも、参ったわね」歩美が溜息《ためいき》をつく。

「ああ」松浦は呆《ほう》けた声で応じた。未だに実感がない。まさか、藤岡裕己《ふじおかひろみ》が死ぬとは。

「お前、詳しい事情は知ってるか？」本郷が訊《たず》ねる。

「いや、確かめてる暇もなかった」

「あんなに水を怖がってた奴《やつ》が、どうして溺《おぼ》れて死ぬかね」本郷が眉《まゆ》をひそめる。

「写真の撮影中だって聞いたけど、詳しい状況はよく分からない」

松浦が言うと、歩美がタブレット端末を取り出し、現場付近の地図を示した。四日市《よっかいち》市の臨海工業地帯で、川、そして運河が入り組んでいる場所だ。地図を見ても、四日市の地理に詳しくない松浦は、現場のイメージを思い浮かべられない。三十年前、一緒に津《つ》支局に赴任《ふにん》した同期の四人の中で、あの街を詳しく知っているのは、途中から四日市支局勤務になった藤岡だけである。

「あいつ、三重《みえ》県版で写真の連載をやってたんだよ」

松浦は、膝に抱えたバッグから、プリントアウトした新聞記事を取り出した。地方版の記事は、本社ではリアルタイムで読めないが、後からデータベースで確認できる。二人に記事のプリントアウトを見せた。

「藤岡らしい連載だな」記事を見た本郷が、ぽつりとつぶやく。「写真は、昔からあいつが一番上手《うま》かった」

支局に配属された新人記者は、記事も書けば写真も撮る。松浦はとにかく写真が苦手だった。当時は、撮影したフィルムは自分で現像して印画紙に焼きつけていたのだが、出来上がる度に、「こんなはずじゃなかった」と唇《くちびる》を嚙《か》んだものだ。今はデジカメだから、撮ったその場で出来を確認できるし、撮り直しも簡単だ。考えてみるとすごいことだよな、と思う。松浦たちが入社した頃には、まだ原稿の完全デジタル化も済んでいなかった。手書きとワープロ原稿が混在していた感じだろうか……それがほどなく、原稿はワープロで書いて送信するようになり、二十一世紀になる直前には、記者一人に一台、ノートパソコンが支給された。肩凝《かたこ》りがひどくなったのはあの頃だったと思う。昔は記者の荷物といえばメモ帳とペンぐらいで、あとはカメラを肩からぶら下げていただけなのに、今ではノートパソコンにタブレット端末、デジカメやICレコーダーなどの電子機器でバッグは膨《ふく》れ上がり、持って歩いているだけで、トレーニングしているような気分になる。

もっとも、松浦が写真で泣かされたのは支局時代だけである。本社では写真部員が撮影するので、自分で撮った写真が紙面に載ることはなくなった。それでも「万が一」あるいは「資料用に」撮影するため、今でもカメラは必ず持ち歩いている。

藤岡の連載のタイトルは「ナイト・ファクトリー」だった。四日市では最近、工場の夜景を撮る人が増えているという。藤岡はそのブームに乗って、写真をメーンにした連載を始めたようだ。さすがに腕《うで》は確か……週一回、カラーで掲載された写真は、紙面を賑《にぎ》わせただろう。まあ、五十歳を過ぎたベテラン記者の仕事に相応《ふさわ》しいと言えるかもしれない。瞬発力や体力ではなく、これまで積み上げてきた経験でやれる仕事だ。

「この辺の写真は、水路越しに撮ってるよな」本郷が、記事を指先で叩《たた》いた。「あいつ、だいぶ無理したんじゃないか？」

「そうかもしれない」松浦は応じた。

「水が苦手なんだから、近づかなければよかったのにな」と本郷。

「仕事だと、そうもいかないだろう」

「一回死にかけてるのにね」歩美がぽつりと言った。

そう、藤岡は新人時代、確かに死にかけた。

あの時——甲子園も終わって夏が過ぎ去ろうとしていた八月末、紀伊《きい》半島に台風が上陸し、何ヶ所かで堤防が決壊して、平地が水害に襲われた。取材に出ていた藤岡は、まさに堤防が決壊する現場に居合わせ、乗っていた車共々《ともども》流されたのだ。レスキュー部隊も出動する騒ぎになったが、幸い、車は少しだけ高台に押し流され、事なきを得た。その後藤岡は、死にそうな顔をして、「実は泳げないんだ」と歩美に打ち明けたそうである。そうそう……あの時、藤岡につき添って病院まで行ったのは歩美だった。

「記者になって半年ぐらいだったかな」歩美が自分に訊ねるようにつぶやく。

「半年も経《た》ってなかった」本郷が答える。「まだ試用期間中だったたから」

「そうか……事件事故の現場は結構見てきたつもりだけど、あれが一番応《こた》えたわ」

「分かるけど、藤岡はほぼ無傷で助かったじゃないか」松浦は指摘した。

「でも藤岡君、病院で泣いてたのよ。大の大人に目の前で泣かれて……ショックだった」

「そんなこと、あったのか？」初耳だった。

「誰にも言わないように頼まれてたから。恐怖だけじゃなくて、記者としての責任も感じてたんでしょうね。取材する側の人間が災害に巻きこまれて人に迷惑をかけたら――そんな気持ちが溢《あふ》れて泣いちゃったんじゃないかな」

「まあ、記者が死んで記事になったら、洒落《しゃれ》にならないからな」本郷が皮肉めかして言った。「今回、記事になったのはしょうがないけど」

「台風の時は、表沙汰《おもてざた》にならなかったんだよな」松浦は声を潜めて言った。

「支局長が県警と消防にかけ合って、公表しないことになったんだ」本郷が説明した。

「ああ、そうか……お前は、あの台風の取材には入ってなかったんだよな」

そうだった、と不意に思い出す。台風の被害が本格的になる直前、松浦は津市内で発生した殺人事件の取材にかかりきりになっていて、台風取材を拒絶したのだ。今になってみれば、どうしてそんな偉そうなことをしたのか分からない。あれぐらい大きな台風になると、支局は総力取材になるのが普通だ。記事の扱いも、殺人事件よりも台風の方がはるかに大きかった。殺しに関して「これは自分の事件だ」と考えて意地になっていたことだけは覚えているが……そういうことが、よく許されたと思う。

「しかし、四日市支局も呪《のろ》われてるよな」本郷がつぶやくように言った。「昔、先輩が自殺して……」

松浦は口の前で人差し指を立てた。二十五年も前——もう「時効」と言っていい話だが、大声で喋《しゃべ》っていいことでもない。

自殺したのは、松浦たちも散々《さんざん》世話になった、一年先輩の園田《そのだ》という記者だった。自殺した、という一報が入ってきたのは年明けで、支局内にはすぐに箝口令《かんこうれい》が敷かれた。そして記事になることもなかった——「親支局」である当時の津支局長が、県警と県内のマスコミ各社に頭を下げ、記事にしないように頼んだらしい。動機ははっきりしなかったが、あくまで個人的な問題ということになり、各社とも納得したようだった。しかし松浦は、当時だいぶモヤモヤしていたのを覚えている。園田は穏《おだ》やかで面倒見のいい男だったのだ。地方採用記者だったので本社に上がる予定はなかったが、地方回りの生活にストレスを感じていた様子もなかった。

「呪われてるっていうのはちょっと違うでしょう」歩美が釘《くぎ》を刺す。「二十五年も前の話なんだから、今回のこととは何も関係ないわよ」

「そりゃあそうだけど、何となくね」本郷はどこか不満そうだった。

新横浜《しんよこはま》駅を発車すると、次がもう名古屋だ。

「近いわね」歩美がぽつりと漏《も》らす。「昔は、もっと遠い感じがしなかった？」

「そうそう。津なんて、地球の反対側みたいに感じてた」本郷が同調する。

「何言ってるんだよ。二人とも関西じゃないか」松浦は思わず反論した。

歩美は神戸《こうべ》、本郷は大阪《おおさか》の出身である。距離的には東京よりもよほど近い……東京出身の松浦にとって、三重県などまったく縁もゆかりもない場所で、赴任が決まった時に動揺したのを今でも覚えている。会社の近くの書店で、慌《あわ》てて地図を買いこんだことも。あの地図は支局時代にずっと愛用することになった。

「大阪から見ても、津なんてはるか彼方《かなた》だぜ」本郷が反論した。「行く用事もない場所だったし」

「実際は、東京から三時間しかかからない……でもあの頃は、まだ『のぞみ』もなかったんだよな」松浦は往時を思い出した。

「何だか、大昔の話みたいね」歩美が溜息を漏らす。

「三十年前なんだから、間違いなく大昔だよ」

認めてから、松浦は驚いた。記者になって三十年……最近、歳月の重みを両肩に感じることがある。たぶん、家族の存在が大きい。一人娘の佐奈《さな》がもう大学生で、来年は就職活動なのだ。本人はマスコミ志望を明言しているのだが……何も斜陽産業に飛びこまなくてもいいのに。自分たちは、年齢的に「逃げ切って」定年退職を迎えられそうだが、佐奈の年代の若者たちは、マスコミ業界に進んでも、生活の不安を抱えたまま過ごしていくことになるのではないか。

車内販売が回ってきて、三人は揃《そろ》ってコーヒーを買った。松浦と歩美はブラックだが、本郷は砂糖とミルクを加える。そういえば彼は、昔から甘いものが好きだった。体重が増え続けるのも当然だろう。

「藤岡君、相変わらず缶コーヒーばかり飲んでたのかな」歩美が誰にともなく問うようにつぶやく。

「どうだろう」松浦はぼんやりと言ってコーヒーを一口飲んだ。支局時代の藤岡は、一日三本は缶コーヒーを飲んでいた。社会部時代はどうだったか……支局から同時に本社に上がって、一緒に社会部に配属されたとはいえ、揃って仕事をすることはほとんどなかったから、彼の嗜好《しこう》の変化までは分からない。彼だけではなく、他の同期も……松浦たちの同期は、東京本社採用の記者だけで六十人以上いた。研修期間が終わって支局に配属されてからは、一度も会っていない人間もいる。

トンネルに入る度に会話が途切れ、話はどうにも盛り上がらない。同期の葬儀へ赴《おもむ》く車中だから当たり前と言えば当たり前だが、かといってノートパソコンを広げて仕事をする気にもなれなかった。事件・司法担当の編集委員である松浦は、常に取材と原稿を抱えていて、社会部の下《した》っ端《ぱ》記者時代よりも忙しいぐらいなのだが、さすがにこの二日間——明日の葬儀が終わるまでは、ノートパソコンを開かないことに決めていた。松浦なりの追悼《ついとう》である。

することもなく目を瞑《つぶ》っていると、隣で話す二人の声が耳に入ってくる。

「最近、どうだい」と本郷。

「きついわよ。上の締めつけが厳《きび》しくて」歩美は渋い声だった。

「部長なのに締めつけられるのか?」

「部長なんて、ただの中間管理職じゃない」歩美がうんざりした口調で言った。「緊縮緊縮で、予算は減る一方だし」

「だけど、どうよ? 局長から役員になるためのステップだとしたら、今の立場も我慢《がまん》できるんじゃないか?」

「ストレスで潰《つぶ》れなければね」

「お前が潰れるとは思えないけどな。一番タフだったたし」

「何言ってるの。女性は大変だったのよ。三十年前は、男女雇用機会均等法が施行《しこう》されたばかりで、会社の方針も定まってなかったし。女性の使い方は手探りだった」

確かに、三十年前は大きな転換期だった。全支局に女性記者が配置されたのが、松浦たちの入社時である。それ以前は、女性記者は極めて珍しい存在だった。要するに、新聞社は極端な男性社会だったのである。

それにしても、自分たちの世代の女性は様々だと思う。歩美のように独身を貫いたまま働き続ける人、共働きで家庭人と仕事人の二つの顔を持つ人、完全に家庭に入って専業主婦になる人――松浦の家の場合、妻は結婚して子どもができるまではフルに働いていたが、娘を出産したタイミングで会社を辞めて家庭に入った。ただし今でも、「辞めたのはもったいなかった」とぼやくことがある。

二人の会話は続く。

「次の異動が、一つのターニングポイントじゃないか」と本郷。

「たぶんね」

「そこで局次長になっていれば……役職定年前に局次長から筆頭局次長になるのが、局長、役員への道だからな。だけどお前は、有利だと思うよ」

「どうして」歩美の口調は少し不機嫌だった。

「今、全社的に女性登用の波がきてるじゃないか」

「そんなの、どうなるか分からないじゃない。だいたい東日にはまだ、女性役員は一人もいないんだし」

「だからお前が、東日初の女性役員を目指したらいいじゃないか」

「どうかな。そんなことがしたかったのかどうか、分からない。あなたはどうなのよ」

「俺はもう、降りた――降ろされた人間だからねえ」

本郷が自虐《じぎゃく》的な台詞《せりふ》を吐《は》く気持ちは理解できる。支局時代、一番出世しそうなのは本郷だ、と松浦は思っていた。記者としての能力も高く、身の処《しょ》し方も上手い。先輩にも可愛《かわい》がられ、いつの間にか周囲に人が集まるような人望もあった。本人も「どうせなら上にいかないと」と常々語っていたが、それがまったく嫌味に聞こえなかった。

ただし、その夢は五年ほど前に挫折してしまった。政治部長から編集局長へというルートを辿《たど》ってもおかしくなかったのに、何故《なぜ》か政治部から事業局へ異動になったのだ。その後は現在の財団へ――これから編集局に戻る可能性はほぼゼロだろう。何があったのか聞いてみたい気持ちはあったが、口にはしなかった。本郷のようなタイプなら、よほどのことがない限り出世ルートから外れるわけがないから、トラブルがあったに違いないのだが……まあ、今さら昔の事情を知っても仕方がないだろう。

「結局、マツが一番長く記者をやってるわけよね」歩美が突然松浦のことを話題にした。

「いやいや、藤岡も記者じゃないか」本郷が反論した。

「彼はブランクがあったから……ねえ、何か変だと思わなかった？　編集局から総務局に出て、その後でまた編集局——記者職に戻るなんて、相当珍しいでしょう」

「珍しいけど、あいつ、基本的に会社の言いなりだったからな」

本郷の言い方は皮肉っぽかったが、事実だ。藤岡には「どうしてあいつがあそこに」と首を傾《かし》げざるを得ない異動や担当替えが何度もあった。極めつきは、社会部から総務局への異動である。十五年前——四十歳になる二年ほど前に、記者の仕事とはまったく関係ない、関連会社を担当するセクションへ回されたのだ。意に添わぬ異動や担当替えについては、誰でも多少はごねるものだが、藤岡は何も言わなかった。上から見たら「使いやすい」男だったのだろう、その後も総務局内で転々……だからこそ、本人の希望で四日市支局への赴任が決まったと聞いた時には、松浦も驚いた。思わず、久しぶりに電話をかけて「どういうことだ」と確認してしまったほどだ。藤岡は「まあ、いろいろ考えて」と言うだけだった……松浦としては、その「いろいろ」の部分が知りたかったのだが、答えは引き出せなかった。ただその話をした時、本来は人当たりのいい藤岡が、なぜか妙に頑《かたく》なになったのをよく覚えている。

どうして五十歳を過ぎて――。

取材から長く離れていた人が現場に復帰することは、ごく稀《まれ》にはある。長引く不況による採用抑制策で、現在、どこの支局も慢性的に人手不足だから、ベテランが「支局で記者をやる」と手を挙げたらむしろ歓迎される。実際、六十歳で定年になった後、地方支局で五年ほど「おまけのお勤め」をする記者も増えてきている。

藤岡も、会社員人生があと十年と考え、「最後に一花」と思い切って現場復帰する気になったのかもしれない。

それにしても何故、四日市支局だったのだろう。

四日市市は、三重県の県庁所在地である津市よりも人口が多く、大経済圏である名古屋にも近い。それ故《ゆえ》、松浦たちが新人だった頃、津支局に記者が十二人いたのに対し、四日市支局にも五人が配属されていた。県庁所在地に置かれる以外の支局は「サテライト」と呼ばれていたのだが、四日市支局は、その中でも「格上」だった。しかしその後は人員削減が続き、現在では支局長、それに支局員が一人だけの「二人支局」になっている。職場と住居が一緒で一人勤務の通信局よりは余裕があるが、それでも親支局よりははるかに忙しいはずだ。

考えてみると、自分たちが若い頃にはまだまだ余裕があった。バブル期の前後には新人の採用も多く、支局では若い記者がだぶついていたと思う。その結果、本社に上がるための「修行」の年数が長くなっていた……それなりの規模の市には必ず通信局があり、支局での泊まり勤務も平均で月一回か二回程度と楽だった。ところがこの三十年で記者の数は徐々に減らされ、通信局も何ヶ所も閉鎖されている。数年前には、一部の小規模な支局では、泊まり勤務をやめてしまったそうだ。支局にかかってくる電話やファクスは当番記者の自宅に転送されるので、事件や事故の発表を逃《のが》すことはないのだが……何だか侘《わび》しい感じがしないでもない。「今の若い奴は」と愚痴《ぐち》を零《こぼ》すのは歳《とし》を取った証拠だが、最近の若い記者は、だいたい目が死んでいる。いかに効率化が進んでも、記者の人数が減っているのは間違いなく、負担は大きくなる一方なのだ。それ故、本社に上がる前、支局時代に燃え尽きてしまう記者も少なくないという。松浦の世代が彼らくらいの年齢の頃は、誰もが一日でも早く本社に上がろうと、必死になっていたのに。

時代は変わるということか……今日は、葬儀の手伝いに来ているはずの、津支局の若い記者と会話を交わすこともあるだろう。若い記者と話すのは嫌いではないのだが、今日に限っては、何だか気が進まなかった。

「何で四日市だったんだろうな」松浦はゆっくりと目を開けて言った。

「何だよ、マツ、起きてたのか」本郷が言った。

「寝てないよ。俺、新幹線だと眠れないんだ」

「そんなに神経質だった？」歩美がからかうように言った。

「歳を取って、睡眠《すいみん》時間が短くなったのかもしれない」

「やめてよ。そんな歳じゃないでしょう」歩美は本気で怒っているようだった。同い年だから、こちらが「歳を取った」と言えば、自分のことも指摘されていると思うのだろう。

「もうちょっと、あいつとちゃんと話しておけばよかったよ」松浦は後悔を吐露《とろ》した。

「四日市に行ってからは話したの？」

「軽く電話でね。でもあいつ、理由はちゃんと言わなかった」

「天下の東日の編集委員のくせに、取材能力はイマイチだねえ」本郷がまぜかえす。

「新聞記者は、取材相手としては最悪なんだよ。本音を言わないどころか、平気で嘘《うそ》をつく」

「そこまでひどくないだろう」本郷が首を捻《ひね》る。

「日本新報《にほんしんぽう》の身売り問題、あっただろう？　あの時なんか、特にひどかった」新聞社の身売りは同業他社にとっても大きな問題だったので、自分の専門でない松浦も手を挙げて取材チームに加わっていた。

「あれ、本当に身売りの計画があったかどうかさえ、はっきりしなかったじゃないか」

本郷が指摘する。

「だからそれは、俺たちの取材不足だったんだけど……あの時、新聞記者には取材するもんじゃないってはっきり意識したね」

「四日市は……たぶん、藤岡君の奥さんの地元だからじゃないかしら」

歩美の唐突な一言で、松浦と本郷は黙りこんだ。確かに四日市は、藤岡の妻、葉子《ようこ》の出身地でもある。松浦は葉子とは長い間会っていないので、結婚したばかりの可憐《かれん》な印象ばかりが頭に強く焼きついていた。何しろ、地元の大学を卒業すると同時に藤岡と結婚したのだ。当時まだ二十二歳、大学生どころか高校生と言っても通じそうなぐらいだった。

葉子と会うのは実に久しぶりで、考えてみると、本社へ上がる直前に二度ほど——二人が結婚した後だ——三人で食事をして以来だ。二人の間には子どもがいない。二十五年も一緒に暮らしてきた相手を事故で突然亡くすのは、どんな気分だろう。葉子の「取り残された」感覚を想像すると、ぞっとした。

「葬祭場、場所はどこだっけ」話題を変えようと、松浦は訊ねた。

「ええとね」歩美がまたタブレット端末をいじる。「中央通りが終わる辺《あた》りだから……名古屋からは、JRじゃなくて近鉄《きんてつ》で行った方が近いわね」

「中央通りって、どの辺りだ?」名前からして、街の中心部にあることは想像できたが……。

「マツって、四日市は詳しくないんだっけ?」歩美が端末から顔を上げる。

「ほとんど行ったことがないな」

津支局で警察《サツ》回りを二年、遊軍《きせい》を一年やった後、松浦は熊野《くまの》通信局へ異動した。三重県の南の端であり、当時はまだ紀勢自動車道も開通していなかったので、四日市ははるか遠くだった。

「ＪＲの駅から近鉄の駅の脇を通って西の方まで……途中で切れてるみたいだけどね。とにかく、行けば分かるわよ。昔と違って、今はスマホで地図も見られるし」

「地図は苦手なんだよな」

「地図を見るのが苦手で、よく記者をやってこられたわね」呆《あき》れたように歩美が言った。

ふと、支局時代の取材を思い出す。基本的に、自分で車を運転していたので、県内の道路地図、それに普段よく取材で歩く街の住宅地図は、助手席に置きっ放しだった。住宅地図など、何百回も書きこみして赤ペンの跡《あと》だらけ、ページもくしゃくしゃになっていた。

「ホテルに荷物を置いてから行かない？」歩美が提案する。

「そうだな」

「今夜は、久しぶりに酒盛りでもするか？」本郷が提案した。「昔はよくやったよな。新人の頃、お互いの部屋でさ」

「あれ、私は迷惑だったんだけど」歩美が不快そうに言った。

「何で？」本郷が不思議そうに聞き返す。

「女性の部屋に上がりこんで、夜中の二時三時まで呑むなんて、あり得ないでしょう。学生じゃないんだから」

「お前が一番呑んでたじゃないか」本郷が抗議する。

「それとこれとは別問題」

二人のやり取りを聞き流しながら、松浦はまた目を閉じた。寝たいわけではない。二人の会話を聞きながら、昔の想い出にひたるのもいいのではないか、と思った。藤岡の供養《くよう》にもなりそうだし。

ただ、三十年前の想い出は全て霞《かすみ》の向こうにあるようで、はっきり思い出せなかった。自分はこんな人間——過去を大事にしない人間だったかな、と何だか嫌な気分になる。

松浦は、名古屋には年に一、二回、取材に赴く。しかしそこから先、三重県へは、もう何年も行っていなかった。別に避《さ》けていたわけではなく、単に用事がなかったのだ。こんなに近かっただろうか、と改めて驚く。近鉄の特急に乗ると、名古屋から四日市までは三十分弱。東京だと、東海道線で東京から横浜辺りまで行くぐらいの感覚だ。最後尾車両が喫煙可、というのには驚かされたが、さすがに煙草《たばこ》を吸わない二人と一緒にそこに乗るわけにはいかない。昔は、少しでも時間があれば煙草を口にしないと我慢できなかったのだが、最近は少し間隔が開いても平気になった。この分だと、喫煙本数はどんどん減って、六十歳になる頃には自然に禁煙できるかもしれない。

近鉄四日市駅で降りると、妙に緊張してきて思わず背筋が伸びた。九月も末、次第に秋の気配が忍び寄ってくる季節だが、まだ日は長い。学生たちで賑わっている駅前は……大都会の雰囲気《ふんいき》だった。賑やかな通りを抜けると、すぐに予約しておいたホテルの前に出る。三人はチェックインを済ませ、一旦荷物を置きに部屋に入った。

　腕時計を見ると、午後五時。通夜は六時から……葬祭場までは、ここから歩いて五分ほどだろう。五時半にロビーに集合と決めていたので、まだ少し時間がある。松浦は上着を脱ぎ、ベッドに横たわった。不意に本格的な睡魔に襲われたので、慌てて目を開き、上体を起こす。居眠りして通夜に遅刻したら、洒落にならない。

　煙草を一本灰にする。品川駅の喫煙所で吸ったのが最後だから、二時間以上、肺はクリーンなままだったことになる。ミネラルウォーターを一口。またコーヒーが飲みたくなったが、我慢しよう。

　バッグから黒いネクタイを取り出し、洗面所の鏡を見ながら結ぶ。黒いネクタイが胸元にぶら下がっているのを見ただけで、どんよりした気分になってくる。友との永遠の別れだと思うと、気分はさらに落ちこんだ。

　同い年の人間が死ぬショック……もちろん、全ての人間が平均寿命まで生きられるわけではない。実際、事件や事故で若くして命を落とした人間を、松浦は何人も見てきた。ずっと事件記者を続けてきたから当然なのだが、そういうことが自分の身近で起きるとは考えてもいなかった。新聞記者っていうのは、意外に想像力がないからな、と自虐的に思う。

　ベッドを離れ、二本目の煙草に火を点《つ》ける。窓から外を眺めると、ちょうど近鉄の駅が目に入った。確かに大都会だ。人口約三十一万人、会社や工場も多い。これだけの街を部下と二人だけでカバーするとなると、藤岡は毎日てんてこ舞いだったのではないか、と松浦は想像した。いや、四日市市だけではなく、近隣の桑名《くわな》市、いなべ市、三重郡も管轄《かんかつ》するから、忙しさは半端《はんぱ》ではなかったはずだ。

ＪＲ四日市駅から近鉄の駅の先へと延びる中央通りは、まさに市を東西に貫くメーンストリートで、その名に恥じぬ堂々とした道路だった。特に近鉄四日市駅から西は、片側三車線、広い中央分離帯もあって、歩道も広く歩きやすい。駅の近くには、日本全国どこでも見かけるチェーン店ばかり……三十年前は、どこの駅前もこんな光景ではなかった。長年地元で営業してきた店が頑張《がんば》り、独特のローカル色を見せていたものだが、最近は日本全国どこへ行っても、駅前の景色は似たようなものだ。今でも出張が多い松浦は、時々どこの町にいるか分からなくなって混乱してしまうほどだ。

中央通りは、Ｔ字路になって終わる。そしてこの辺りが、市の中心部の最西端のようだった。高い建物がなくなり、車の流れも少なくなる。そしてＴ字路の左側に、目指す葬祭場があった。茶色いレンガ張りの、四階建ての建物。長野生まれのあいつが、どうして四日市で荼毘《だび》に付されなければならないのか。もっとも、遺体を長野まで搬送するのも大変だし、両親は数年前に相次いで亡くなっていた。とはいえ、親戚《しんせき》も友人も長野にいるはずなのに……松浦は釈然としなかった。

藤岡の通夜が行われるのは、三階の「桔梗《ききょう》」と名づけられた部屋で、受付もそちらにあるようだ。無言で、エレベーターで三階まで上がる。扉が開いた途端に、松浦は一歩引いた。受付前は長蛇《ちょうだ》の列で、会場に人が入りきれるかどうか分からないぐらいだった。

「マジかよ」本郷も唖然《あぜん》とした口調でつぶやく。

「支局長はその街の名士って言うけど……納得ね」歩美も同調した。

確かに地元の人が多いようだ。あとは東日の関係者。津支局の記者はほとんど参列するはずだし、支局を統括する本社地方部からも、部長の菅沼《すがぬま》を始め何人かが来ている。二年前まで所属していた総務局の連中も来ているのかもしれない。この参列者の数を見たら、藤岡はどう思うだろう……。

ようやく受付を終え、部屋に入る。かなり広いのに、最後列を残して椅子《いす》は既に埋まっていた。

席に座り、祭壇の藤岡の写真を見た途端、松浦は驚いた。あの写真は——社員証の写真ではないか。正面を向いて、ごく真面目な表情で写っている。自分の社員証の写真も似たようなものだが、いくら何でも、もう少しいい写真はなかったのか。記者は写真を撮るのが仕事で、自分が撮られる機会はあまりないとはいえ、藤岡はこの支局に二年もいたのだ。懇親会の席で写真ぐらいは撮っていたのではないか？

横に座る歩美をちらりと見る。泣いている——昔から上昇志向が強く、支局時代はやたらと突っ張っていた彼女の泣き顔を見るのは初めてだった。松浦はどうしてよいか分からず動転した。

反対側の隣に、地方部長の菅沼が滑《すべ》りこんだ。松浦の一年先輩。職場で一緒になったことはないが、顔見知りではあった。軽く黙礼してから、正面の祭壇に意識を集中させる。

時間通りに通夜が始まり、松浦たちは手順に法《のっと》って藤岡を弔《とむら》った。最近の常で、通夜はごく短時間で終わってしまう。その後、松浦は、遺影の藤岡の顔をもう一度じっくりと見た。相変わらず老《ふ》けて見えるな、というのが正直な感想だった。五十三歳にしては皺《しわ》が多い感じがする——この写真が撮られたのは数年前だったはずだが。

親しい人が亡くなった時、「現実味がない」と零す人は多い。松浦も、親を亡くした子ども、子どもを亡くした親、夫を亡くした妻——様々な被害者遺族に会って、何度もそう聞いていた。その都度《つど》胸を締めつけられるような思いを味わい……しかし、本音に迫れたとは思えない。本音を話してくれないというより、彼ら自身、自分の本音が分かっていないのだと思う。それほど、親しい人が亡くなるショックは大きく、心が麻痺《まひ》してしまうのだ。

今の自分の感覚は、被害者遺族に近い。よく知った男の顔写真が祭壇にあるのだが、あれはもしかしたら、よく似た他人なのではないか。自分は、どこか間違った通夜に紛《まぎ》れこんでしまったのかもしれない……。

遺影に手を合わせ、踵《きびす》を返した瞬間に、まだ涙を浮かべている歩美と目が合う。松浦は素早くうなずき、会場の後方に向かって歩き出した。結局歩美も、後をついて来る。松浦はすぐに松浦は「あれ?」と言う声を聞いた。横にいた本郷が立ち止まり、まだ会場内に残っている参列者の一団に視線を向けていた。

「何であの人がいるんだ？」本郷が小声でつぶやく。

「誰だ？」大声は出せないので、松浦は本郷に一歩近づいて訊ねた。

「猪熊一郎《いのくまいちろう》じゃないかな」本郷の声には自信が感じられなかった。

「猪熊？」一瞬、ピンとこなかった。「猪熊って誰だよ」松浦は焦《じ》れて訊ねた。

「覚えてないか？　俺たちが支局にいた頃、一度だけ無所属で衆院選に出て当選した。保守王国の三重で完全無所属の当選は珍しいから、結構話題になったんだぜ」

「そうだったかな」

「おいおい、お前、もうボケたのか？」本郷がからかうように言った。

「俺の担当選挙区はこっちじゃなかったし」むっとして、松浦は言い返した。

「猪熊は当時の一区――四日市が地盤だった。ただ、一期で辞めたんじゃないかな」

「落選したんじゃなくて、辞めた？」

「そうそう、思い出した」本郷がうなずく。「俺が政治部に行ってからの選挙には出馬しなかったんだ。三重県の情勢は注意して見てたんだけど、一期だけで後は引退するっていう話になって、何か変だと思ったんだよ」

「確かに変だな」

政治家は、「落選すればただの人」とよく言われる。それは事実で、議会に議席を確保できてこそ、様々なことができるのだ。それ故、年齢や病気の問題、極端な不祥事がない限り、自ら立候補を諦めるような政治家はいない。

「そういう人が、何で藤岡君《あきら》の通夜に来てるのかしら」歩美が首を傾げる。「藤岡君の取材相手？」

「かもしれないな。四日市に二年もいれば、市内のほとんどの人——少なくとも有力者とは顔見知りになるんじゃないか」松浦は応じた。

「だけど、猪熊が有力者っていうのはどうかな」本郷が首を傾げる。「今でも公的な立場にある人かどうかも分からない。もしかしたら藤岡は、二十五年前から知り合いかもしれないけどな」

「それからずっと連絡を取り合っていたとか？」松浦は話を続けた。それもあり得る。松浦も、社会部で警視庁担当をしていた頃に知り合った刑事と、今でもたまに会って酒を酌《く》み交《か》わす。向こうはもうとっくに六十歳になっているのだが、定年延長で捜査一課の庶務を担当していて、会う度に「あんたにやるネタはないよ」と無意味に牽制《けんせい》してくる。一種のじゃれ合いのようなものだが……彼は既に、捜査の秘密を知る立場にはないし、松浦も個別の事件に最初から首をつっこむようなことはしない。編集委員として求められるのは、事件の筋書きを追うことではなく、その背景に何があるかを描き出すことなのだ。

「まあ、いろいろあるんだろう」本郷が話を畳みにかかった。

「しかしお前も、よく分かったな。二十五年前って、かなり昔だぞ。顔もだいぶ変わってるだろう」

「結構特徴的な顔なんでね。あの鷲鼻《わしばな》は、全然変わってなかった」

言われて確認しようと思ったが、猪熊は既に姿を消していた。奇妙な感覚だけが残った。

知り合いは他にもいた。今度は、松浦が声をかけられる。

「もしかしたら、松浦さんじゃないですか？」

気さくな口調。その声に聞き覚えは……あるような、ないような。しかし顔を見た瞬間、記憶が三十年前に飛んだ。一瞬で名前も出てくる。

「ハギさん？」呼びかける声が裏返ってしまう。

萩尾《はぎお》隆次《りゆうじ》。しっかり歳は取っていた。髪は半分ほど白くなり、体にはたっぷり肉がついている。しかし、警察官にしては愛想がいい表情は昔のままだった。やや目が細くなった感じがするが、それは顔がたるんできたからかもしれない。

「マツさん……いやいや、こんなところで」萩尾がさっと頭を下げた。

「ハギさんこそ。今、こっちにいるんですか」

萩尾がうなずき、松浦の肩に手をかけた。そのまま、会場の外まで押すようにして連れ出す。遺体が安置されている場所で、旧交を温める気になれないのだろう。外へ出ると、参列者の波に揉まれながら、何とか名刺を交換する。萩尾の名刺には「四日市中央署　副署長」の肩書きがあった。

「ハギさんが副署長？」松浦は思わず名刺と彼の顔を交互に見た。三重県警のA級署の副署長となると、階級は警視のはずだ。「ご出世ですね」

「そうでもないよ」萩尾がさらりと言った。「後輩にもずいぶん追い越された」

「警察官の世界は厳しいですよね」

「松浦さんは大出世じゃないの。編集委員って、かなり偉いんでしょう？」

「いや、単なる一兵卒ですよ。あくまで取材記者です」

萩尾が笑《え》みを浮かべる。この笑みは昔と全然変わっていないな、と松浦は驚いた。三十年の歳月が一気に消散する。

萩尾は、当時の三重県警では珍しい大学出の警察官だった。松浦より三歳年上。松浦が記者一年目で警察回りをしていた時に、津中央署の交通課にいたので、必然的に知り合いになった。刑事課や防犯課――今は生活安全課だ――の刑事はとっつきにくく、とても署内で気軽に話ができる感じではなかったが、交通課はまた違う世界である。交通事件の捜査ではそれほど隠すようなことはないし、松浦は積極的に現場に足を運んでいたので、顔を合わせる機会も多かった。自然に言葉を交わすようになり、そのうち一緒に呑むようにもなった。松浦が三重県を離れてしまってからは、交友は途絶えていたが。

「今日は、副署長として弔問《ちょうもん》ですか？」

「半公式、かな。公式だったら制服で来るよ」

「制服で通夜っていうのも、見たことがないですけどね」

「地元の支局長だから、やはり敬意を表して、ということですよ。うちの署の幹部連中も来てる」

「藤岡の事故の件を調べてくれたのも、そちらですよね」

「もちろん。ここで言う話じゃないけど」萩尾が周囲を見回して声を潜める。「事件性はないからね」

「確かに、ここで話すようなことじゃないですね」松浦はうなずき返した。関心はあるが、通夜の席で話すのは、あまりにも不謹慎だろう。

「ところで、こっちにはいつまで？」萩尾が話題を変えた。

「明日の葬儀に参列してから帰ります」

「明日ね……だったら、呑んでる暇もないか。今日は、会社の人もたくさん来てるんでしょう？」

「それはあまり関係ないですけどね。同期が三人揃ったんで……」

「そうか」萩尾がもう一枚名刺を取り出し、裏面に何か書きつけ、松浦に押しつけた。「もしも時間があったら、こっちの番号に電話して。何しろ暇なもんでね」

「暇潰しの相手に使わないで下さいよ」苦笑いしてみたものの、萩尾と呑むのは悪くないと思った。空回りばかりしていた新人時代、彼との一席はいい息抜きになったのだ。

今の自分に息抜きが必要かどうかは分からなかったが。

通夜ぶるまいの席は、何となく騒がしかった。誰もが小声で話しているものの、参列者が多いので、ざわついた空気が漂っている。葉子にきちんとお悔《く》やみを述べなければならないと松浦は考えていたが、親族——彼女の方の親族だろう——に囲まれていて、近づける雰囲気ではない。それを言い訳に、話さないで済むならそうしようとも思った。亡くなった人の遺族と話すのは、どんなに親しい間柄であってもきつい。ましてや葉子とは、もう何十年も顔を合わせていないのだ。

遠目にちらちら見る限り、葉子は二十五年前に松浦が抱いた「可憐だ」という印象のかけらを残していた。四十代後半になるのだが、とてもそうは見えない。ただ、まったく化粧していないせいで顔色は悪く、今にも倒れてしまいそうだった。

——明日もある。声をかけるのは明日にしようと決めて、松浦は本郷たちの会話に意識を集中した。菅沼を囲んだグループなので、話は必然的に、藤岡がどうして四日市に赴任したか、ということになっている。

「今、随時地方記者を募集してるの、知ってるだろう?」軽くアルコールが入ったぐらいの状態では、菅沼の口調はまったく揺るがなかった。

「地方は人手不足ですからね」本郷が如才《じょさい》なく応じた。

「その際は、本人の希望を最大限尊重して赴任先を決める。藤岡はそれに応募してきたんだが、赴任先の希望は四日市支局一択だった」

「問題はその理由なんですけどね……」松浦は話に割りこんだ。「赴任が決まった時に聞いてみたんですけど、あいつ、はっきり言わなかったんですよ。どうして四日市に来る気になったか、何か話してましたか？」

「よく知った場所だから、としか聞かなかったけどね。ほら、藤岡は奥さんがこっちの人だろう？　ずっと、年に一回は里帰りしてたそうだし、馴染《なじ》みだったんだろうな。まさに第二の故郷ってわけだ」

松浦は無言でうなずいた。支局での若手時代に地元の女性と結婚すると、新たな「地縁」が生じる。そういう同僚は何人もいた。松浦自身は、東京へ戻って来たのだが、タイミングで大学時代の同級生と結婚した。本当は支局時代にさっさと結婚したかったのだが、妻もずっと働いていて、仕事を辞める決心がつかなかったのだ――というより、彼女は東京以外の場所に住みたくなかったのだろう。熊野通信局に赴任した直後、入籍前の妻が遊びに来たことがあったのだが、紀勢本線の熊野市駅に降り立った瞬間、唖然としていた。あそこは山の中に駅がある感じなのだ。松浦の感覚では、その豊かな自然が「売り」なのだが、妻は最初から拒絶してしまい、その時点で松浦は、東京に戻らない限りは結婚できないと諦めた。

「希望はすぐに通ったんですね？」松浦は訊ねた。

「ああ。何しろ人手不足だから」

「それで二年前に四日市に……普通に仕事してたんですか？」

「何だよ、これは尋問か？」菅沼が露骨《ろこつ》に嫌そうな表情を浮かべた。

「そういう訳じゃないですけど、あいつは同期なんですよ。気になるじゃないですか……津支局長だって年下だし、やりにくいとは思わなかったんですかね」

「藤岡は、そういうことを気にする人間じゃないだろう」

菅沼の言い分に、何となくむっとした。やはり東日は、藤岡をいいように使っていたのではないか。編集局から総務局への異動もそうだった。まだデスクにもならない人間を記者職から外し、他の部署に移すような異動はあまりない。たまたま生じた欠員を埋めるために、藤岡に白羽の矢がたったのでは、と当時の松浦は疑っていたのだが、藤岡は特に嫌がる様子も見せず、淡々と机を片づけ、異動していった。

「連載をやってたんですね」

「評判よかったみたいだぞ。藤岡は、写真の腕は確かだったから、後輩たちにもいい手本だっただろう」

表面をなぞるだけのやり取りに、松浦は次第に苛《いら》ついてきた。しかし菅沼は、今夜は名古屋泊まり——ついでに名古屋総局の幹部と会うそうだ——にするらしく、松浦の怒りが膨れ上がる前に早々と席を立ってくれた。結局そのタイミングで、松浦たちも引き上げることにした。葉子には挨拶《あいさつ》しないまま……焼香の時に頭を下げたが、気づいてくれただろうか。

「軽く飯でも食ってから本格的に吞もうか」本郷が背伸びしながら言った。悲しさを嚙み締めるよりも、こういう時は、同期と馬鹿話《ばかばなし》をして、適当に酒を吞んで気持ちを解《ほぐ》すに限る……しかし、何かが引っかかった。まだ、藤岡の弔いを終えていない気分に襲われる。

「ちょっと行きたいところがあるんだけど」松浦は切り出した。

「どこ？」歩美が首を傾げる。

「現場」

「おいおい」かすかに非難するように本郷が言った。「何だよ、事件記者の血が騒いだのか？」

「そういうわけじゃないけどさ」

「いいじゃない。それとも本郷は、私と二人で吞むのは怖い？」歩美が助け舟を出してくれた。

「いやいや……」本郷が一歩引いた。歩美は相当酒が強い。自分から積極的に酒宴を主催するタイプではないが、誘われると基本的に断らない。一方本郷は、吞むのは好きだが弱いのだ。

「じゃあ、行ってきたら？」歩美が松浦に目配せする。「場所が決まったら連絡するから。私たちは、津支局の人たちと合流するかもしれないし」

「悪いな」

二人に向かってうなずきかけ、松浦は葬祭場の外で停まっていたタクシーを拾った。住所を告げると、運転手がカーナビを確認もしないで発進する。

「分かりますか？」心配になって訊ねた。

「稲葉町《いなばちょう》でしょう？　最近よく、お客さんを乗せますよ」

「ああ、夜景の撮影ですね」

「コスモ石油の製油所が正面に見える位置なんでね。いいポイントってことでしょう」

　そう言われても、四日市の地理がさっぱり分からない松浦はピンとこなかった。

　タクシーは中央通りを走り、近鉄のガード下を抜けてJR四日市駅方面へ向かう。目に見えて、街が寂《さび》れていく……途中、市役所の横を通り過ぎたが、高い建物はそこではぼ終わっていた。やがて、正面にJRの駅舎が見えてくる。暗いのでよく分からないが、かなり古い建物のようだ。駅前にはだだっ広い空間――タクシー乗り場が広がっているが、タクシーはほとんど待機しておらず、まるで再開発を待つ空き地のようだった。

　タクシーは駅前で左折し、寂れた街を北へ向かった。アーケードのある商店街に出ると右折。何となく、海の方へ向かっているのは分かる。途中で踏切を渡ると、その先は地味な住宅街……家が密集しているわけでもなかった。この街に、本当に三十万人以上の人が住んでいるのだろうか、と不思議になる。

　ほどなく「四日市港」の標識が見えてきた。小さな川に架かる橋を渡ると、古い家が建ち並ぶ一角に出る。運転手はまったく迷わずに細い路地を走り、ほどなく堤防の手前で車を停めた。

「この辺ですね。待ちますか？」

「お願いします。すぐ戻ります」

車を降り、湿った風が吹く中、堤防に近づく。堤防というほど大がかりなものではなく、コンクリート製の壁という感じだったが。カメラを構えている人たちが何人もいる。対岸に視線を転じると、工場の夜景が広がっていた。これは確かに……フォトジェニックと言うか、カメラを趣味にする人なら、心をくすぐられる光景だ。白と赤を中心にした灯《あか》りが、工場群を夜空に浮かび上がらせている。水面《みなも》に映る光も幻想的だった。

左を見ると、堤防に上がれる鉄製の階段がある。松浦は無意識のうちに足をかけていた。途中まで上がると視線が一メートルほど高くなり、工場の景色がさらにくっきり見えるようになる。

藤岡はこの堤防の上にカメラを設置し、撮影している時に誤って水路に転落して溺れたという。堤防の上部は幅が十センチほどしかなく、撮影するには頼りない。自分ならどうするか――取《と》り敢《あ》えずこの階段を利用して堤防の上に三脚を設置し、リモートでシャッターを押すだろう。松浦は水は苦手ではないが、高所恐怖症の気《け》がある。一メートルほど地上から上がっただけで、背筋がぞくりとするほどだった。

水を怖がる藤岡が、敢えて危険なポジションで撮影しようとするだろうか。昼間ならともかく、夜ははっきり見えないが故に、恐怖が増幅するはずだ。何となくあいつらしくない……いや、いい写真を撮りたくて、恐怖心を克服したのかもしれない。

しかし、そこまでしてやる仕事なのか？　正直言って、地方版の写真連載など、「穴埋め」以上の意味を持たない。五十を過ぎて、わざわざ田舎の支局へ異動したお前は、こういう手間のかからない仕事で「余生」を過ごしたかったのか？

しかしこの場に立ち尽くしていても、何が分かるわけでもない。警察もきちんと調べたはずで、今から自分が調査しても、新しい事実が出てくるとは思えなかった。現場を見るのは事件記者の基本の基本だが、だからといって毎回発見があるわけでもない。帰るか……二人と合流して、藤岡の想い出話でもするのが、通夜に相応しい過ごし方だろう。

タクシーに戻ろうと振り返り、松浦はその場で固まってしまった。

葉子が立っていた。

通夜の席では会わないようにしていた葉子と、こんな場所で出くわしてしまうとは……だいたい葉子も、葬祭場を抜け出して大丈夫なのだろうか。かける言葉も思い浮かばず、松浦はただ彼女の顔を見詰めるしかなかった。

体は、喪服のせいで闇《やみ》に溶《と》けてしまって、化粧っ気のない顔は青白く、暗闇にぼうっと浮かび上がるようだった。改めて名乗るべきか。しかし、黙って脇をすり抜けて去るのも失礼だろう。

「松浦さん」

声をかけられ、少しだけほっとした。覚えていてくれたか……。

「この度は……」言葉が夜空に溶けてしまう。御愁傷様《ごしゅうしょうさま》でした、もきっちり言えないのかと情けなくなる。もっとも、語尾を濁すのが礼儀だ、と聞いたこともあった。

「わざわざすみません」

「いえ……本当に残念でした。まさか、こんな事故が起きるなんて、想像もできない」

「本当ですね。ここ、何度も撮影で来てたはずなんですけど、どうしてこんなところで落ちたんでしょうね」

「無理な体勢で撮影をしていたのかもしれません」

「それを調べに来られたんですか？」

「ここへ来たら――」松浦は後ろを振り向いて工場を見た。「何か分かるかもしれないと思ったんですけどね。何も分からない」

「そうですか……」

葉子が寒そうに自分の腕を抱いた。まだ夏の気配が濃厚に残っていて、寒いわけではないのに。

「抜け出してきて、大丈夫なんですか？」

「何だか気詰まりで」

松浦は無言でうなずいた。本当は、喪主として通夜ぶるまいの席にも最後までいなければならないはずだが、そこを責めるのは酷だろう。この件で、一番ショックを受けているのは葉子なのだ。

「明日の葬儀にも伺います」

「ありがとうございます」

葉子がゆっくりと頭を下げる。顔を上げ、額《ひたい》にかかった髪がはらりと揺れると、彼女は年相応に見えた。

「戻るなら、一緒に行きませんか？　タクシーで来てるんです」

「大丈夫です。自分の車がありますから」

運転などして大丈夫なのか——質問を、松浦は何とか呑みこんだ。代わりに、この際だから、ずっと胸の中で燻《くすぶ》っていた疑問を確かめてみようと思った。

「一つ、聞いていいですか？」

「ええ」

「藤岡は、どうして四日市支局に異動したんですか？」

「それは……記者に戻りたかったんじゃないですか？」自信なげな口調だった。

「総務での仕事もずいぶん長くなってましたけどね」

「だからこそ、現場が懐《なつ》かしくなったのかもしれません」

「推定、なんですか」松浦は思わず訊ねた。

「あの人、仕事のことは家ではあまり喋らなかったから」葉子が目を逸《そ》らした。

「あなたは、四日市へ戻ることについては賛成だったんですか？」

「賛成も何も、仕事ですから。それに私にとっては、里帰りするようなものですから、他の街へ行くよりは気が楽でした」

「あいつ、どんな仕事ぶりでした？　久しぶりの現場は、大変だったんじゃないですか」

「そうですね」葉子の顔にわずかに表情が戻った。「仕事の手順──写真の処理の仕方なんかが全面的に変わったから大変だって、ぶつぶつ言ってました。新しいことって、なかなか慣れないですよね」

なるほど。藤岡のカメラ歴は、自分で現像するフィルムカメラから、いきなりデジカメに飛んでしまったわけか。松浦はずっと取材現場にいたから、フィルムカメラからデジカメへの移行もシームレスだった。

「それでも現場に出たかったんですかね」

「たぶん、そうです」

「あなたも大変だったんじゃないですか？　あいつのわがままに振り回されたようなものでしょう」

ちょっと言い過ぎかとも思ったが、葉子の表情はむしろわずかに緩《ゆる》んだ。ほぼ学生結婚のような形で一緒になり、その後はずっと藤岡に振り回されてきただろう……鬱陶《うっとう》しかったり辛《つら》かったりしたことも、相手がいなくなれば全ていい想い出になるのかもしれない。

「私は専業主婦ですから、支えてあげないといけなかったので」

「あいつは十分、あなたに感謝していたと思いますよ」

藤岡が葉子のことをどう考えていたか、松浦はほとんど聞いたことがない。話を合わせるために適当なことを言ってしまった自分にうんざりして、切り上げることにした。

「明日、またお目にかかります」

松浦はすっと頭を下げた。葉子がうなずき返し、頼りない足取りで前に出る。松浦の脇をすり抜けるようにして、堤防の方へ向かった。何となく心配になって、二、三歩前に進んだところで振り返る。葉子は堤防に腕を預け、身を乗り出すようにして川向こうにある工場を見ていた。

タクシーに戻った松浦は、運転手に「このまま少し待って下さい」と声をかけた。まさか、後追い自殺をするとは思わないが……万が一ということもある。しかし五分ほどすると、葉子はふらふらと堤防を離れ、タクシーの方に向かって来た。タクシーの存在は無視しているか気づいてもいないようで、そのまま通り過ぎて歩いて行く。近くに自分の車を停めているのだろう。

「出して下さい」松浦はホテルの名前を告げた。本郷たちからはまだ連絡がないが、ホテルの方へ行けばまず間違いはないだろう。

タクシーは、堤防沿いの細い道路を走っていく。大通りに出る途中でメールの着信があった。二人は店に入ったようで、店の名前と住所が書いてある。店名を運転手に告げると、すぐに了解してくれた。

「一番街の店ですね」

「そこが賑やかなところなんですか？」

「まあ、繁華街《はんかがい》だね」

「お願いします」

言って、松浦はシートに背中を埋《うず》めた。葬式というのは疲れるものだが、今回はいつもよりもずっと疲れた気がする。

友を亡くすというのは、こういうことなのか。

第2章　旧友

本郷と歩美が腰を落ち着けていたのは、チェーン店ではなく地元の居酒屋の個室だった。二人だけではなく、津支局長の前田《まえだ》も一緒。二人は、前田を慰労《いろう》しようと誘ったのだろう。

三人ともジョッキでビールを呑んでいた。本郷と前田のジョッキは中身が半分ほどになっているが、歩美のジョッキは、縁から二センチほど減っているだけ——これは二杯目だろう。歩美の方が、本郷よりもはるかに強いしピッチも速い。

前田は確か、三人より年次は三つ下である。松浦は、通夜の席で挨拶するまで直接面識がなかったが、本郷と歩美は既に旧知の仲のように話している。初対面の相手であっても、すぐに長年の知り合いのごとく、腹を割ったような演技ができる——新聞記者にはこういうタイプが多い。もっとも三人は、同じ会社の同僚なのだから、なおさら簡単だろう。

松浦も生ビールを頼み、煙草を取り出した。三人に目配せして、了承を得てから火を点《つ》ける。何だか今夜の煙草はしみじみと身に染《し》みる……松浦のビールが来たところで、改めて献杯した。

「マツ、ハマグリを追加する？」歩美が気を利かせてくれた。

「ああ、そうか……ここならハマグリだよな」

三重県の名物といえば松阪牛《まつさかうし》やアワビ、伊勢《いせ》海老……しかしまだ給料が低かった支局員時代には、こういう高級食材は数えるほどしか食べられなかった。一方、比較的簡単に手が出せたハマグリは身が大きく、ふっくらとして甘味があり、三重の味として強く印象に残っている。

歩美がベルを押して店員を呼び、焼きハマグリ一人前を追加注文した。

「最近、三重では何か新しい名物はないんですか」松浦は無難な質問を前田にぶつけた。そもそも前田は年下なので、敬語で話す必要もないのだが、何となくラフな言葉は使いにくい。支局長というのは何かと苦労を抱え、ストレスの多い仕事なのだ。しかも今回は、支局員の葬式という厄介《やっかい》な事態の最中である。先輩社員に偉そうに振る舞われたら、たまったものではないだろう。

「津ぎょうざ、ですかね。いわゆるB級グルメですけど……」前田が壁のメニューを示した。確かに……短冊メニューの中に、一つだけ赤字で「オススメ」と書かれた「津ぎょうざ」がある。餃子《ぎょうざ》といえば宇都宮《うつのみや》や浜松《はままつ》が有名だが、津でも名物としてアピールし始めたのだろうか。松浦がいた頃は、聞いたこともなかった。

「どんな餃子なんですか？」

「元々は地元の給食なんですよ」

「給食？」突拍子もないことを、と松浦は驚いた。給食のメニューが一般の飲食店で出されるようになったのか？

「給食は、一度に大量の料理を出さないといけないでしょう？　調理の手間を省くために、一人一つで間に合うような大きな揚げ餃子ができたんです。それが一般の店でも出され始めて、『津ぎょうざ』の名前がついたんですよ」

「それはまさにB級グルメですね」

「ええ」

「頼んでいいですか」

「もちろんです」

前田は基本的に静かな男だった。話しかけない限り、自分から口を開こうとはしない。小柄で色が白く、線が細い。全てにおいて遠慮している感じで、こういう人物がよく支局長になれたものだ、と松浦は内心驚いていた。数十人の記者を束ね、一つの県の取材を統括する支局長には、それなりに押しの強さやリーダーシップが要求される。

当たり障《さわ》りのない会話が続く中、津ぎょうざが出てきた時は、ひとしきり盛り上がった。普通の三倍ほどもある巨大な餃子が四つ。中はみっちり詰まっていて、味つけこそ餃子なのだが、何だか別の食べ物のようだった。

かつて給食で馴染んだ味に、大人になって居酒屋メニューで再会する——確かにこれは話題になるな、と松浦は思った。

食べ終えたところで、何だか焦《じ》れて、松浦はつい藤岡のことを話題に出してしまった。

「藤岡は、どんな感じで仕事をしてたんですか？」

「もちろん、若手の手本として」

「それは公式見解じゃないんですか？」松浦は思わず皮肉を吐いてしまった。

「いや、うちは今、若い記者ばかりなので。ベテランが一人いると、いい手本になるんです」

「写真の連載もやっていたんですね」

「あれは藤岡さんのアイディアです。写真の腕は確かですからね」

「昔からそうでした」

「藤岡さんが入社した時は、まだフィルムの時代でしたね」

前田も松浦たちとほぼ同世代と言っていいわけで、入社当時はフィルムの現像と焼きつけに四苦八苦した口ではないだろうか。それまで硬かった前田の表情が、少しだけ緩んだ。

「ああ……そうか」歩美が、ふいに暗い声を漏らした。「写真ね」

「写真がどうかしたのか？」松浦は訊ねた。

「私、写真は苦手だったのよね。撮る方もだけど、現像とか焼きつけも」

「俺も同じだよ」松浦は同調した。

「でもマツは、大きな失敗をしたことはないでしょう？　私、フィルムを一本、現像で駄目《だめ》にしちゃったこともあるのよ」

「そうだっけ？」

記憶がない。古い話だからではなく、あの頃はあまりにもたくさんのことが同時に起きていたからだ。本当に重要な出来事以外は、ほとんど覚えていない。

「それだけじゃなくて、最初の高校野球県大会の予選の取材で大失敗して……覚えてない？　あの年、準決勝は四日市で、決勝は津でやったんだけど」

「どうだったかな」

覚えているか？　松浦は向かいに座る本郷に、目線で訊ねた。しかし彼は、「こっちも覚えてないよ」とでも言いたげに、静かに首を横に振るだけだった。高校野球の県予選というと、どの支局でも記者が総出で全試合を取材する、大きなイベントの一つである。新人記者は、だいたいこの取材で一皮剝《む》ける、と言われている。

「準決勝の第二試合が、2点差をひっくり返す逆転満塁ホームランでサヨナラゲームになって」歩美が言った。

「ああ、あの試合か」

言われて、本郷が「ふざけるな！」と叫んだのを思い出した。ただし球場ではなく、四日市支局で。二人は第一試合の取材を終えて支局に帰り、第二試合が逆転サヨナラで決着した場面は、原稿を処理しながらテレビで観たのだった。松浦たちが取材した第一試合は15対11という乱打戦——というより両チームのピッチャーが勝手に自滅した——で、記事のポイントが絞《しぼ》りにくい、つまらない試合だった。一振りで勝敗が決まった第二試合の方が当然インパクトは強く、翌日の紙面ではこちらがメーンで扱われるのは明らかだった。

だから本郷は、「ふざけるな！」と叫んだのだ。当時の本郷は、記事の扱いを異常に気にする男だったから。記事の内容よりも、いつも見出しの大きさを問題にして騒ぎ立てていた。彼いわく「普通の人は記事なんか読んでないから。見出しだけ見て、中身を判断する」。自分の記事の見出しが小さかったと言ってはデスクに嚙みつく光景を、松浦は何回も見ている。だから、自分が取材した第一試合よりも第二試合の扱いが大きくなるのを予想し、悔《くや》しくなって爆発したのだろう。

記憶が鮮明に蘇《よみがえ》り始めた。第二試合終了後に支局へ戻って来てから、歩美は現像室に入ったまま出てこなくなったのだ。フィルムの現像から焼きつけまでは、超特急でやれば十分で何とかなる。しかしあの時は三十分以上……松浦は第一試合の原稿を仕上げて、写真を本社に電送していたのだが、「やけに長いな」と不思議に思ったのを覚えていた。

「あの時撮った写真が、全部駄目だったのよ」歩美が打ち明けた。三十年も前の失敗なのに、まるで昨日の出来事のように表情は暗い。「逆転サヨナラホームランで試合が決まったら、まるで昨日の出来事のように表情は暗い。

「そうだな」松浦は応じた。

「だけど全部ひどい写真で、全然使えなかったのよ。打った瞬間にシャッターが押せてなくて、打者走者はフレームアウトしちゃってたし、ホームインした時の写真もぐちゃぐちゃで、話にならなかった。そもそも露出で失敗して、ほとんど白く飛んじゃって」

「ホームランを打った瞬間の写真なんか、写真部の連中でもない限りちゃんと撮れないよ」

松浦も苦い経験を思い出した。七月、梅雨《つゆ》が明けると途端《とたん》に炎天になり、キャップとタオルで頭を守りながらスタンドに陣取った日々……基本的に一球場を一人の記者が担当し、だいたい一日に三試合を取材する。一塁側ダグアウト上──本塁上でのクロスプレーを撮影するベストポジションだ──に陣取ってシャッターチャンスを狙《ねら》いながら、きちんとスコアブックもつける。スコアの計算が合わずに何度パニックになったことか。

当時、高校野球の写真は二百ミリの望遠レンズで撮影していた。ファウルグラウンドが狭い地方球場だと、これでも本塁でのクロスプレーは十分切り取れる。しかし、外野手がダイビングキャッチするファインプレーなどは、遠過ぎてまず撮影できない。プロ野球の試合では複数のカメラマンが張りつき、四百ミリなどの超望遠のレンズを使って様々な角度から撮影するから、劇的な場面が毎日のように紙面を飾るのだ。

「あの時、私、藤岡君に助けてもらったのよ」

「そうなのか?」その辺はまったく記憶にない。本郷に「どうだ?」と訊ねても、彼も首を横に振るだけだった。

「知らないでしょう？」歩美が悪戯《いたずら》っぽい笑みを浮かべた。「誰にも言ってなかったから」

「じゃあ、知るわけないじゃないか」松浦は抗議した。

「ごめん、ごめん……藤岡君が三塁側から写真を撮ってたんだけど、そっちの方がよく写ってたの。サヨナラ勝ちしたチームが一塁側のダグアウトだったから、選手が笑顔で飛び出してくる写真が撮れていて……その藤岡君の写真を使って、記事は無事に完成したわけ」

「それで助けてもらった、ということか」

「それだけじゃないんだけどね」歩美が頬杖《ほおづえ》をついた。気がつくと、先ほどからまったくビールを呑んでいない。

「というと？」

「あれで私、すごく落ちこんだのよ。元々写真は上手くないんだけど、あそこまでひどいのかって自分でもびっくりしたし、デスクにもだいぶ絞られたわ。本気で会社を辞めようかと思ったのは、あの時だけね」

当時のデスクはかなり怒りっぽい人で、松浦も散々雷を落とされたものだ……しかし少なくとも、歩美が叱《しか》られる場面を見たことはないし、彼女がそこまで落ちこみ、悩んでいたことも知らなかった。

「高本が叱られたところなんか、見たことなかったけどな」

「あのデスク、皆がいるところでは怒らなかったから」

「何だよ、要するに贔屓《ひいき》じゃないか」本郷が口を尖《とが》らせる。

「私に対する贔屓じゃなくて、女性記者に対する贔屓」歩美が静かな口調で認める。

「確かに、女性記者が大量に採用され始めた時期だったからなあ」本郷がうなずく。

「簡単に辞められたら困るから、本社から叱り方もかなりうるさく指導されてたんじゃないか？」

「たぶんね。でも、どういう形でも、叱られたことに変わりはないんだけど」歩美が肩をすくめる。「次の日が津の球場で決勝で……私も取材してたけど、写真で勝負しようっていう気は、もう完全になくなっていたわ。で、原稿の処理も終わって、その後で打ち上げがあって……でも私、行かないつもりだったのよ」

「会場は、定番の『伊勢屋《いせや》』だったな」思い出した――津支局の近くにある大きな老舗《しにせ》居酒屋で、大きなイベント後の打ち上げによく使っていた。

「そう、でも、何だかそんな気になれなくて、私は支局の近くでぶらぶらしてたのよ」

東日の津支局は伊勢街道――市内を南北に貫くメーンストリート沿いにある。津駅からも近いが、時間を潰せるような場所はなかったはずだ。

「そこで、藤岡君とばったり会ったの。煙草でも買いに来てたんだと思うけど……支局の近くにあった蜂蜜《はちみつ》まんじゅうの店、覚えてる？」

「いや」松浦は首を横に振った。

「マツって、昔のこと、全然覚えてないよね」非難するというより、諦めたような口調で歩美が言った。

「ごめん。基本的に物覚えが悪いんだ」反射的に謝ってしまう。

「まあ、いいけど……本郷は覚えてる？」歩美が本郷に話を振った。

「あれだろ？　店の中で座って食べられる――喫茶店じゃないけど、そんな感じのまんじゅう屋。要するにイートインだよな」

「今ならそう言うわよね。私、あそこで時々サボってたのよ。疲れた時にちょっと一休み、みたいな感じで……とにかく藤岡君は、私の様子がおかしいのに気づいたんでしょうね。その店に誘ってくれたのよ。二人で一つずつ蜂蜜まんじゅうを食べて、お茶を飲んで。私は思い切り愚痴を零《こぼ》して――あれは愚痴じゃなかったかな。どっちかというと、懺悔《ざんげ》みたいなもの？」

「自分の駄目さに嫌気がさして？」松浦は合いの手を入れた。その後、経済部で何度も特ダネを飛ばして社長賞も取っている歩美の活躍を考えると、意外な感じがする。

「そういうこと。藤岡君は黙って聞いてくれて……最後に『得意なところで勝負すればいいんじゃないかな』って言ってくれたのよ」

「得意なところか……君の場合は、英語だな」

　中学の途中から高校時代までをアメリカで過ごした歩美の英語は、ネイティブ並みである。実際その英語力を生かして、経済部時代にはニューヨーク支局に駐在していたこともある。海外支局を統括するのは基本的に外報部なのだが、世界経済の中心であるニューヨークとロンドンには、経済部の記者が必ず一人駐在するのだ。

「何だかあれで気が楽になって……写真の上達は諦めたけど、それでもそれなりに勉強して、地方版の紙面レベルなら問題ないぐらいの写真は撮れるようになったのよ」

「お前ら、もしかしてつき合ってたのか？」

本郷がずばりと訊ねる。本郷にはこういうところがある。周囲からすると「危ない」と感じるレベルの質問をぶつけ、しかしぎりぎりで相手を激怒させずに答えを引き出すのだ。例えば記者会見には、不文律がある。一人の記者が連続して質問しない、会見する人を感情的に逆撫《さかな》でするような質問は避ける、自分の意見は主張しない——会見をスムーズに進めるためのノウハウでもある。しかし本郷は、そういう暗黙のルールをしばしば平然と破り、それでいて取材相手や他社の記者から、本気の怒りを受けることはなかった。例えるなら、ぶつけこそしないが、相手が仰《の》け反《ぞ》って倒れる内角球を平気で投げこむ感じ……記者会見では、本郷の質問が始まると冷や汗ものだったな、と思い出す。

「そんなんじゃないけどね」歩美が言葉を濁す。

「そんなんじゃないとしたら、どんなんだよ」本郷はしつこかった。

「別にいいじゃない。古い話なんだから」歩美がさらりと話を流した。

「藤岡さんは、そういうところがありましたよね」それまで黙っていた前田が、突然話に割りこんできた。「面倒見がいいというか、親身になり過ぎるっていうか。若い記者のプライベートな相談にも乗っていたようです。話しやすい人でしたから」

「分かりますよ」松浦も認めた。「あいつは一種の安定装置というか、調整役というか……とにかく、困った時はあいつに相談すれば何とかしてくれた」

ひょっとしたら、支局時代の自分たちも、藤岡を上手く利用していただけではないだろうか。当時は、泊まりや夜勤が定期的に回ってきたのだが、何かの都合で変えねばならない時、松浦たちが真っ先に頼む相手は藤岡だった。そして藤岡は、一度も頼みを断らなかった。調整役といえば聞こえはいいが、要は彼の親切心に甘えていただけかもしれない。

「前田さん、藤岡はどうして四日市に来たか……何か聞いてますか?」

「いや、私は一年前に赴任したばかりですから」

「ああ、藤岡の後だったんですね」

「ええ」

「どんな様子でした?」

「かなり忙しくされていて、体が心配なぐらいでしたよ」

「たった二人で四日市を守るとなったら、忙しいのは当然でしょうね」昔の四日市支局は五人体制――しかし今は、当時と同じ仕事量を二人でこなさねばならない。ＩＴ化が進み、取材方法や原稿の処理などは当時に比べればかなり効率化されてはいるが、一人一人の負担が増えたのは間違いない。

全員がビールを呑み干したタイミングで、次の酒に切り替える。本郷と前田は焼酎《しょうちゅう》の水割り、松浦と歩美はハイボール。

ハイボールに口をつけた後、松浦は思い切って切り出した。

「実はさっき、事故現場に、藤岡の奥さんが来てたんだ」

歩美が顔をしかめて「何でそんなところに？」と訊ねる。

「息が詰まったから出て来たみたいだけど……周りに、もうちょっと面倒を見てくれる人はいないのかな」夫を亡くしたばかりの妻を一人きりにしたら危ないのではないか……もう少し話をして、ちゃんと送るべきだったかもしれない。

「どんな感じだった？」歩美が訊ねる。

「ぼうっとしてた……まだ実感がないんじゃないかな」

「それはそうでしょうね」歩美が同情を滲《にじ》ませながら言った。「明日、ちょっと話してみようかな」

「そうだな、様子を見て」

悔やみの言葉は言ったが、それだけでは足りない気もする。自分たちは本当に、藤岡の死を悲しんでいる——それを心からの言葉で伝えるべきではないだろうか。

「何だか、釈然としないんですよね」松浦は前田に打ち明けた。「あいつは泳げなかった。新人時代に、台風の取材で車ごと流されて死にかけ、それで極端に水を怖がるようになったんですよ。それが、あんな場所で撮影っていうのも……さっき現場に行ってみたんですけど、結構危ないんですよ。堤防の上の幅なんか、十センチぐらいしかないんだから」松浦は右手と左手を合わせてから少しだけ離して見せた。

「個別の取材については把握《はあく》してませんけどね……」前田が居心地悪そうに体を揺らす。

「最近、あの写真連載以外に何か力を入れていたことはないんですか？」松浦は訊ねた。

「いろいろやってたと思いますけど、具体的な話は聞いていません」

「デスクには話していなかったんですかね」

「重要な話があったら、デスクから私のところへも話が回ってきますよ」

支局に一人ないし二人いるデスクは、取材を統括し、原稿の面倒を見る。支局長の仕事はというと、金勘定と人事だ。もちろん、大きな事件事故や選挙にでもなれば、支局長自らが乗り出して取材を指揮することもある。特にサテライト支局長は、取材の主力としても期待されている。

「最近は大きな事件も事故もないし……選挙ぐらいですか？」

「選挙取材は、毎回淡々とやるものですよ。この頃は、中央政界の混乱がそのまま地方の選挙にも影響するから、ややこしいことになってますが」

「まったくねえ、ご迷惑をおかけして」

本郷が話に割りこみ、最近の与党民自党《みんじとう》の動きと、次の総選挙の見通しなどを話し始めた。政治部を離れてかなり長くなるのに、やはり自分の「専門」だという意識はあるのだろう。説明に淀《よど》みはなく、まるで今でも夜回りして情報を集めているかのように詳細だった。

「ま、解散のタイミング次第ですけど、揺り戻しで民自党が大負けするのは間違いないですね。ここ十年……十五年の選挙は、ずっとそんな感じじゃないですか。ただし今回は、民自党に投票しない無党派層の流れ先がないから、投票率が下がって、民自党もそれほど大負けしないという見方もあります」本郷がすらすらとまとめた。

「それって、何も言ってないのと同じじゃない」歩美が皮肉っぽく指摘する。

「政治ってのは──選挙ってのはそういうもんだよ。ビッグデータで分析しても、選挙の結果は予測できないことが多い」

本郷はなおも、世論調査、出口調査と選挙に関連する話を延々と続けた。得意な分野だと喋りが止まらない──大抵の新聞記者はこういうものだ。

「教育問題とかはどうですか？」松浦は前田に訊ねた。「あいつは元々、社会部では教育担当だったんです」

藤岡は社会部で、警察《サツ》回り、遊軍を経て当時の文部省の担当になり、その後も遊軍で教育関係の取材に関わっていた。

「いや、積極的ではなかったと思いますよ」

「じゃあ、藤岡は四日市でのんびり夜景取材をしながら記者生活を送っていた、と」

「のんびりしてはいなかったですよ。事件事故の現場にも、真っ先に出てくれたし」前田は、本郷の皮肉にまったく反応せずに真面目に答えた。

もしかしたら前田は、この件を丸く収めようとしているのかもしれない。支局員が事故で亡くなるのは大事《おおごと》だ。支局長の管理能力も問われるかもしれない。できるだけ穏便《おんびん》に葬儀を済ませて、後はこれから行われるはずの本社の査問に備える——決して冷たいとは言えないだろう。

勤め人としては、これがごく普通の心構えだ。

終わってホテルに戻ったのが午後十時。生ビールとハイボールを一杯ずつしか呑んでいないので、ほとんど酔いは回っていない。ミネラルウォーターを一口飲み、煙草を吸って——クソ、これが最後の一本だ。夜はまだ長いし、どこかで仕入れてこないと。このホテルの一階に自動販売機があったかどうか……まあ、いい。外へ出れば煙草ぐらいいくらでも買えるだろう。それに、ミネラルウォーターもう一本欲しい。酒を呑んだ夜は、大抵深い時間に喉《のど》が渇《かわ》いて目が覚めるのだ。

その瞬間、萩尾に電話してみよう、とふいに思い立った。警察官は基本的に夜も朝も早い。酒を呑んでも早く酔って早く醒《さ》ますのが基本だが、萩尾は長尻《ながじり》の酒好きだった。若い頃にはいろいろと鬱屈《うっくつ》することもあったようで、一度呑み出すと、日付が変わる前に切り上げることはほとんどなかった。松浦の方が先に参ってしまったものである。

あれから三十年、昔のようには呑めないだろう。明日の朝一番で署を訪ねてみるつもりではいたのだが……躊躇《ためら》いつつも、結局松浦は教えてもらった携帯の番号に電話をかけた。気になっている現場の様子について、専門家の見解も聞きたかった。

萩尾はすぐに——松浦からの電話を待ち構えていたように反応した。

「わざわざどうも」

「もっと早く電話しようと思ってたんですが、社の連中と呑んでたんで」

「これからどうですか？」

「いいんですか？」向こうから誘いかけてくるとは意外だった。やはり、昔と同じように酒好きなのだろうか。

「もちろん。まだ宵の口でしょう」

「どうしますか？　今、駅の近くのホテルにいるんですけど」

「俺がそっちへ行きましょうか」

「今、官舎ですよね？」萩尾が勤務する四日市中央署は、松浦の記憶にある限り、市の中心部からは外れた場所にあった。官舎はどこの署でも庁舎の近くにあるはずだから、わざわざ駅前まで出て来てもらうのは申し訳ない。

「あなたが官舎に来たら、夜回りになるでしょう」電話の向こうで萩尾が笑う。「俺がそっちへ行きますよ。タクシーなら、そんなに遠くない」

「じゃあ——」

「十五分ほどで行きます。ホテルの前で待ってて下さい。暑いところ、申し訳ないけど」

電話を切り、松浦はスマートフォンで四日市中央署の位置を確認した。近鉄四日市駅から一キロほど離れた国道一号線沿いだった。意外に近い——その気になれば、歩いても十五分で来られるわけだ。

上着を脱ぎ、ワイシャツ一枚で外へ出る。近くのコンビニエンスストアで煙草を仕入れ、ホテルの外で立ったまま一本灰にしたところで、目の前でタクシーが停まった。降りてきた萩尾は、当然喪服から白い麻のジャケットにグレーのズボンという軽装に着替えている。松浦はつい、彼の姿をまじまじと見てしまった。

「何か？」居心地悪そうに萩尾が身を揺する。

「いや、ハギさんのこういう格好を見るのが新鮮で。昔は制服姿か、ジャージしか見たことがなかったから」

「若かったからね。あの頃は、格好なんかどうでもよかった」萩尾が苦笑いした。

実際萩尾は、外で会って呑む時はいつもジャージ姿だった。さすがに下はジーンズなどだったが、上は四六時中ジャージ。まるで第二の制服のように着ていた。

「どこかお勧めの店はありますか？　四日市の店は全然知らないんですよ」

「腹は減っていない？」

「むしろ食べ過ぎました」松浦が右掌《てのひら》で胃を摩《さす》った。津ぎょうざに四日市名物のとんてき……炭水化物はほとんど摂《と》らなかったにもかかわらず、腹は膨れていた。

「じゃあ、軽く呑む感じにしましょうか」萩尾が先に立って歩き出した。松浦は、追いついて横で一緒に歩くのに苦労した……萩尾は昔から歩くのが速い。背筋もピンと伸びていて、今でも剣道をやっているのではないかと想像した。

「相変わらず歩くのが速いですね」

「ま、それなりに鍛《きた》えてるから」

「剣道ですか？」

「若い連中に、道場で揉まれてるよ。二日に一度はジョギングもやってる。四日市は空気があまりよくないから、走るのには向いてないんだけどね」

「でも、俺たちがいた頃に比べたら、ずいぶん空気も綺麗《きれい》になった感じがしますよ」

「今は、東京の方がはるかに汚れてるでしょうね」

軽口を叩き合いながら、近鉄四日市駅近くの細い路地に入っていく。吞み屋が集中している場所で、この時間は酔っ払いで一杯だった。自分が吞んでいても、他の酔っ払いは鬱陶《うっとう》しい……人間は自分勝手なものだと、つくづく思う。

「ワインは？」

「いいですよ」本当はあまり好きではないのだが、相手に合わせるのが礼儀だろう。しかし彼も、いつの間にワインなど吞むようになったのか。昔はビール、それと日本酒一辺倒だったのに。

萩尾は細い路地をさっさと歩き、ビルの一階にある小さな店のドアを開けた。入る前にドアの上の看板を確認すると、「ワインと美味《うま》いもの」と書いてあるのが見える。ワインがメーンの店にしては、居酒屋のようなコピーだ。

　奥に長いカウンターとテーブルが二つあるだけの小さな店だった。先客はカウンターに二人、テーブルに二人。ピークタイムはもう過ぎたのかもしれない。

　萩尾はカウンターに陣取った。何十年ぶりかに会う人と正面から向き合うと、どこか照れ臭い。この方が松浦もありがたかった。

「正直、ワインは分からないんですけど、お任せでいいですか？」松浦は打ち明けた。

「実は、俺もそんなに詳しくない。好きなことは好きなんだけど、どれが美味いか、真面目に勉強し始めたら破産するだろうしね」

「給料はたっぷり貰《もら》ってるんじゃないですか」警視ともなれば、当然、給与もかなり高いはずだ。

「露骨に言うねえ」笑ってから、萩尾は赤のグラスワインを二つ、頼んだ。それに「おつまみセット」。まさに居酒屋のような気楽なスタイルである。ふと、カウンターに店の名刺があるのに気づいて手にして見ると、店名が「ワインと美味いもの」なのだった。自信たっぷりというべきか、工夫がないというべきか……。

「自信たっぷり」の方だった。小皿で出てきた「おつまみセット」が上々の味……オリーブが三つ、酢漬けのニシンを載せた小さなトーストが二つ、人参《にんじん》を千切りにしたサラダにレバーペーストと、どれも味に深みがあり、ワインに合う。

「四日市にもいい店があるでしょう」萩尾が自慢《じまん》げに言った。

「津よりはいいんじゃないですか」

「津は、ねえ……」萩尾が嫌そうに言った。「三重県は、四日市あたりまでは名古屋みたいなものだから。津から南は、もう違う文化。あちらは神話の世界なんだよね」

確かに。「三重県」と聞いて普通の人がまず思い浮かべるのは、伊勢神宮だろう。そしてそれに象徴される、日本神話の世界──ある意味、四日市だけが三重で浮いているのだ。完全に中京経済圏に呑みこまれた、現代的な街。

「それは分かりますよ。四日市にいると、神話の世界とは縁遠い感じになりますよね……ちなみに、いつからこっちの副署長に？」

「一年半、だね。去年の春からだから」

「じゃあ、藤岡とも顔見知りですね」

「もちろん。藤岡さんはマメな人で、毎日二回は署に顔を出してたからね。あなたと同期だという話は最初に聞いたけど、それは彼の取材にはプラスになってなかったと思いますよ」

松浦は思わず声を上げて笑った。そもそも三十年前も、萩尾をネタ元にしたことは一度もない。どちらかというと、歳が近い悪友という感じだった。

「あいつが写真連載をやってたのは知ってますよね？」

「私、スクラップしてましたよ」

「マジですか」

「いい写真ばかりだったからね。写真も、やっぱりセンスが大事なんでしょうね」

「技術も必要ですけどね」

「私も退職したら、写真でも趣味にしようかと思ってる」

「まだまだ先じゃないですか」

「何言ってるんですか」萩尾がワインを一口呑んだ。「五十過ぎたらあっという間ですよ。こっちは、あと何回異動するか、という感じだから。もうカウントダウンが始まっているんです」

「寂しい話ですねえ」

「でも、それが事実だからね。マツさんは、余裕しゃくしゃくじゃないの？　編集委員なんて、辞めても外《ほか》の仕事で引く手数多《あまた》でしょう。大学の先生とか」

「そういう人もいるだろうけど、俺は無理かな」松浦は気弱な笑みを浮かべた。「専門が事件に裁判ですから。大学でこの手の話となると法学部でしょうけど、法学部で教えるほどの専門知識はないですよ」

「マスコミ論とかは？　そういうのを教えてる大学だってあるし」

「そういうことは全然考えてないですね」松浦は両手で髪を後ろに撫でつけた。「六十過ぎたら、定年延長で今の半分の給料で働くか、辞めて他の仕事をするか……本当に何も考えてないんですよ」

「それは、預金の残高と気持ちに余裕があるからじゃないの？」

「そんなこともないです。新聞記者の給料なんてたかが知れてるし、一番潰《つぶ》しが効かない商売ですから」

「そんなものかねえ」

萩尾が煙草を取り出した。とはいっても、加熱式の煙が少ない煙草である。最近、松浦の周りでも愛用者が増えており、松浦も普通の煙草からこちらに変えるよう、妻と娘からは散々言われているのだが……試してみたら味が頼りなかったので、まだ踏み切れない。

「ここ、吸っていいんですか」

「大丈夫。四日市市内でも絶滅危惧《きぐ》種みたいな店だからね」

皮肉を飛ばして、萩尾が煙草を吸い始める。ふわっと煙が広がるあの瞬間がないのは、松浦にとってはやはり違和感があった。松浦は自分の煙草に火を点け、たっぷりと煙を肺に入れた。年齢を重ねるに連れ、次第にニコチン・タールの少ない煙草に変えているのだが、たとえ軽くてもこの感覚が頼もしい。

「実は、工場撮影に関してはちょっと問題があったんですよ」萩尾が打ち明けた。

「というと?」

「川沿いで撮影することもある――というか、いいアングルを狙うとなると、だいたいそういうところなんだよね。でも撮影場所は限られているから、人が多くなってトラブルも増える。いい写真を撮るためには、結構危ない場所へも平気で行くからね―

「釣りなんかでも、熱心な人はどこへでも行くそうですしね」

「カメラが趣味の人も同じだよ」

「確かに……うちの写真部の連中なんか、いつも相当無理してます」

「そう――まだ警察沙汰になるようなことはなかったけど、俺は時間の問題だろうと思っていた」

「実はさっき、現場に行って来たんです」

「昔の血が騒いだかな？」

現場に行くと、必ずそう言われる。基本的に事件取材は若い記者の担当であり、松浦のようにいい歳をして現場に出る人間は、どこでも奇異な目で見られるのだ。

「心配性なんで、自分の目で見ておかないと不安なんですよ」

「で、ベテラン事件記者の判断は？」

「あんなところで、あんなやり方で写真を撮るのは、記者としてあり得ないですね」

「おいおい」

たしなめられ、無意識のうちに強い口調で吐き捨ててしまっていたと気づく。しかしこれは、松浦の本音でもあった。あれだけ慎重で、水を恐れていた藤岡が、危険な撮影方法を試みたのが信じられない。

松浦はメモ帳を取り出し、現場の図を描いた。これは自分のちょっとした才能――絵はそこそこ得意なのだ。デジカメが普及する前は、自分が見た物を誰かに説明するために、さっさと絵を描いてみせたものである。今はデジカメで撮影してすぐに再生できるから、この特技を活《い》かす機会もなくなった——今回は、現場があまりにも暗かったので撮影はできず、この能力を久々に発揮することになった。

「——こんな感じで、堤防の上の方が狭くなってるじゃないですか。あそこに手放しで安定して立てるのは、体操選手ぐらいじゃないかな」

「確かにね」萩尾が同意する。

「三脚やカメラは、現場で見つかってるんですよね？」

「ああ。ただ、三脚じゃなかった」

「というと？」

「一脚だった。三脚は、近くに置いてあったバッグに入っていたんだ。あの堤防の上だと三脚は立てられないから、一脚で代用したんじゃないかな」

「一脚はどこにあったんですか？」

「堤防の下——道路のところ」

「上から落ちたんでしょうね」

「本人は川に、一脚は道路に、という感じだったんだろうね。カメラも道路側に落ちてた」

「カメラは無事だったんですか？」

「いや、レンズが壊れて、本体のダメージも大きかった。修理は無理だろうね。ただし、メディアは無事だったから、中の写真は再生できたけど」

「工場の夜景は写ってたんですか？」

「撮影してたけど、あまりちゃんとした写真じゃなかった――試し撮りして、本格的に撮影する前に、事故に遭《あ》ったんじゃないかな」

「それで警察としては、間違いなく事故だと判断したんですか？」

「今さら蒸し返すのはやめてくれよ」萩尾が首を横に振った。「とにかく、怪《あや》しい要素はまったくなかったんだから」

「警察が、そういうことでミスするはずはないですよね」

「当たり前……と言っておきますかね」萩尾の発言にはどこか揺らぎがあった。「もちろん、百パーセントミスがないとは言えないけど。どんな仕事でもそうじゃないですか？」

「お互い様、ですか」

「しかしこの件に関しては、疑う材料は特にない。とはいえ、あくまで状況証拠だけなんだけどね」

「そもそも、落ちた瞬間は誰も見てないんですよね」松浦は念押しした。疑えばきりがない。「防犯カメラもない場所でしょう」

「ない」萩尾が即座に断言した。「たまたま人もいない時間だったから、正確な状況は分かりようがないんだ」

結局、周りの人が異変に気づいたのは翌日だった。まず、一晩中夫が帰宅しないので心配になった葉子が、朝になって津支局に問い合わせをし、警察回りの若い記者が四日市中央署に相談した。ほぼそれと同じ時刻、現場を散歩していた近所の人が、道路に落ちているカメラやバッグに気づき、警察に届け出た。近くで藤岡が使っていた車も見つかり、どうやら川に落ちたようだと判断され、大規模な捜索が始まり――その二時間後には、三滝川《みたきがわ》に浮いていた遺体が発見された。

危ないところだったと思う。藤岡が落ちたのは河口に近いところで、遺体はそのまま伊勢湾に流れ出てしまってもおかしくなかったのだ。そうなったら、遺体の発見には長い時間がかかって――いや、今も見つからなかったかもしれない。

「遺体にはおかしなところはなかったんですね」

「警察的に見ればね。争ったような跡とか――もっとも、あそこで揉み合いになっても、何も証拠は残らないだろうけど」

「……ですね」ざっと現場を見た限りでも、確かにそんな感じだった。松浦は両手で顔を擦《こす》った。「現場には怪しい証拠はない。でも、藤岡があんな撮影の仕方をするとも思えない……困ったな」

「もちろん、マツさんが調べたいと思うなら、こっちには止める権利はない。疑問に思うなら、調べてみればいいじゃないですか。編集委員っていうのは、自分の裁量でいくらでも取材できるんでしょう？」

「それはそうですけど……」

編集委員は、新聞記者の天国とも言われる。専門分野で取材経験を積んだベテラン記者が、紙面の都合などに関係なく好きなテーマを取材し、原稿にできるからだ。主戦場は解説面。生の事象を追うのではなく、背景を解説するような記事を期待されている。生の取材に追われることはないので、若い記者たちに比べればはるかに時間に余裕があった。

「そもそも何で藤岡が四日市に来たのかが、よく分からないんですよ。東京で普通に仕事をしていれば、こんなことにはならなかったはずなのに……藤岡がこっちで、何をメーンに取材していたか、聞いてませんか？」

「そこまでは聞いてないなあ。だいたい、じっくり話をする機会もなかったし。彼はいつも忙しそうでね。昔の方が、記者さんもずっと余裕があった」

「そうですね。考えてみればあの頃、三重県みたいに人口の少ない県に新人記者が四人も赴任したんですから、贅沢《ぜいたく》極まりない話ですよ。今はせいぜい、毎年一人です」

「どこもかしこも人員削減で、嫌になるね」萩尾がゆっくりと首を横に振った。

「警察はそんなこともないでしょう？」

「いやいや、いろいろと締めつけが厳しくてね。予算も見る立場になると、頭が痛いですよ。若い頃の方がずっと楽だったたな。あっちへ行け、これをやれって、上の命令を聞いておけばいいだけだったたから」

「それは記者も同じですよ」

「いつの間にか、お互いに五十を超えてるからねえ」萩尾がしみじみと言った。「体力、気力ともまだ衰えていないけど、いろいろなことが少しずつ面倒臭くなってきた。新しいことを始めるのに躊躇《ちゅうちょ》する——そんなこと、ない？」

「まあ……ありますね」これは認めざるを得ない。

「藤岡さんも、中年の危機ってやつじゃなかったのかな。会社員生活もあと十年を切って、この先どうするか考えて、記者生活のルーツである四日市に戻って記者としてやり直そうとしたとか」

「それはあるかもしれませんね」だとすると、松浦が異動の理由を聞いた時に、藤岡が言葉を濁したのも理解できないではない。「やり直す」と言えば、自分の衰えを認めることにもなるからだ。

「警察的には、特に何も言いませんけど」

「ひっくり返ったらどうするんですか？　警察を批判する記事を、社会面で書かざるを得ませんよ」

「その時はその時で……疑問に思ったら、何でもやってみるべきじゃないかな。俺たちの歳になると、やらないで後悔しても、もう取り返しがつかないんですよ」

葬儀は、翌日午前十時から営まれた。名古屋での用事を終えてきたという地方部長の菅沼も参列し、通夜の時と同じぐらいの人数が集まっていた。

「しかし、会社もひどくねえか」式が始まる前、本郷が小声でつぶやいた。

「何が」急に変なことを言い始めるなと思いながら、松浦は応じた。

「十年前に、編集局次長の江田《えだ》さんが現役で亡くなった時には、参列者はずっと多かったぜ」

「今だって、式場が一杯じゃないか……だいたい、江田さんと藤岡じゃ、立場も年齢も違うだろう」

「せめて同期の連中とかは、もっと来ればいいのに」

「東京だったら、この三倍の人数が集まってたよ。わざわざ四日市まで来るのが大変なだけだろう。何だったら、後でお前が『お別れの会』でも主催してやったらどうだ」

「そういうのは嫌なんだよ。わざわざ同期が何十人も集まるようなのは……そんなところに顔は出したくない」

本郷も傷を負っているに違いない。三十年前、赴任先の津へ向かう途中の新幹線で、本郷が「俺は少なくとも編集局長にはなる」と突然言い出したのを思い出した。政治部長から編集局長という将来のルートを自分なりに思い描いていたはずなのだが、その夢は叶《かな》わなかった……今から編集局に戻るのは、まず不可能だろう。本郷には、出世できる自信があったはずだ。それがどこでどう間違って、編集局を出る羽目《はめ》になってしまったかは分からない。よほどの失敗をしたのか、上司を怒らせるようなことでもあったのか。松浦には、真相を聞いて、本郷の傷を受け止めるだけの勇気はなかった。

「俺が今死んで東京で葬式をやっても、集まるのはもっと少ないだろうな」本郷が自嘲《じちょう》気味に言った。

「俺だったらもっと少ないよ」松浦は言った。

「そうかもな。お前は、今まで失敗がなくてよかったよ。下手《へた》打っても、誰も庇《かば》ってくれなかったんじゃないか？　我が道を行く、のタイプだから」

「ずいぶんはっきり言うな」松浦は苦笑した。「しかし、俺の葬式に人が集まらないのは間違いないよ」

　不思議な話だ。同期四人のうち、一番出世したがった本郷は脱落した。出世頭の歩美は悪戦苦闘中。自ら四日市支局長という立場を選んだ藤岡は死んだ。

　こうなると、一番幸せなのは自分ではないかと思えてくる。少なくとも今も現場にいて好きに仕事をしているのは事実なのだから。記者になりたくて新聞社に入った身としては、この状況は極めて恵まれていると言っていい。

「だいたいお前は、皆で集まってワイワイやるのが好きじゃないだろう……そういうタイプのお前が、どうして藤岡のことにだけはこだわる？　何を調べても、今さらどうしようもないじゃないか」

　本郷に言われて、松浦は黙りこんだ。自分でも消化できないこの気持ちは何だろう……もしかしたら俺は、自分の幸運を後ろめたく思っているのか？　藤岡は、幸運な会社員生活を送ってきたとは言えなかった。自分も、彼と同じような道を歩いていた可能性はある。なんだかんだと彼に雑用を押しつけてしまったことも、今になって申し訳なく思えてくるのだった。

借りがある、ような気がする。

「津支局の同期は大事なんだよ」

「友だちは少ないけど、これは例外ってやつか」

横にいる歩美はスマートフォンをずっといじっている。「お葬式の時ぐらい、やめて欲しいわよね」とぶつぶつつぶやき、顔を上げた。

「仕事か?」松浦は訊ねた。彼女が不満に思うのも分かるが、もうすぐ葬儀が始まる。電源を切っておくのが礼儀ではないかと思った。

「ちょっと電話してくるわ。メールするよりも早いから」

歩美が会場を抜け出した。本郷が小さく肩をすくめて忠告する。

「そんな顔するなよ」

「俺?」松浦は慌てて顔を擦った。歩美を非難する気持ちが表に出てしまったのだろうか……。

「無礼だと思ってるかもしれないけど、あいつも必死なんだからさ。本当は、葬式なんかに出てる暇もないはずだ」

「広告局はそんなに大変なのか?」

「おいおい、お前は相変わらず我関せず、だね。編集委員をやってても、広告の状況ぐらいは把握してないとまずいだろう。社報ぐらい読めよ。毎月、詳しい数字が載ってるから」

「広告が苦しいのは知ってるけど……」

新聞自体の売り上げと広告の売り上げ——新聞社の収入源の二本柱である。

「ここで数字を挙げて説明してやってもいいけど、それこそ無礼だよな。まあ——高本も辛《つら》いと思うよ。どう考えても持ち直す見込みがない部署の責任者になるのは、地獄じゃないかね。要するに、撤退戦の指揮を執《と》るだけなんだから」

「そこまでひどいかね」

「帰ったらちょっと真面目に調べてみろよ。何で自分が高い給料を貰えてるのか、不思議になるから。俺が経営者だったら、まず記者の給料をカットするね」

松浦は唇を噛んだ。日本新報の身売り話を取材はしたものの、どこか他人事《ひとごと》だったと悔いる。自分は社の経営実態をまったく知らない。

「おい、猪熊がまた来てるぞ」本郷が松浦の肘《ひじ》を突く。

彼の視線を追うと、葬祭場の隅の方に猪熊らしき人物の姿が見えた。本郷が言っていたように、極端な鷲鼻。堂々とした顔立ちと言っていいが、体が萎《しぼ》んでいるせいか、首の辺りは襟《えり》が浮いていて、喪服が体に合っていない。だぶついた格好を見ていると、何となくこちらまで惨《みじ》めな気分になる。といっても、猪熊もとうに七十歳は過ぎているだろう……いや、自分は二十五年前の猪熊を直接は知らないのだが。見た限りは、気力体力がすっかり落ちた老人、という感じだった。

「後で挨拶してこようかな」本郷が言った。「向こうがこっちを覚えているかどうかは分からないけど」

猪熊が出馬した衆院選の取材を仕切ったのが、当時県政担当だった本郷である。

「お前、直接取材したのか？」

「一、二度会ったことはあるよ。ただし当選後だ。選挙の取材は、その地域の担当記者がやるからな。それこそ、藤岡が顔見知りだったんじゃないか？ 現地の記者として取材してるはずだぜ」

「ああ……別に、放っておいてもいいんじゃないか」

「習い性なんだよ」本郷が肩をすくめる。「知ってる人がいたら挨拶する。一度作ったコネは放さない」

「それが政治部のやり方か」

「俺のやり方と言ってもいいけど」

歩美が戻って来たので、この話は打ち切りになった。仕事でトラブルでもあったのか、歩美は目に見えて苛ついている。余計なことは言わないのが得策だな、と松浦は口をつぐんだ。基本的に歩美は怒りっぽく、一度へそを曲げるとしばらくはその状態が続く。そんな時に話しかけるのは自爆行為だ。

葬儀は淡々と進んだ。藤岡の妻、葉子が憔悴《しょうすい》しきっているのは気になったが、声をかけるタイミングがない。そういえば、彼女の側《そば》にいる親族の人たちは何者なのだろう。四日市出身の葉子には、この街に親類縁者もいるはずだが、父母の年齢ぐらいの人が見当たらない。つき添っているのは、彼女と同世代の夫婦、それに二十歳ぐらいの女性だ。兄夫婦と姪《めい》、という感じに見える。

松浦たち三人は、葬儀にだけ出席し、火葬場とその後の骨上《こつあ》げはパスすることにしていた。ちゃんと話し合ったわけではないが、三人とも思いは共通していたと思う。まだ若くして死んだ友の骨を拾うのはあまりにも辛過ぎる——。

葬儀の一連の流れを終えた後、出棺《しゅっかん》の前に藤岡と最後の対面をした。まだ生きているような……歳取って、長年の闘病生活の末に亡くなった人を見ると、やせ細り、痛々しく、病気の苦しみまで感じられるぐらいだが、藤岡は最後に会った時——二年前とほとんど変わっていないように見えた。ただ顔に血の気がないだけで、眠っているようである。

見ると、横に立つ歩美が静かに嗚咽《おえつ》を漏らしている。それは、辛いよな——昨夜の意外な告白を思い出した松浦は歩美の背中をそっと触って、供花《きょうか》を棺《ひつぎ》に入れるよう促《うなが》した。棺の中は花でほとんど一杯になってしまって、まるで藤岡は花の掛け布団で寝ているようだった。

歩美が素早く踵《きびす》を返し、大股《おおまた》で棺から遠ざかる。松浦は思わず、本郷と視線を交わした。何も言わない方がいいな……高本をしばらく一人にしよう、俺はちょっと煙草を吸ってくる――本郷にそう言って外へ出る。

ゆっくりと煙草を二本灰にして戻ろうとすると、猪熊と一緒にいる本郷を見つけた。本郷は身振り手振りで必死に話しかけている様子だが、猪熊はまったく反応していない。やがて静かに頭を下げると、その場を立ち去った。一人残された本郷は、呆気《あっけ》に取られているようだった。

「どうした」近づき、本郷に訊ねる。

「いやあ、参ったね。一言も喋らないんだ」本郷がむっつりした表情で答える。「しかも、名刺も受け取ってもらえなかった。ひでえな」

「どういうことだ?」

「それはこっちが聞きたいよ。たぶん、俺のことが分からなかったんじゃないか?　何十年も前に、一、二回会っただけの人間を覚えている方が珍しいだろう」

「そういうお前は覚えてたじゃないか」

「俺は特殊能力の持ち主だからな」

「政治家こそ、記憶力がよくないとやっていけないと思うけどな。人の名前と顔が覚えられなかったら、致命傷だろう」

「でも、あの人を政治家と呼べるかね。一期しかやってないわけだし」

「そうか……」

「何で二期目に出なかったのかな」

猪熊という人は、特に後ろ盾もなく無所属で出馬した人だし、活動資金が続かなかった可能性もある。もっとも松浦は、当時熊野通信局にいたから、別の選挙区から出馬した猪熊の事情は知らない。選挙の後に本社に上がってからは、三重県の政界事情もチェックしていなかった。

「お待たせ」

振り向くと、歩美がいた。いつの間にか化粧を直していて、泣いた痕《あと》はまったく見えなかった。

「じゃあ、東京へ帰るとするか」本郷が軽い調子で言った。

「そうね。さっさと帰らないと、仕事が溜まるだけだし」

「俺は直帰だ。今日は休みにしてある」本郷が言った。

「本郷は……」

歩美が口をつぐむ。「暇だから」とでも言おうとしたのかもしれないが、さすがにそれは言い過ぎだと判断したのだろう。

近鉄の駅に向かってぶらぶらと歩き出す。日差しが強く、松浦はすぐにネクタイを外し、上着も脱いで右腕にかけた。左手にはボストンバッグを提げているから両手が塞《ふさ》がってしまったが、暑いのを我慢するよりはましだ。

「マツはどうするの？」歩美が訊ねる。

「一応、会社に顔を出すよ。別に仕事はないけど」

「編集委員は余裕よね」

「忙しい時は忙しいんだぜ……高本は大変そうだな」

「私、来月から局次長だって」

「はあ?」本郷が甲高い声を上げた。「さっきの電話、その件か?」

「そう」

「何だよ、めでたい話なのに、どうしてあんなにむっとしてたんだ?」本郷が非難するように言った。

「部長は兼務のままだからよ。会議が二倍に増えるだけじゃない」

「だけど、いい話じゃないか。仕事がないよりはましだぜ」

本郷の指摘に、歩美が黙りこむ。部長が、その上の職である局次長を兼務することはよくあるが、その場合、確かに仕事量は一気に増える。特に編集局では、局次長は毎日の紙面作成に最終責任を持つので、夕刊と朝刊をチェックする当番が定期的に——しかも結構頻繁《ひんぱん》に回ってくる。朝刊勤務の場合は午前二時までだ。それをこなしながら、さらに部長としての仕事をするのは、相当しんどい。広告局でも事情は同じようなものだろう。彼女の言う通り、会議は二倍に増えるはずだ。

「こっちで昼飯を食ってから帰ろうか」松浦はわざと仕事と関係ない話を持ち出した。

「せっかく四日市へ来たんだし、何か美味いものでも食べようよ」

「四日市の美味いものって言われてもなあ」本郷は乗り気ではなかった。

「だけど、新幹線で駅弁よりはましだろう。とんてきでいいじゃないか」

「昨夜も食べたぜ」本郷が反論する。

「とんてきは、定食で食べるものだよ」

「私はそれでもいいけど」歩美が同調してくれた。

「まったく……あんなものばかり食ってたら、死ぬほど太っちまうぜ」本郷が丸い腹を平手で叩いた。

「本郷の場合、普段の節制が足りないのよ」歩美が厳しく指摘する。

「それは認めるけど……しかし高本は、まったく体型が変わらないな」本郷が呆れたように言った。

「週に三回はジムに行ってるから」

「よくそんな暇があるな」

「朝七時に行けば、余裕よ」

「そもそも朝七時から体を動かせるのが理解できない」本郷が力なく首を振った。「俺なんか、まだ寝てる時間だぜ」

「慣れよ、慣れ。四十歳過ぎたら、少しは自分を虐《いじ》めないと。体は駄目になる一方なんだから」

「俺はもう、とっくに手遅れだな」本郷が乾いた笑い声を上げた。

二人のやり取りを、松浦はぼんやりと聴いていた。何だか頭を強打して、意識が飛んでいるような感じ……藤岡が死んだことが、まだ信じられない。もしかしたら、骨上げまでつき合うべきだったかもしれない。骨になった姿を見れば、実感できたのではないだろうか。

しかし、こんな状態でも、あることが引っかかっている。

藤岡はどうして四日市支局行きを希望したのだろう。そしてなぜ死んだのか。結局警察も、「なぜ落ちたか」について、はっきりとは解明できていないのだ。事件性がないから事故。そういう短絡的な結論を出すことはよくある。

今悩んでも仕方ないかもしれない。しかしこの問題が、今後も頭から離れないであろうことは、はっきり分かっていた。

物事にあまりこだわりがないのに、一度気になったことをさらりと忘れられないややこしい性格なのは、自分が一番よく知っている。

第3章　次の一歩

結局、近鉄四日市駅の近くで、とんてきを食べていくことにした。とんてきを出す店はたくさんあったが、どこが美味《うま》いか分からないので、取り敢えず最初に目についた店に入る。店内は、昼食を摂るサラリーマンで賑わっていた。

「とんてきを出す店って、こんなにたくさんあるんだな」席につくなり、本郷が言った。

「流行《はや》り始めたのは最近じゃない？　私たちがいた頃は、そんなに見かけなかった気がするわ」歩美が応じる。

「いかにも四日市らしい食べ物だよな。働く人のエネルギー源という感じで」

そう言って、松浦はメニューを眺め渡した。かなりボリュームがありそうだが、さらに半ラーメンなどをつけられるセットもある。さすがに五十歳を過ぎた胃袋ではセットメニューはこなせそうにない……三人とも、一番小さい百五十グラムのとんてきの定食にした。

昨夜居酒屋で食べたものは、ただ豚肉を焼いただけという感じだったが、この店の味つけはもっと凝っていた。濃い茶色のタレは、甘辛《あまから》いベースににんにくがしっかり利いていて、いくらでもご飯が食べられる。たっぷりのキャベツが添えられているのが、栄養的にはせめてもの救いという感じだった。肉を頬張り、ご飯を食べ進める。久しぶりに「飯を詰めこむ」感覚を味わった。美味いがやはり味が濃いので、ご飯が足りなくなりそうだった。しかしここは我慢、我慢……最近、体重には変動がないものの、健康診断の数値が微妙に悪化している。医者には「これ以上悪玉コレステロールの数字が上がったら薬を飲んでもらう」と脅《おど》されていた。薬漬けの生活なんて、冗談じゃない。体調が特に悪くないだけに、どうにも釈然としなかった。

「これはキャベツを食べる料理だな」

松浦は断じた。本郷と歩美が怪訝《けげん》そうに松浦を見やる。

「このタレは、キャベツのドレッシングなんだよ」松浦はタレをたっぷりまぶしたキャベツを頬張った。千切りキャベツは好きではないのだが、とにかく野菜はたくさん食べないと。

最初に食べ終えた本郷が、帰りの近鉄の時刻表を調べた。その先、新幹線との接続も。名古屋では、近鉄からJRへの乗り換えにはそこそこ時間がかかるから、余裕を見ておかねばならない。

濃い料理の口直しにコーヒーが欲しいところだったが、歩美が急いでいる様子だったので、そのまま駅へ向かう。コーヒーは、新幹線の車内で買えばいいだろう。

気がつけば二人ともすっかり、葬儀という非日常から抜け出して普通のペースに戻っていた。考えてみれば、そもそも一緒に帰る必要もない。何となく、一人になりたい気分でもあった。名古屋には知り合いの弁護士がいるので、ちょっと降りて挨拶していこうか、と考えた。しかし、「俺は別行動で」とも言い出しにくい。

こういうのは何十年経っても変わらないのだな、と我ながら驚く。本郷には「我が道を行くタイプ」とからかわれるが、実際松浦は集団行動が苦手だった。取材も、一人が一番やりやすい。宴会でさえ好きではなかった。今回、二日近くにわたって三人一緒にいたのは、松浦にとっては異例だった。

名古屋で乗り換えて新幹線の自由席に落ち着いたところで、本郷が唐突に切り出した。

「局次長になると、新幹線はグリーン車ＯＫだよな？」

「局長からよ」歩美が答える。

「ああ、そうなったんだ」本郷が呆れたように言った。「昔は、部長から乗れたはずだよな」

「そうだったわね。今は二段階、ハードルが上がった感じ」

新幹線だけではない。飛行機も……二十年ほど前までは、ある程度以上の距離を飛ぶ時は、平社員でもビジネスクラスを使えた。具体的にはアメリカ本土、あるいはヨーロッパへの出張ならＯＫだったはずである。実際松浦も、ビジネスクラスを使ってロサンゼルスへ出張したことがあった。それが今は、どんなに遠くでも、役員クラスでないとビジネスクラスは使えなくなったのではないだろうか。

そういうことを考えると気持ちが萎む。松浦たちが入社した頃はバブル経済真っ盛りで、経費の制限も緩かった。支局でもタクシーチケットは使い放題だったし、呑み屋の領収書もノーチェックで通ることが多かった。そもそも給料も、同世代の他業種と比べてかなり高かったはずである。

バブル崩壊後の「失われた二十年」は、新聞にとっても「縮小の二十年」になった。最大の原因は部数の減少……「マスメディア」はスケールメリットのビジネスであり、多くの人が読んでいるという前提で成立する。部数が減れば販売収入だけでなく広告収入も減る――その結果、経費に関しては非常に厳しくなり、取材も思うようにできなくなって、紙面は面白くもない記事で埋まるようになる。

その背景にあるのは、間違いなくインターネットの普及だ。ネットで記事が無料で読めれば、わざわざ新聞を買う人はいなくなる。そうなってしまったのは、新聞側の戦略ミスだ。ネット時代の初期――二十世紀の終わりには、既に各紙ともポータルサイトへの記事の提供を始めていた。それでポータルサイト側から多少の金が入るのだが、逆にネットユーザーの新聞離れを招いてしまった。自社サイトでのユーザー囲い込みも、上手くいっていない。どちらも、ビジネスとして成功しているとは言い難かった。ポータルサイトに記事を流さず、自社サイトでの記事提供を始める時に、有料で会員を囲い込む仕組みを作っていたら、と仮定の話を考えることもある。ただで読めていたのを、後から「金を取る」と言われて納得する人はいない。無料で記事を提供した時点で、引き返せないことは確定していたのだ。

ただ、後になってからなら何とでも言える。二十年前にネット事業を始めた連中は、暗中模索の中で何とか利益を上げようと頑張っていたに違いない。自分は二十年前も今も、変わらぬ仕事を続けているだけだ。

物思いにふけっていると、ふと誰かに見られている感じがした。顔を上げて周囲を見回したが、特に視線は感じない……しかし、中腰になって左斜め後ろを見た瞬間、松浦は驚いて凍りついた。

「どうしたの？」隣に座る歩美が訊ねる。

「田宮《たみや》さんだ」

「田宮さんって……」歩美が怪訝そうに言った。

「四日市支局長だった田宮さん」

「何で？」歩美も混乱しているようだった。「お葬式にいたかしら？」

「分からない。ちょっと聞いてくるよ」

新幹線でたまたま一緒になるのも、あり得ない話ではない。ただ松浦は、彼の格好が気になった。喪服……黒いネクタイこそしていないが、ブラックスーツ姿なのだ。やはり、藤岡の葬儀に参列していたのではないだろうか。

田宮は、松浦の記憶にある姿とはだいぶ変わっていた。最後に会ったのは二十五年前、それこそ自分たちが津支局を離れる時の送別会だったはずである。小柄ながらがっしり

——長年空手をやっていると聞いていた——した体型だったのに、今はすっかり萎んで、消え去ってしまいそうな雰囲気さえ漂っていた。

松浦は立ち上がり、スーツのボタンをとめた。ゆっくり歩いて行って田宮の横に立つ。もしも人違いだったらと思うと、すぐには座れなかった。

「田宮さんですよね？」少し緊張しながら声をかける。

「ああ……松浦君か」

向こうはすぐに分かったようだ。それにしても声も頼りない。気力も体力も使い果たしてしまったような感じだった。

「ご無沙汰《ぶさた》してます。もしかしたら、藤岡の葬式に来て下さったんですか？」

「ああ、通夜には出られなかったから、今日の葬儀だけでもと思ってね。日帰りなんだ」

「お疲れ様でした……すみません、葬儀の時に気づいてご挨拶しておくべきでした」

「いや、俺なんかどうでもいいんだよ」田宮が伏し目がちに言った。何だか彼らしくない——二十五年前の田宮は、居丈高《いたけだか》というか、小柄な体をカバーするようにいつも胸を張って堂々としていた。

「今、どちらにお住まいなんですか」

「横浜だ。だから、四日市までの日帰りは大したことはないんだよ。しかし君の方は、よく仕事を休めたな。ご活躍なのに……抜け出すのは大変だったんじゃないか」

田宮が松浦の仕事を認知しているのは、不思議でも何でもない。松浦が一番多く記事を書くのは解説面であり、そこに載る記事には必ず署名と顔写真がつく。新聞をきちんとチェックしている人なら、誰が何をどれだけ書いているか、普段の仕事ぶりも分かってしまうのだ。特に記者ＯＢは、そういうことに妙に詳しい。暇に任せて、新聞を隅から隅まで舐《な》めるように読むからだ。

「昨日から来てました」

「二日も？　それは大変だ」

「同期が亡くなったんだから、当然です」

「君たちは、特に仲がよかったんだろう？」

「今日は、本郷と高本も来てますよ」

「同期が勢揃いか」

その一言が何だか妙に身に染みた。同期が四人いたと言っても、支局を卒業した後のつき合いには、当然濃淡があった。政治部に行った本郷とは接点がなかったし、歩美は海外赴任も長かった。一方、同じ社会部の藤岡とは気楽な関係が続いていた。入社直後の研修の時から気が合ったこともあって、同期では一番多く、一緒に酒を呑んだ相手である。

「久しぶりですよ。今は三人とも部署がばらばらですから、葬式でもなければ集まりません」

「二人も同じ新幹線？」

「ええ。後で挨拶させますよ。ちなみに高本は広告局の部長——来月から局次長兼務で、本郷は東日文化財団の事務局次長です」

「三人とも偉くなったねえ」感心したように田宮がうなずく。

「でも、藤岡が一番偉いと思います。最後まで記者——記者に戻ったんだから。結局、現場にいる人間が一番偉いんじゃないですか？」

「君もそうじゃないか」

「私の場合は『現場』ではないですね。事件が起きた時に原稿を書くわけじゃないですから」だいたい、後から取材し直して解説記事を書くだけだ。いわゆる「生」原稿など、久しく書いていない。

「それにしても立派なものだよ。あの時期の津支局の記者は、全員優秀だったんだね」

「とんでもない……あの、二人も呼んできますね」

「いや、わざわざいいよ。申し訳ない」

どうして遠慮しているのだろう。特にわだかまりがあるわけではないし……考えてみれば、四日市支局に勤務したことのない三人は、田宮とはほとんど縁がなかったのだ。支局の全体会議とか、四日市方面に応援取材に出た時に一緒になるぐらいで、本当はどんな人なのか、松浦はよく知らない。地方採用記者で、本社にはほとんど勤務せず、地方支局回りを繰り返していたはずだ。

松浦は結局二人に声をかけた。挨拶だけした後、二人は自席に戻り、松浦は何となく田宮の隣に残った。

「退職されてどれぐらいになるんでしたっけ?」

「もう十五年だ」

「最後にお会いしてから、もう二十五年も経つんですね」

「そうだねえ。四半世紀だと考えると、とんでもない昔だね。こっちも歳を取るわけだ。君たちは働き盛りで羨《うらや》ましいよ」

「もう、そんなに先は長くないですよ」つい自嘲《じちょう》気味に言ってしまう。

「今は雇用延長もあるし、まだまだこれからだろう」

「六十歳を過ぎてまで働いているイメージがないですよ」

「体さえ元気なら、やれるだろう」

田宮が胃の辺りを手で押さえた。何か持病でもあるのだろうか——七十五歳で完全に健康体ということはあるまいが——と思ったが、その疑問を口には出さなかった。こういうのは、向こうが言い出したら乗るような話であり、こちらから探りを入れるべきではないだろう。

「藤岡とは今も行き来があったんですか?」

「年賀状はずっとやり取りしていたよ。俺が定年で辞める時には会った——わざわざ会いに来てくれた」

「最後、どちらでしたっけ」いかにも忘れてしまったような口調を装ったが、そもそも知らない。どんな話題でも適当に話を合わせせられるのは、新聞記者の得意技だ。

「小田原《おだわら》の通信局」

「ああ……それで今、横浜なんですね」

地方転勤を繰り返す地方採用記者の場合、自宅を購入するタイミングが難しい。定年になってから、最後の赴任地近くで家を買うパターンもあるそうだ。

「藤岡は、小田原までわざわざ来てくれてね。二人で呑んだのが、会った最後だったな」

「あいつらしいですね」

「義理堅《ぎり》いんだよ。いい男だった」

昔のネタ元とずっとつながり、かつての上司をいつまでも師と仰《あお》ぐ——自分はそこまでできない。やる気もない。取材は一期一会《いちごいちえ》で、一度だけ真剣勝負をして、人間関係をあまり濃密にしたくないという気持ちの方が強い。

「それにしてもあいつ、どうして四日市へ行ったんでしょう」転勤も多く、長いつき合いの田宮なら、ひょっとしたら何か聞いているのではないか、と松浦は想像した。

「取材現場のブランクが十年以上あっただろう？　記者に復帰しようと思った時に、いきなり横浜支局なんかだと、忙し過ぎてきついと思ったんじゃないかな」

実際、横浜支局は、全国屈指《くっし》の多忙な支局だ。事件事故も多いし、東京に近いが故に締め切りも遅く、記者は常に過重労働を強《し》いられる。

「彼は、年に一回ぐらいは四日市に里帰りしてたんだよ」

「ああ……そうらしいですね」

「だから、完全に縁が切れていたわけじゃない。そもそも、奥さんも向こうの人だし」

「第二の故郷みたいなものですか」

「だろうね」

車内販売が回ってきて、松浦はコーヒーが飲みたかったのだと思い出した。田宮に「何か飲みませんか」と声をかけたが、彼は首を横に振るだけで、また胃を押さえている。やはりどこか悪いのかもしれない。

一人で飲むのも気まずいと思い、後ろ髪を引かれるような思いでワゴンを見送った。

「藤岡の奥さん、確か地元の名家の出身でしたよね」

「そうだね。まあ、三重県でいい家と言ってもたかが知れてるだろうけど」田宮が苦笑する。「奥さんも、今回は大変だったんじゃないかな」

「ですよね……これからどうするんでしょう」

「難しいところだろうね。東京の家に帰るか、あるいは四日市で暮らすか……東京にも家があるけど、三重県にも親戚や知り合いが多いだろうしね」

「しばらくは落ち着かないでしょうね」

「まあ……こっちは見守るだけだよ」

田宮がゆったりと足を組む。急に険しい表情になり、口を引き結んだのを機に、松浦は席を立った。

最初に座っていた席に戻ると、本郷も歩美も寝ていた。疲れているのだろう。自分も目を閉じてみたものの、なぜか斜め後ろに座る田宮の存在が気になって仕方がなかった。

東京駅に着いて会社へ寄ったが、今日は特に仕事があるわけでもなく、松浦はさっさと帰宅することにした。

十年前、浦安《うらやす》に一戸建てを購入した時には、我ながらいい選択だと考えていた。銀座《ぎんざ》にある東日本社へは乗り換え一回で行ける――しかし引っ越し直後の通勤一日目に、早くも後悔することになった。何しろ東西線の朝の混雑は都内でも屈指であり、電車に乗ることが修行のようなものだったのだ。とはいえ、実際に乗っている時間はそれほど長くないのだから、贅沢は言えない……以来十年間、毎日のように「頑張れ」と自分に言い聞かせながら、通勤ラッシュに耐え続けている。

八時に帰宅すると、妻の弥生《やよい》と娘の佐奈はもう夕食を済ませていた。佐奈はリビングルームのソファに座って、「マスコミ就職読本」を広げている。今は何でも、まずは傾向と対策だな……自分が新聞社への就職を目指していた頃には、こういう本はそこまで一般的ではなかったのではないか？　対策と言えばせいぜい、同じ大学から新聞社へ行った先輩たちに話を聞くぐらい。あとはひたすら複数の新聞を読んで、日々のニュースを頭に叩きこんでいた。だいたい、マスコミで働こうとする人間が、「傾向と対策」に必死になるのはいかがなものか……社会も政界も財界も、日々動いて変化するのだ。同じような対応で取材ができるわけもなく、融通無碍《ゆうずうむげ》なやり方ができる人間ほどいい記者と言える。マニュアルにこだわり過ぎる記者は、結局は伸びない。

「ご飯、すぐ食べる？」弥生が聞いた。

「そうだな……そうするか」本当は風呂《ふろ》を浴びたかった。体が汚れたわけではないのだが、葬式帰りということもあり、体を清めたい。しかし、昼にがっつりとんてきを食べていたにもかかわらず、腹も減っていた。

夕食のメニューは、カレイの煮付けと肉じゃが、サラダだった。栄養バランスは完璧。松浦は煮魚が好きではないのだが、弥生は体に気を遣《つか》って用意してくれている……特に今日は昼飯を食べ過ぎたので、少し控えておくぐらいでちょうどいいだろう。

食事を終え、自分でコーヒーを用意してリビングルームへ移動した。小柄な佐奈は、両足をソファに上げ、膝を抱えこむ格好でまだ「読本」を読んでいる。顔が本に近い……まだ近視になってはいないようだが、眼鏡《めがね》の世話になる日も近いだろう。

「パパの会社って、部長になる平均年齢は何歳ぐらい？」佐奈が顔も上げずに訊ねた。

「何だよ、いきなり」

「そういうの、大事なポイントじゃない」

「四十五歳前後、かな。でも全員が部長になれるわけじゃないよ。ならない人の方が圧倒的に多い」

「それは、どこの会社でも同じよね」佐奈が本に直接書きこみをした。

「何だよ、もう部長になることなんか考えてるのか？」

「どうせなら長く働きたいじゃない」

「最近は、そういう安定志向が流行りなのか？」

「このご時世、どうなるか分からないでしょう。会社をすぐに辞めた人は、その後だいたい辛い目に遭ってるのよね。日本は第二新卒に厳しいから。一回転職した人は、二回、三回と繰り返す傾向があって、だいたいその都度給料が下がっていくパターンが多いのよね。キャリアアップなんて、どこの国の話っていう感じ」

何だかなあ……就職、そして働くことは、いつの間にこんなに大変になったのだろう。松浦は、ただ試験と面接をクリアして入社しただけ――特に真剣な対策も取らなかった。周りの人間も、だいたい同じようなものだったと思う。今の若い連中は、情報過多で自《じ》縄自縛《じょうじばく》の状態に陥《おちい》ってしまっているのではないか？

「新聞業界みたいな斜陽産業じゃあ、そもそも長く働けるかどうかも分からないぜ」松浦はつい口出しをした。

むっとした表情を浮かべながら、佐奈が顔を上げる。

「自分が働いてるところを斜陽産業って……言ってて悲しくならない？」

「俺はそれだけ冷静なんだよ」

「でもそれって、パパたちの世代の責任でもあるよね？　傾いてきたのに気づいても、立て直す努力をしてこなかったんだから」

「分かった、分かった」松浦は両手を挙げて降参した。「確かに俺たちのせいだ。だけど、中にいると、自分の状況がなかなか客観的に見られないんだよ」

「言い訳だよね」佐奈がすっと人差し指を松浦に向けた。子どもの頃からの癖《くせ》だ。

「それ、やめろって。そういうことをされると嫌がる人、多いぞ。取材する仕事に就《つ》きたいなら、相手を不快にさせるような癖は直さないと」

「はいはい」

佐奈は溜息をつき、また「読本」に視線を落としてしまった。

コーヒーを飲み干し、カップを流しに置く……いや、洗っておこう。何でも妻任せにしないで、これぐらいは自分でやっておかないと。定年退職した直後に妻の方から離婚を切り出されてはかなわない。

寝室に行って、ブラックスーツを脱いで片づける。弥生が入って来て、「それ、クリーニングに出したら？」と言った。もうランドリーバッグを持っている。

「そうだな」ハンガーにかけたスーツに鼻をくっつけて臭《にお》いを嗅《か》ぐ。臭《くさ》いわけではないが、この二日間はかなり暑かったから、汗が染みこんでいるだろう。近々夏用のダークスーツを着る機会があるだろうか……ないことを祈った。そんなに頻繁に葬式があってはたまらない。

「お葬式、どうだった？」

「地元の人が大勢集まってくれたよ。やっぱり、支局長は地域の顔なんだな」

「奥さん、大変だったでしょうね」

「親戚の人がずっとつき添ってた」いや、本当に親戚かどうかは分からない……もしかしたら、子どもの頃からの旧友かもしれない。

「これからどうするのかしら。藤岡さん、家は？」

「中野《なかの》にマンションを持ってるよ。まだローンも残ってると思うけど……」

「大変よねえ」弥生が表情を歪《ゆが》める。「奥さん、専業主婦でいきなり一人きりで取り残されて……何だか私も辛いわ」

「君も専業主婦だから？」

「私は平気だけどね。あなたにはたっぷり保険をかけてるから」

おいおい……冗談にしてもひど過ぎる。無理に笑おうとして、松浦は顔が引《ひ》き攣《つ》るのを意識した。弥生は、いたって平然としている。

「それより佐奈は、本当にマスコミを受験する気なのかね」松浦は話題を変えた。

「本人は完全にその気みたいよ」

「テレビや広告代理店じゃなくて、新聞なのか」

「あの子、基本的に真面目だから。同じマスコミでも、テレビや代理店って、軽いイメージがあるでしょう」

「今のご時世、新聞社に入っても、得することなんか何もないんだけどなあ」

「昔はお給料もよかったけどね。あなたが新聞記者になったから、私は会社を辞めてもいいって思ったぐらいだもの」

「金のことだけを言えばね……実際、困ったこともなかったよな？」

「家のローンだって、順調に繰り上げできてるしね。たぶん、退職金には手をつけないで済みそう――そういう意味では感謝してます」

松浦はワイシャツを脱いで上半身裸になった。だいたい佐奈は、そんなに父親が好きなわけでもないのに、どうして同じ仕事に就こうとしているのだろう。もう少しきちんと質問してくれたら、答えようがあるのに……こういうことは妻に聞くに限る。自分とはあまり話さないのだが、弥生にはよく相談しているはずだ。

「あいつ、どうしてマスコミ業界になんか興味を持ったんだろうな」

「それは、あなたを見てたからでしょう」

「まさか」話す時に目を合わせない、こちらが何を聞いても生返事、ちょっと叱ると猛反発する――長い反抗期が、中学生ぐらいの時からずっと続いている。とても、自分の背中を見ていたとは思えない。

「やっぱり、身近にいる人の存在は気になるのよ」

「俺としては、やっぱりお勧めできないな。どう考えても、これから盛り返す気配はないんだから」

実際、ライバル社である日本新報は経営が傾き、身売りを画策していたぐらいなのだ。その実態は表沙汰になってはいないが、交渉が決裂したのは、相手の方で「新聞社など買う価値がない」と判断したからではないかと松浦は疑っている。いつか、その辺をきちんと取材できたら、一冊の本にできるかもしれない。いや、こういう話を取材するのはやはり経済部だろうか……新聞社を普通の「企業」と考えればの話だが。

「でも、東日がそんなにすぐに潰れるわけないでしょう」

「いやいや、一寸先は闇だぜ」松浦は真顔でうなずいた。「今回、葬式に出たせいか、昔のことをやたらと思い出すんだよ。三十年前――俺たちが入社した頃は、やりたい放題だった。金も結構自由に使えたし、インターネットなんかまだなかったから、第三者に批判を浴びるようなこともなかった。それが今や、マスコミなんて憧《あこが》れの職業でも何でもない。あれこれ叩かれるような業界にいると、精神衛生上もよくない」

「今は、誰でも気楽に文句を言えるようになっただけでしょう。だから、どんな業界でもターゲットになる――単にそういうことじゃないかしら」

「まあね……」女房にまで言い負かされるとは、何とも情けない。松浦は「風呂、入るよ」と言い残して寝室を出た――おっと、気をつけないと。裸でうろうろしているのを見つかったら、佐奈に白い目で見られる。

ゆっくりと風呂に浸《つ》かり、ようやくひと息ついた心地になった。何だか心が空っぽ――友を失った悲しみと死の恐怖が、今になってじわじわと襲ってくる。

お湯の中に身を沈めながら、水を怖がり、しかも異常に慎重だった藤岡が、どうしてあんなに危ない撮影をやろうとしたのだろう、と思った。身の危険を覚悟してやるような取材は、滅多《めった》にないのに。

それ以前の問題——そもそも藤岡はどうして四日市へ行こうと思ったのか。二年前に、彼が説明を曖昧《あいまい》にしたことが、今更ながら気にかかってくる。

リビングルームへ戻ると、佐奈はもういなかった。自室に引っこんでしまったのだろう。マスコミ対策の勉強で夜更かしするのかもしれない。根は真面目な子だから、筆記試験は突破できるだろう。問題は面接だが、仮に東日を受けるならば、自分が人事部長辺りに一言耳打ちしておけばぐっと有利になる——いやいや、そんなことが佐奈にばれたら、二度と口をきいてもらえないかもしれない。

どうせなら自分とは関係ない日本新報か、経済紙の東京経済新聞を受けてくれるといいのだが……いや、日本新報は駄目だ。夕刊を廃止して大規模なリストラを行い、明日をも知れぬ状況に陥っている新聞社に入っても不安なだけだ。入ってもすぐにリストラに遭う危険性もある。一方東経は……あの新聞はネットへの取り組みも先進的だし、経済ニュースのニーズは以前よりも高まっているから、他紙よりも経営は安定していると言っていいだろう。ただし、東経の記者は様々な媒体《ばいたい》に書きまくらねばならないので、他紙の記者よりもはるかに忙しく、いつも疲れて死んだような目をしている。ああいうのは、記者の「取材」ではない。情報の形を変えて伝えているだけなのだ。

現実問題としては、東日が一番無難なのだ……どうせ、一緒の職場で仕事をする可能性は皆無だから、俺の存在を気にする必要もないだろう。入社したら最初は、五年ほど地方支局での勤務。佐奈が本社へ帰って来る頃には、自分はもう定年が迫っている。
スマートフォンが鳴る。メッセージか……放っておこうと思いつつも、立ち上がり、冷蔵庫からビールを取り出すついでにメッセージを確認してしまう。歩美からだ。

気にならない？　いろいろ。

いきなりどうしたのだろう。松浦は、すぐに返信した。

何が？

返事は一瞬で来た。もしかしたら歩美はまだ会社にいて、仕事の合間にメッセージを送ってきているのかもしれない。

藤岡君のことに決まってるじゃない。

俺も気にはなるけど。

マツはどうするの？
まだ考えてるところ。

何だか急《せ》かされている感じだ。俺は考えるだろう。しかし考えた先に答えはなさそうだ。とはいえ、歩美も自分と同じような感覚を持っているのだと考えると、何となく嬉しかった。

続けて電話が鳴る。メッセージのやり取りでは埒《らち》が明かないと苛ついた歩美が電話してきたのかもしれないと思ったが、本郷からだった。

「よ」本郷の口調は軽かった。

「どうした」

「酒を呑んでたら、何だか寂しくなったんだよ」

「何だよ、それ」酒に弱い本郷は、しみじみするより先に酔っ払ってしまうはずだ。

「まあ、それはいいけど……藤岡のことが気になってさ」

「高本からもメッセージがきたよ。あいつも気になってるみたいだ」

「だろうな。お前はどうなんだよ」

「ああ——確かに引っかかってる」

「何か、変だよな。お前、現場を見て、何か思わなかったか？」

「事故を疑う材料はない——お前、まさか藤岡が殺されたとでも思ってるのか？」

「そうは言わないけど」慌てた調子で本郷が否定する。「お友だちの副署長と話したんだろう？　その感触はどうだったんだ？」

「警察はきちんと処理したと思う」

「何か揉み消したとか、考えられないか？」

「政治部は、そういう目で警察を見てるのか？　そんなことは、実際には滅多にないんだよ」

「それは分かってるけど、絶対にないとは言えないだろう」

「お前、ひょっとして何か摑《つか》んでるのか？」

「そういうわけじゃないけど……気にならないか」

「なるさ」松浦も認めた。「でも、どうしようもないんじゃないかな」

「そうか……俺たち、神経質になってるだけなのかもな」

「ああ」

「入社して三十年が経って、定年が見えてきた——今回は定年どころか、人生の終わりも意識させられたよ」

「寂しい話、するなよ」

「お前はそういうことに頭が回らないかもしれないけどな。仕事が充実してる人間は、寂しい定年後のことなんか考えてないだろう」

「お前は考えてるのか?」

「まあねえ……何しろ傍流《ぼうりゅう》も傍流、出向中の身だから。本社へ戻るのか、このまま財団にいて終わるのか、思案どころだよ。こっちはまだ、子どもが独立するまで時間がかかるし」

「上の子、高校生だっけ?」

「来年、大学受験。しかも下の子は中三だからな」

「ダブル受験かよ」

「大変なのは子どもと嫁さんで、俺じゃない。俺は金の心配だけしてればいいのさ」

「それじゃ寂しくないか?」

「そんなもんだよ。家でも居場所を見つけるのは大変だ」

昔はひょうひょうとして、何をするにも要領がよかった本郷は、五十を過ぎて自信も目標も失ってしまったのかもしれない。しかも家庭で居心地が悪いとなると、毎日やりきれないだろう。その点うちは……まだましなのかもしれない。

「とにかく、しんどい葬式だった」本郷が零《こぼ》した。

「そうだな」

「お前、本気で調べてみる気はないか? 現役の事件記者として」本郷がいきなり切り出した。

「俺の立場で、事件記者気取りで現場に行ったら、後輩たちから非難囂々だよ」

「昔取った杵柄《きねづか》っていうこともあるだろう。こういうことを調べるなら、社会部出身のお前が一番いいと思うんだけどなあ」

「気にはなるけど……時間もないしな」

「編集委員なんて、時間は何とでもなるんじゃないか」

「これは仕事じゃないだろう」

「記事になるかもしれないぜ」

本郷がさらりと言った。まさか。同期の死を記事にする？　少なくとも松浦にはない発想だった。

「それに何となくだけど……藤岡には借りがあるような気がするんだよな」

「……ああ」松浦もそれは認めざるを得なかった。何を頼んでも、藤岡がまったく嫌な顔をしなかったのが、今思いかえすと辛い。

「せめて、あいつに何があったかぐらい、俺たちは知っておくべきじゃないかな」

本郷も歩美も引っかかっている。しかしそれぞれ現在の立場があり、自分では調査できないわけで――二人が松浦の顔を思い浮かべたのは自然だろう。

やはり自分がやるべきなのか？　藤岡という人間の人生を、改めてひっくり返すべきなのか？

第4章　過去にいる男

歩美は、洋楽にはほぼ興味がない。しかしたった一曲、事あるごとに聴く曲がある。クイーンの『ショウ・マスト・ゴー・オン』。ショーは続けなければならない。「何があっても止《や》めることはできない」という強い決意を表現する時に使う、英語の慣用句的な言葉でもある。この曲をレコーディングした時、ヴォーカルのフレディ・マーキュリーは闘病生活を送っていて、ほどなく亡くなる——そういうリアルな背景があるが故に、この曲の歌詞が身に染みるのかもしれない。

そもそも、この曲の入ったクイーンのCDをくれたのが藤岡だった。歩美が静岡《しずおか》支局へ転勤する記念として……どういう風の吹き回しだったかは分からないが、CDは、今でも一番手に取りやすい場所に置いてある。大きなテレビ台に置いた三十四インチのテレビと小さなオーディオセットの横——たくさんあったCDはほとんどデジタル化して処分してしまったのだが、この一枚だけは残っている。

そして何度も助けてもらった。

女性として新聞記者を続けていくこと——「女性として」という枕詞《まくらことば》は大嫌いなのだ

が、実際に女性であるが故に、この三十年間、様々なことがあった。一番大変だったのは、やはり支局時代だ。津支局では、歩美が初めての女性記者だったこともあり、トイレや泊まり勤務などの問題が無数にあった。当時の支局長やデスクがずいぶん気を遣ってくれていたのはひしひしと感じていたが、それがまたプレッシャーだった……。

経済部でも、何度も不安に駆られた。元々文学部出身で、経済のことなど何も分からずに経済部へ行ったのが正解だったのかどうか……九〇年代半ば、女性記者がまだ珍しかったこともあり、企業のトップにはずいぶん可愛がってもらったが、今思えば、顔から火が出るほど的外れな質問を何度もしたはずだ。取材現場での実地訓練だけでは間に合わず、家に帰ってから経済の専門書を紐解《ひもと》き、経済誌も定期購読して知識を深めなければならなかった。あの頃、八時間ぶっ続けで寝た記憶はほとんどない。最初にして最後の結婚のチャンスを逃したのは、三十二歳の時だったか……あの時も『ショウ・マスト・ゴー・オン』を何度も繰り返し聴いた。

一人暮らしのマンションで、朝から『ショウ・マスト・ゴー・オン』を鳴らす。何とも物悲しい曲調、悲壮な決意とも取れる歌詞。しかし全体の印象は力強く、気合いが入るのだから不思議なものだ。

それにしても、と溜息をつく。青山《あおやま》にこの1LDKのマンションを買ったのは、もう十五年ほども前だ。当時にしてもひどく背伸びした買い物で、今でも毎月のローンが負担になっているが……吹っ切るためには必要だったのだと思う。誰にも頼らず、一人で生きていくための「巣」――ただしこの決断が正しかったかどうか、今でも気持ちが揺らぐことはある。

広告局の出勤時間は午前九時半。部によっては、朝イチでミーティングがある。その前に、その日の各紙朝刊を見比べて「抜かれ」をチェックする――そう、記事だけではなく、広告にも「抜かれ」はあるのだ。自社以外の紙面に大きな広告が載っていると、それは担当の失策になる。しかし歩美が部長を務める「デジタル広告部」では、朝のミーティングは行っていない。自社の公式サイトでの広告営業が仕事の中心なので、他社との成績比較が難しいのだ。本格的にやるとしたら、マスコミ各社だけでなく、ポータルサイトとの比較もしなければならず、手間がかかって仕方がない。

席に着き、パソコンを立ち上げた瞬間に、背後から声をかけられた。

「高本君、ちょっと」

広告局長の森中《もりなか》――経済部の先輩でもある。慌てて立ち上がり、彼を追って局長室へ向かった。広告局は基本的に、ワンフロアで見通せるようにレイアウトされ、各部の間に「壁」はない。広告総務部の隣にある局長室だけが、壁で囲まれていた。

後ろ手にドアを閉めると、すぐにソファを勧められた。例によって浅く腰を下ろし、背筋を伸ばす――「長居はしませんよ」と態度で示したい時はいつもこうする。

「葬式はどうだった？」

「複雑な気分でしたね」

「同期が亡くなるというのはねえ……」

「局長は、そういう経験はないんですか？」

「うちの同期は全員元気だ。悪い奴ほど長生きするんだよ」

言って、森中が声を上げて笑う。その笑い声が無駄《むだ》に大きい……百八十センチを超える長身で、動きも声も大きいのだ。隠密《おんみつ》行動は絶対にできない、と昔から揶揄《やゆ》されていた。

歩美は、森中と同じルートを辿《たど》っている——東日では、「人事コース」が伝統的に決まっているのだ。広告局の場合、プロパーの社員が局長になることはほとんどなく、経済部の「天下り先」になっている。経済部のデスクから広告局の部長に異動し、そのまま局次長、局長と進んだ人は多い。森中がまさにそうだった。

「昨日の話なんだが……十月からよろしく頼むよ」

「承知しました」

「会議は増えるけど、これは仕方ないから」

「私が局長になったら、会議はできるだけ減らしますよ。情報共有の手段は、いくらでもありますから」

「ああ、もちろん」森中が鷹揚《おうよう》にうなずいた。「その辺は自由にやってもらっていい。むしろ、どんどん変えた方がいい。ただ、それまでにはもう少し間があるから、しばらくは今のルールでやってくれよ」

冗談のつもりで言ったのだが、森中は真面目に反応した。どうも自分は、人を緊張させてしまうタイプのようだ。

「分かってますよ」

「デジタル広告部の方も、引き続きよろしく頼む。局内で唯一の成長部署だからな」

うなずいたが、実際にはそういうわけでもない。ここ数年、デジタル広告部の売り上げはほぼ横ばい、よく言って微増程度の成績なのだ。これが東日だけの傾向なのか、ネット広告全体に共通しているかは、まだ見極めがついていない。

「来年の春には部長を外れて局次長専任にする予定だから、それまで半年、何とか耐えきってくれ」

「耐える、なんて大袈裟《おおげさ》じゃないですか」歩美は強気を見せた。

「その後は、当然分かってると思うが……私は、長くても再来年の株主総会までだ。その後を頼むことになる」

「はい」局長から広告担当役員へ——よほどのミスがない限り、森中はもう一段階上へいく。その跡を襲《おそ》うのは自分だ、と歩美は自覚していたし、森中にも何度も言われている。もう、後継指名は済んでいるわけだ。あとはヘマさえしなければ……この辺は、一種の賭《か》けである。自分がミスしなくても、部下のミスで全てが吹っ飛んでしまう恐れもあるのだ。

「とにかく、来月からよろしく頼むよ」

「了解しました」

立ち上がって一礼し、すぐに局長室を出る。ドアを閉めて立ち止まると、小さく息を吐いた。遅くとも一年半後には、自分がこの部屋の主人《あるじ》になる。いっそのこと、局長室は廃止してもいい。皆と同じ場所で机を並べて仕事をする——いや、今からこんなことを考えていてはいけない。余計な方向に意識が向くと、人は必ず失敗するものだ。

自席に戻る。四日市へ行った二日間は休暇のようなものだったわね……これから日常が戻ってくる合図のように電話が鳴った。

「高本です」

「ああ、どうも……石田《いしだ》です。三重流通《みえりゅうつう》の」

「お久しぶりです」久しぶりに聞く声だったが、すぐに名前と顔が一致した。しかし……こんなに掠《かす》れて元気がない声だっただろうか。ただ、彼ももう八十歳ぐらいなのだと思い出す。声に張りがなくなってもおかしくない年齢だ。

「広告局の部長になられたんだね」

「ええ、二年前に」

「ご出世だねえ」

「いえ、とんでもないです」

石田と知り合ったのは、もう二十年近く前——歩美が経済部で物流業界を担当していた頃だ。ネット通販の黎明《れいめい》期であり、物流業界もその動きに大きく揺さぶられた時期である。「三重流通」は名前から分かる通り、元々三重県で産声《うぶごえ》を上げた企業だが、その後東京に進出し、歩美が担当していた頃にはロジスティクス業界の最大手になっていた。当時、石田は社長。挨拶回りで、津支局出身だと打ち明けると急にくだけた態度になり、それ以来ずいぶん可愛がってもらった――経済部に、まだ女性記者が少なかった時代だったことも、いい影響を及ぼしてくれたと思う。

歩美はほどなく物流担当を離れてニューヨーク支局に赴任したのだが、三重流通はニューヨークにも支店を持っていたため、現地でも何度か会った。歩美が帰国した時には石田は会長になっていたが、まだ会社の実権は握っていた。歩美自身は、もう物流担当に戻ることはなかったものの、たまに会食するなどの交流は続いた。ただしそれも、石田が相談役になって、経営の一線から退《しりぞ》くまでのことだった。

それがもう十年前――常識的に考えれば、石田は既に引退しているはずである。向こうの真意が分からない……突然の電話を、歩美は訝《いぶか》しく思った。

「何でも今度、局次長になられるとか」

「……よくご存じですね」少しだけ薄ら寒いものを感じた。「人事の秘密は秘密にならない」とよく言われるが、それにしても歩美自身、言い渡されたのは昨日である。石田は東日にいいネタ元でも持っているのだろうか。

「さすが、私が出世すると目をつけていただけのことはある」

「そうですか？　その話をされたのはずいぶん昔ですよ」軽い口調で応じつつ、歩美はかつて石田が言った台詞《せりふ》をぼんやりと思い出していた。

「いやいや、昔から雰囲気で分かっていましたよ。東日初の女性役員、もしかすると社長の目もあるのではないかな？」

あの時は笑って聞き流していた。今でこそ、女性管理職の積極登用が盛んに言われるようになったが、その頃はどの業界でも、女性の課長・部長でさえ極めて珍しい存在だった。それは三重流通でも同じこと……石田にはやはり、先見の明があったのかもしれない。

「ちょっと早いけど、お祝いでもさせてもらえればと思いましてね」

「そんな大袈裟なものじゃないですよ」

「いやいや、爺《じい》さんの好意ということでどうですか？」

「それはもちろん、ありがたいお話ですけど……」

石田の意図が読めない。しかし歩美のアンテナは金の匂いを嗅ぎつけていた。

「石田さん、今は会社では……」

「ああ、ありがたいことに、まだ籍がありますよ。相談役から名誉相談役……もちろん、毎日会社へ行くわけじゃないですが、部屋も専用車もあります」

「やっぱり、会社もまだ石田さんの知恵と経験を必要としているんでしょうね」

「いやいや」電話の向こうで石田が声を上げて笑った。「こういうのは、よく批判の対象になるんだけどねえ。特に利益をもたらさない人間のために部屋や運転手をあてがうのは無駄……違いますか？」

　それを望んだのは石田自身だろう、と歩美は想像した。歩美が取材していた頃には、脂《あぶら》ぎっていたというか、とにかく仕事にかける執念が凄《すさ》まじい人だった。八十歳になっても、会社にしがみついていたい――「欲」が抜けない人はいるもので、石田はまさにそういう人種かもしれない。

　いずれにせよ、石田がまだ会社に対する影響力を持っているとすると、会うことがビジネスにつながる可能性もある。ロジスティクスは一般消費者にはあまり関係のない分野で、ネット広告とも馴染みがないのだが、どこにチャンスが転がっているかは分からない。

「相変わらずお元気で、嬉しいですね。お誘いいただいてありがとうございます」

「じゃあ、早速ですが今夜はどうかな」

「今夜ですか……」特に予定は入っていないが、あまりにも急な気がした。しかし、目の前にチャンスが現れたら、まずは手を伸ばして摑んでみるべきだ。「大丈夫です。何時がよろしいですか？」

「そちらは何時まで？」

「基本、六時です」

「じゃあ、私が銀座まで行きましょう。六時半でいいですね？」石田がてきぱきとした口調で言った。最初に話した時の老いを感じさせる印象は影をひそめ、昔と同じ張りのある声が戻ってきていた。「店は選んでおきますよ。東日さんの社屋の前までお迎えに上がりましょう」

「それじゃ申し訳ないですよ」歩美は慌てて言った。この人、こんなに気を遣う人だったかしら。

「いやいや、銀座は狭いですから」

「……分かりました。でも、高い店は駄目ですよ」

遠慮がちに言うと、石田が声を上げて笑う。

「あなたに払わせるつもりはありませんよ。局次長就任の前祝いなんだから」と少し慌てた調子でつけ加えた。

「今は、いろいろ煩《うるさ》いんですよ」

「まあまあ……」

「割《わ》り勘《かん》でお願いします。気楽な店にしましょうね」

「天下の東日さんがねえ。時代ということですか」

「私たちの頑張りが足りないからですね」

「記者さんではなくて、広告担当だと、お金のことも考えないとね」

「最近、記者時代がどれだけ楽だったか、懐かしく思い出します」

石田がもう一度声を上げて笑い、それを機に電話を切った。何だか……あまりにも唐《とう》突《とつ》な電話だった。でも、記者時代から、「会いたい」という誘いの電話を断ったことはない。何が特ダネにつながるか分からないのだ。

広告局にいても、記者の頃の気持ちは失いたくないし、失っていないと思いたかった。

六時過ぎ、歩美はトイレで軽く化粧を直した。そこへ入って来た部下の吉江《よしえ》貴美《たかみ》が、驚いたような表情を浮かべる。

「部長、どうしたんですか？　化粧直しなんて、珍しいですよね」

「デート」

「マジですか」

二十代半ばの貴美は、時々乱暴な口調で喋る。その都度苛々《いらいら》させられるのだが、一々本人には言わない。そういう指導は部長の仕事ではないだろう。

「デートって言っても、相手は八十歳のお爺ちゃんだけど」

「まさか、遺産狙いですか？」

さすがにこれには笑ってしまったが、特に訂正もしなかった。私は、先の先まで考えて、老後の計画を立ててるから……基本方針は、人に頼らないこと。

「昔――経済部時代にお世話になった人なのよ。久しぶりに会おうって電話がかかってきて」

「どこの人ですか？」

「三重流通って知ってる？　ロジスティクスの会社なんだけど」

「ああ、名前だけは」

知ったかぶりだな、とすぐに分かった。「名前は知っている」というのは、無知を誤《ご》魔化《まか》す一番の方便である。しかし、それを責める気にもならなかった。もちろん広告局員としては、四季報に出ている上場会社の名前ぐらいは諳《そら》んじていなければならないわけで、本当は猛省を促したかったが。

「経済部時代に、物流関係の取材をしていた時に知り合ったのよ。当時は社長で、今は名誉相談役。もしかしたら、ビジネスになるかもしれないし」

「ロジスティクス系でビジネスですか？」貴美が首を傾げる。「広告の実績はほとんどないですよね」

「何か、新聞広告と親和性のあるビジネスに手を出していないかどうか、確認してくるわ」

「はあい。お疲れ様です」

はいはい、お疲れ様――君ももう少し、気持ちを入れて仕事をしてね。そんな言葉が喉元まで上がってきたが、何も言わなかった。たぶん自分は、ずいぶん大人しい部長だと思われているだろう。叱りつけることも、感情を露《あら》わにすることもまずない。正直、部下をどうコントロールしていくべきか、ロールモデルがなかった。インターネットで広告を展開し始めてからもう二十年も経つのだが、このセクションは今でも広告局の中では「外様《とざま》」扱いで、仕事の面でも部長としての役回りでも、参考にできる先輩がいなかったのだ。

最後に大鏡でチェックして終了なのだが、なかなか納得できない。最近、目尻の皺《しわ》が一層目立つようになった。笑い皺だと自分を納得させようと思っても、それが欺瞞《ぎまん》だということは自分で分かっている。歳を取ることを自然に受け入れたい——その方が精神衛生上もいいと分かっていても、まだ逆らいたい気持ちは強かった。実際、これからまだ上へ行くためには、若々しい外見も必須だろう。今の時代は重厚さよりも軽快さ……だから本当は、今以上に自分磨《みが》きに時間と金をかけて若さをキープしたいのだが、なかなか思うようにはいかない。

約束の十分前、六時二十分に会社の正面玄関に出る。六時半になるとここは閉まってしまい、出入りは裏口からになる……歩美はいつもこれが不思議でならなかった。新聞社は、二十四時間営業というわけではないが、一日のうちで休んでいる時間はほとんどない。ずっと正面を開けておいた方が効率がいいのに。

背後でシャッターが下りる音が聞こえ始めた時、歩美の視界に一人の老人の姿が映った。間違いない、石田だ。「矍鑠《かくしゃく》としている」というのが、久しぶりに会った印象だった。ステッキは持っているが、それに頼るわけではなく、単なるアクセサリーとして利用しているだけのようだった。

服装は薄茶色の麻のジャケットに白いワイシャツ、ウールタイを合わせている。下はグレーのズボンに黒い革靴《かわぐつ》。革靴も柔らかいタイプではなく、しっかりしたものだった。

歳を取って足腰が弱ってくると、ああいうがっしりした靴は重いだけで歩きにくいのではないかと思うが、これは石田なりのダンディズムかもしれない。

階段を降り始めた時、彼のすぐ後ろにいた女性が「おつきの人」だと分かった。石田が振り返って一言二言話し、それに対して女性がうなずいたのだ。年の頃、四十歳ぐらいだろうか。ベージュのスーツ姿で、非常にきちんとした感じがある。社長室か秘書課の人で、普段から石田の面倒を見ているのでは、と歩美は想像した。

石田も歩美に気づき、ステッキを持った手を軽く挙げる。表情は緩んでおり、久しぶりの再会を喜んでいるのは間違いなさそうだった。

歩美はすっと彼の前に出て立ち止まり、一礼した。

「お久しぶりです」

「いや、どうもどうも……あなたは変わりませんね」

「変わりましたよ。最後にお会いした時から、もう十年経っていますから……先に言っておきますけど、五十三になりました」

「私みたいなジイさんから見ると、四十三歳も五十三歳も変わらないよ。相変わらずあなたは、背中に一本芯《しん》が入っているようだね」

「そうですか？」歩美は意識して背筋を伸ばした。この人は、私の中にどんな「芯」を見ているのだろう。

「ま、久しぶりに美味《うま》いものでも食べましょう……ああ、こちらは秘書室の城山《しろやま》」

「城山です」

一歩進み出て、素早く名刺を差し出す。交換して名前を確認すると、「秘書室主任 城山優子《ゆうこ》」とあった。いかにも秘書然としている……口では上手く説明できないが、「上品さ」以外に個性を出さないように気をつけているようだ。だいたい大会社の秘書は皆、同じような雰囲気をまとっているものだ。

「近くのお店を予約しておきました。和食で『泰山《たいざん》』というお店です」優子がテキパキとした口調で言った。

「すみません、知らない店です」

「銀座の店を全部覚えるには、一財産叩《はた》かないと。そして一文無しになった頃には、また新しい店がたくさんできている」石田が笑う。

優子が先導し、歩美と石田が並んでその後ろを歩いた。驚いたことに、石田の歩くスピードは歩美と変わらない。普段から積極的に歩いて体を動かしている人の歩き方だ。

「相変わらずお元気ですね」思わず言ってしまった。本当に元気な高齢者は、そう言われるとかえって機嫌を損《そこ》ねるものだが。

「七十を超えてからジョギングを始めたんですよ」

「本当ですか？　すごいですね」普通、その年齢ではウォーキングがせいぜいだろう。ジョギングなどすると、かえって膝や腰を痛める。

「あなたも少し体を動かした方がいいですよ」

石田が軽い調子でアドバイスした。自分も週三回、ジムに通っている——しかしその事実は告げず、歩美はうなずくだけにした。自分のことを話すのではなく、相手の話を引き出すのが新聞記者の仕事だ。

「やっぱり、いい汗をかくと気分がいい。健康にもいい。最近は、人間ドックでも何も引っかかりませんよ」

「それは、学会で発表するレベルの話ではないですか？」

石田は神戸にいる歩美の両親とほぼ同世代なのだが、二人はしょっちゅう病院の世話になっている。すぐに命に関わるような病気はないのだが、病院へ行くことが生活の基盤になってしまっているようだった。

「今日も歩いてきたんですか？」

「これは仕事じゃないからね。その辺はきちんと分けておかないと」

「私は仕事のつもりでいましたが」歩美はジャブを放った。

「まあまあ……そう前のめりにならずに」石田が釘を刺す。

この人のペースには、いつも巻きこまれてしまう。昔からそうだった。人当たりはいいし、よく喋ってくれるのだが、肝心《かんじん》なことは口にしない——別れてから、役に立つ話は一つもなかった、とはっとすることもしばしばだった。

そうならないように、今日は気をつけないと。

東日の本社から五分ほど歩き、銀座七丁目にある飲食店ビルに入る。その店「泰山」は、ビルの中にあるとは思えないほど静かな雰囲気だった。客の質がいいのか、そもそも客が少ないのか、ざわめきすらない。通されたのは畳の個室だった。歩美は和室が苦手なのだが、この部屋は妙に落ち着く。

ビールで乾杯。一杯呑むと、すっと気持ちが解《ほぐ》れていく。どうせ呑んで食べるのだから、せめてここで過ごす二時間ほどは楽しもう、と決めた。警戒してばかりだと、疲れてしまう。

「相変わらずいい呑みっぷりだね」石田が感心したように言った。

「あの頃は、結構頑張ってたんですよ。女性記者も少なかったので、一生懸命呑まないと相手にしてもらえませんでしたから」

「それで強くなったのかな?」

「元々嫌いじゃないんですが……ところで私が局次長になる話、どこで聞かれたんですか? 怖いですねえ」歩美は気楽な感じで疑問を切り出した。年長の財界人を相手にする時には、思い切って甘えてしまうのがいい。昼間、会社で話を聞く時は真面目に相対《あいたい》しないと駄目だが、酒席では少し失礼なぐらいの方が、向こうも心を開いてくれるのだ。

「先輩、教えて下さいよ」という甘えた態度は、相手の警戒心を和らげる。「私自身、昨日聞いたばかりなんですよ」

「人事なんて、本人が知るずっと前に決まってるでしょう」

「それはそうですが……」

「私にも、東日さんの中にいいネタ元がいるということです」

そう言って、石田が優子に目配せした。これって、何？　何か意味がある？　思わせぶりな目配せだった。まさか優子は、石田の愛人を兼ねているとか。

「東日の広告局さんっていうのは、うちの会社にとっても大事なセクションなんでね。そこの情報をキープしておくのは、インテリジェンスの基本ですよ」

「まるでスパイですね」

「新聞社も、やっていることは変わらないでしょう。そちらの方が、いろいろな意味で悪質では？」

にやにやしながら石田が言った。相変わらず毒舌――というか、平気で本音を言う人だ。ただ、それで嫌な気分にさせられないのは、人徳かもしれない。

料理が運ばれてきて、会話はしばしば中断させられた。和食の問題点はこれである。カジュアルなイタリア料理のコースだったら、料理が運ばれてくるのはせいぜい数回なのだが、和食の場合はとにかく頻繁に店員が入って来るので内密の話がしにくい。

石田は健啖《けんたん》――昔からよく食べる人だったが、食欲は今も旺盛だった。食べるスピードはさすがに落ちているものの、一皿一皿をゆっくり味わい、まったく残さない。たぶん、自分の歯も二十本は残っているだろう。そういえば、歩美の父親は、総入れ歯になった途端に、食べることに興味を無くしてしまった。

「美味しいですね、ここ」

「ミシュラン一つ星です」優子がさらりと言った。

笑顔を浮かべながら、歩美は内心困ったな、と思った。向こうがどうしても奢《おご》ると言い出した時の対策は講じているが、果たしてここの料金に見合うだろうか。もう少しちゃんと調べてくればよかった。

「ミシュランをありがたがるわけじゃないが、美味いものは美味いよねえ」石田が言った。「しかし昔は——私が若い頃は、どこの店が美味いとか不味《まず》いとか、そんな話はしなかったな」

「そういうことを言うようになったのは、バブルの頃からじゃないですか？　都内の飲食店が急に増えたのも、あの頃だったと思います」

「そうそう。イタリア料理の店なんか、昔はものすごく珍しいものだと思ってたんだけど、今は石を投げれば当たる感じだからねえ」

「イタリア料理もお好きなんですか？」

「フランス料理よりは好きだね。バターよりもオリーブオイルの方が、体に良さそうじゃないですか」

「さすがです。健康に気を遣うのは基本ですよね」

「それほかり考えてるわけじゃないけどね」石田が皮肉っぽく言った。「この歳になると、食べ物に気を遣うのも面倒臭くなるからね。百まで生きるつもりもないし、どうせなら美味いものを好きなだけ食べた方がいい」

「寂しいこと、言わないで下さいよ」

「ま、年寄りの繰《く》り言《ごと》ということで」

店に入ってから三十分。少し酔いが回ってリラックスしてくる頃なのだが、あまりに当たり障りのない会話が続くばかりで、歩美は次第に石田のことを怪しみ始めた。この会合の本当の目的は？　お造りが出てきたところで、思い切って切り出してみた。まずはビジネス、ビジネス。

「今も、お仕事には手を突っこまれてるんですか？」

「突っこむ、という乱暴な言い方はどうかと思いますが、まあ、アドバイスを求められることはありますよ。そういう時は、隠居らしく、穏健な意見を言います」

「今、私はネット広告の仕事をしているんですが――」

「そうですね……残念ながら、そちらのお役に立てるような情報はないかなあ。御社のサイトにうちが広告を出しても、効果は薄いでしょう？」

「ですよね……でも、元経済部記者的な視点で言えば、何か記事になる材料があってもいいかな、と。物流は今、いろいろ大変ですからね」ネット通販の急激な拡大で、宅配業者の負担が異常に大きくなっている、というニュースが頻繁に流れたのは一年ほど前だろうか。物流の一翼を担う三重流通のようなロジスティクス系の会社の話題が、記事で取り上げられることも多くなった。

「今でも記事を書くんですか?」

「いえ。でも、経済部の後輩に情報を流して、恩に着せることはできます」

石田が声を上げて笑い、「新聞社というのは面白い組織だね」と言った。

「面白い、ですか?」

「面白いというか、非効率的というか。しかし、間違ってはいない。経営者になった時、私は会社の組織や業務を効率化させることを最優先していたんだけど、あれは間違っていたね。組織には、多少の『緩《ゆる》み』がないと上手くいかない」

「はい。あるいは遊び、というか」歩美は話を合わせた。

「そうそう。ぎちぎちしてまったく緩みがないと、何かトラブルが起きた時に、全部のパーツが一気に壊れてしまう。緩い部分があると、そこが余分な力を逃してくれるんですよ」

「何となく分かります」

「あなたも経営者を目指すなら、そこは意識しておかないと。経営者というのは、とかく無駄を省きたがるものですけど、歴史に残るような経営者は、『緩み』の大切さをよく知っていました」

「新聞社の社長が、経営者として歴史に名前を残すことはないと思いますけどね。普通の会社とは違う——利益はトントンでいいんですから」

「それなら、新聞の経営者の役割というのは何なんですか?」

「会社を潰さず、新聞をずっと出し続けることです。他には何も考えなくていいと思います」歩美は迷わず答えた。

「となると、私たちの経験もあまり参考にならないかねえ」

「そんなこともありませんけどね」歩美は笑みを浮かべた。そう言えば昔――三十年前に、藤岡に突然言われたことがある。「お前の笑顔って、結構いい武器になるよな」。それ以来、取材の時はできるだけ笑顔でいるようにしてきた。石田に対して効果があるかどうかは分からなかったが。

焼き物はカレイだった。この店は、関西の割烹《かっぽう》の流れらしい。そう言えばお造りもハモが主役だった……神戸出身の歩美にすれば、子どもの頃に馴染んだ味である。

「ところであなた、先日四日市に行かれていたとか」石田が唐突に切り出した。

「何でそんなこと、ご存じなんですか」歩美は一気に警戒感を強めた。

「三重県は、うちの会社の発祥《はっしょう》の地ですよ。今でも登記上の本社は津だし、四日市には大きな物流センターがあって、社員もたくさんいる」

「ええ」

「あなたを見かけた人間が何人もいましてね。あなた、有名人だから」

「そんなことないですよ」

「案外、見られているものです……記者時代、顔写真つきで記事を書くこともあったでしょう？　それを見て覚えた人もいるんですよ。あなたのような美人はよく目立つしね」

「そうですかね……」理屈は通っている感じはするが、釈然としなかった。葬祭場では、会社の同僚以外には声をかけられなかったはずなのに。気味が悪い。まるで監視されている感じだった。

「四日市に行くなんて珍しいですね。お仕事じゃないでしょう？　お葬式に行くような格好だったとか」

「ああ……同期の記者が亡くなったんです」

「病気ですか？」石田が鼻に皺を寄せた。

「取材中の事故で……津支局で、新人時代に一緒だったんです。それで、当時の同期三人でお葬式に行ってきました」

「それはお気の毒に……そんなに危険な取材だったんですか？」

「いえ……記者の命が危険に晒《さら》されるのは、戦場ぐらいですよ。こんなことは言いたくないですけど、単純なミスだと思います」

「厳しいねえ」

「新人の頃に、原稿を書くことじゃなくて、生きて帰って来るのが記者の仕事だって言われたことがあります。その時は大袈裟だと思ったんですけど、確かに死んだら原稿も書けませんよね」

「それは間違いないね……あなたと同期ということは、五十三歳？」

「ええ」

「これからだよねえ。記者生活の集大成の時期に入っていたわけでしょう？」

「そうですね……石田さんはどうだったんですか？　五十代になった頃って」

「あの頃は、まだ五十五歳定年が普通だったんだよね」石田が遠い目をした。「だから、五十歳で役員が見えていなかったら、もう定年後のことを考えないといけなかった」

「石田さんは、もう役員でした？」

「ちょうど五十歳で常務になって……五十三歳で専務。五十五歳で社長だった。改めて考えると、もうずいぶん昔の話だね。四半世紀も前だよ」石田が苦笑した。

「私もその分、歳を取るわけです」

「五十歳を超えると、急に時間の流れが速くなりますよ」石田が、ビールから切り替えていた日本酒の盃《さかずき》を干した。「若い時と歳を取ってからでは、時間の流れのスピードが違うと言うけど、まったくその通りだったね。体力、気力が衰えて、若い頃は平気でこなせていた仕事ができなくなる――もちろん、歳を取ると仕事の質も変わってくる。自分で何かやるんじゃなくて、人に何をやらせるかが課題になるわけですよ」

「人を動かすのって大変ですよね」

「あなたもそれが分かるようになってきましたか……でも、局長になるともっと大変ですよ」石田がうなずいた。「東日さんの広告局は、何人ぐらいいるんですか」

「百人……もう少し多いですね」

「軍隊で言えば、中隊よりちょっと少ない感じだね。喩《たと》えはよくないけど」

「軍隊だったら、もう少しきちんと動かせると思います。新聞社の場合、一人一人が理屈っぽくて」

「いやいや、それは自分の頭で考えてくれる社員が多いということでしょう。その方がいいですよ。一から十まで指示してやらなくてはいけないようだと、こっちが参ってしまう」

「はあ……そんなものでしょうか。石田さんが社長だった頃は、三重流通は社員何人ぐらいだったんですか？」

「五千人、かな」

歩美はゆっくりと首を横に振った。百人を束ねる広告局長の仕事だけでも大変なのに、五千人とは。

「一つ、アドバイスしておきましょうかね」

「はい」歩美は背筋を伸ばした。

「百人全員を均等に見ることは、絶対無理です。ですからまずは、各部の部長を完全に把握すること。それができたら部長の下のポスト——新聞社では何というのかな？」

「次長——社内ではデスクと呼ぶのが普通です」

「だったら、そのデスクさんを把握する。そこまでできれば、百人ぐらいの組織は簡単にカバーできますよ。百人全員と均等につき合わずに、ポイントだけを押さえるんです」

「肝《きも》に銘《めい》じておきます」

何だか今夜は、いくら呑んでも酔いが回らない……基本的に酒は好きで、楽しく酔うのはもっと好きなのだが、この状況のせいだろう。大先輩に説教のような話をされながら呑む酒が美味しいわけがない。

「その、亡くなった方の分まで頑張らないとね」

「そうですね」

「ところで、向こうで猪熊さんに会いましたか？　猪熊一郎さん」

突然意外な名前が出てきて、歩美は混乱した。

「ええ、あの……亡くなった同期の葬儀に出ていただいたみたいですけど、私は会ったとは言えません。面識もないですし、ご挨拶もしませんでした」

「彼が代議士だった頃、ちょうどあなたたちは三重にいたのでは？」

「私は、静岡支局に異動になっていました」

「なるほど、なるほど」石田が深くうなずく。

「何がなるほどなんですか？」からかわれているような気分になって、歩美は少しきつい口調で質問した。

「いやいや……私は、彼とは古い知り合いでね」

「そうなんですか？」

「同じ三重県出身だから。それに一期だけでも代議士をやったということは、地元の名士じゃないですか」

「はあ……」

だからどうしたというのだろう。どうも釈然としない。それを言えば、今夜の石田の行動も発言も、全て微妙にずれた感じがする。

「三重にもしばらく帰ってないな」

「ご実家はどうなってるんですか？」

「実のところ、実家はもうないんですよ。親が亡くなった時点で、兄弟で相談して家を処分したんです」

「最近は、そういうことで揉めるケースも多いそうですけどね」

「うちの場合は、親父《おやじ》の遺言もあったんです――自分たちが死んだら、家はさっさと処分して金を分けろ、と。親父も三重流通で働いていて、本社が東京に移ってからはずっとこちらにいましたから、育った地元に対する思い入れは、それほど強くなかったんでしょうね。それは私も同様です」

「故郷への思いを、そんなに簡単に断ち切れるものなんですか？」

「ちょっと複雑なんですよ。私たち兄弟は、生まれは三重です。その頃は、三重流通の本社は津市にありましたからね。でもその後、本社機能を東京へ移して、うちも一家揃って東京へ引っ越したので、三重県を故郷と言えるかどうか……父親が引退した時には、兄弟三人とも東京で就職して独立していましたから、父親が退職後に三重に建てた家には行く機会も少なかったんです」

「だったら、実家という意識もないんですね」

「両親は何故、三重へ戻ったのか……当時は、変な選択だと思いましたよ。三重に引っこんだ理由を、わざわざ聞いたことはないですが」

「ご両親にとっては、故郷という意識が強かったんでしょうか」

「まあ、そんなところかもしれません……いやいや、これはつまらない話をしました。私の昔話を聞いても、金儲《かねもう》けにはならないですよね」

「金儲けのことばかり考えてるわけじゃないですよ」歩美は苦笑した。「でも、何がヒントになるかは分かりません」

「いい心がけですね……いかんなあ。こういう言い方もジイさん臭い」

「とんでもない。いつまでもお若いじゃないですか」歩美は妙な疲れを感じ始めていた。人に機嫌よく喋ってもらうために、持ち上げるのは得意なはずなのに……今日はどうも勝手が違う。あれこれ話をしながら、歩美に探りを入れてきているような感じなのだ。

石田は、私の何がそんなに気になるのだろう。私が何をしたっていうの？

結局、ほとんど酔わなかった。押し問答の末、店の払いは石田に押し切られたのだが、歩美は用意してきた土産《みやげ》を渡すことに成功した。ピエール マルコリーニのチョコレートの詰め合わせ。チョコレートとしてはとんでもなく高価で、ここ一番の手土産に決めている。今日の払いが相殺《そうさい》できるほどではないが……取り敢えず「引け目」は感じなかったからよしとしよう。

自宅へ戻って、まだ九時半。都心に住む最大の利点が、時間を節約できることだ。この辺は、野球やラグビーの試合がある時以外は基本的に静かな住宅街なので、それも気に入っている。普段は、どんなに嫌なことがあっても、自分の街に帰って来ると気持ちが落ち着くのだが、今日は無理だった。今回の四日市行きでは、自分でも予想していなかったダメージを受けたようだ。藤岡に対する気持ちが……いやいや、それはないわね。確かに好意はあった。でもそれは三十年も前のことで、藤岡が結婚した時点で、「男女」としての感覚はまったくなくなったと自分を納得させていた。

それでも、過去が蘇《よみがえ》ることはある。

過去は絶対に消せない。最悪のタイミングで鮮明に蘇って、人を苦しめるのだ。もっと忘れっぽい性格ならよかったと思うこともあるが、残念ながら歩美は、記憶力には人一倍自信がある。

ソファに座りこみ、何をする気にもなれず、テレビの画面を見つめる。電源が入っていないので、ただの暗い画面……リモコンを取り上げるのさえ億劫《おっくう》だった。

電話が鳴り、反射的に立ち上がる。習性って怖いわね、と苦笑してしまった。どんなに疲れていても、落ちこんでいても、電話には反応してしまう。新人時代に叩きこまれた習慣は、三十年経ってもそう簡単には抜けない。

出る前に、実家からだろうと予想した。最近、固定電話にかけてくるのは母ぐらいなのだ。

「歩美？」

「はい」瞬時に心配になる。母の声はどこか疲れていた。

「相変わらず忙しいの？」

「うん……昨日まで四日市に行ってたのよ」

歩美は事情を説明した。話し終えると、母は「怖いわねえ」と本当に怖そうに言った。

「あんたは、危ないことはしないでね」

「危ないことなんて何もないわよ。だいたい会社で座ってるだけなんだから」

「でも、地震があるかもしれないでしょう」

「地震なんて、日本だったらどこにいても逃げられないわよ」歩美は思わず笑ってしまった。もっとも、故郷の神戸は安心かもしれない。阪神・淡路大震災から二十年以上経つが、こんなに短いサイクルで、あのレベルの地震がまた同じ場所で起きるとは思えなかった。

阪神・淡路大震災では、たまたま家族は誰も怪我《けが》しなかった……あの時自分は静岡にいたし、両親は、大阪の商社に勤める父の海外赴任でデュッセルドルフにいた。自宅はかなりダメージを受けたものの、大規模な修復が必要なほどではなく――海外にいる両親に代わって無事を確認した時には、安堵《あんど》のあまり腰が抜けたのを思い出す。

「仕事、忙しい？」

「ああ……そうね。来月から、またちょっと」

「新しい仕事？」

「肩書きが変わるの」

「あら、出世するの？」

「まあね」

「あんたも頑張るわねえ」

母親は自分の仕事ぶりに対して、どこか冷淡な感じだ。特に、自分が広告局の部長になってからは……父親は、会社では部長止まりで退職した。娘が父親よりも偉くなってしまうのが気にいらないのかもしれない、と歩美は訝しんでいる。商社と新聞社では、仕事も肩書きも意味がまったく違うのに。

「じゃあ、こっちへ帰って来る暇はないわね」

「何かあったの？」

「あのね……お父さん、認知症らしいのよ」

「え？」まさか、という言葉が出かかった。父親が認知症？　あり得ない、というのが正直な感想だった。何というか……そういうことから一番縁遠い人だと思っていた。基本的に頭を使う仕事をする人だったし、煙草は吸わない、商社の人には珍しく、酒もほどほどにして体を労ってきた。しかも趣味はピアノ。自己満足で家で演奏するだけなのだが、歩美が子どもの頃から、毎日三十分の練習は欠かさなかった。海外赴任時にもそれは変わらず、わざわざヤマハのキーボードを持って行っていたぐらいである。指先を使う趣味は、認知症の予防に一番いいと聞いたことがあるのに……。

「本当に？」

「よく聞くでしょう？　急に物忘れがひどくなったりとか、今まで普通にやっていたことができなくなったりとか。だから、嫌がっていたのを無理やり病院へ連れていったのよ」

「それで、認知症……間違いないの？」急にどんよりと暗くなる。洒脱《しゃだつ》で、英語とスペイン語がペラペラの父が認知症になるなんて、考えられない。想像したことすらなかった。夫婦揃ってお喋りで口の悪い両親は、九十歳になっても親戚や近所の人たちの悪口を言いまくって、自分たちを辟易《へきえき》させると思っていたのに……。

「今すぐどうこうっていうことじゃないのよ」母親が少し慌てた口調で言った。「あくまで軽度の、ということだから。でも、長い目で見るとね……いろいろ準備しておかないと」

「兄さんは？」

「話したわ」母親が溜息をついた。「でも、あの子も福岡《ふくおか》だから」

今年五十五歳になる兄は、福岡で大学の文学部教授を務めている。専門は中世日本史

——それほど忙しいわけではないが、距離の問題はある。神戸から福岡、神戸から東京への距離はほぼ同じなのだ。それに母は、家庭を持つ兄より、気楽な独身の私を当てにしているに違いない。

「分かった。近いうちに時間を作って顔を出すから」実際、実家へは一年以上行っていない。最後に両親に会ったのは去年の正月だった。「でも、お父さん、いきなり私の顔が分からなくなってるなんてことはないわよね」

「それはないけど、結婚しないのかって、今もしつこく言ってるわ。それは昔と変わらないわね」

「そういうことは忘れてくれてもいいのに」今度は歩美が溜息をついた。三十歳になった頃は、盛んに言われた——三十五歳になった途端に、父が面と向かってこの話題を口にすることはなくなったのだが……もしかしたら今は、娘の年齢さえ分からなくなっているのかもしれない。こういうのも、認知症の症状なのだろうか？

「今のところは大丈夫だけど、将来はね……私の方でも考えておくけど」

「今、私に何かできること、ある？」

「それは、ね……今はいいわよ。でも、一年後、二年後はどうかしらね。私一人で面倒を見られるかどうか、心配だし。あんたの仕事が大事なのは分かってるけど……」

母は暗に、「助けて欲しい」と言っているのだ。何とかしなければいけないという気持ちはあったが、今すぐには絶対に無理だ。これからようやく局長への道が見えてきたというのに。でも認知症は、体の病気と違って一気に症状が悪化することはないだろう。考えるための時間は、まだあるはずだ。

電話を切っても、重い気分が上向くことはなかった。酒でも呑みたい——家呑みできるように酒はいろいろ揃えているが、何だか自棄酒《やけざけ》のようでみっともない、と思い直した。酒はやめてコーヒーにしよう。キッチンに向かい、コーヒーメーカーの電源を入れる。夜も遅くなってきたから、今日は刺激の少ないカフェラテで……十万円もしたこのコーヒーメーカーはさすがに優《すぐ》れもので、フォームミルクを作ってラテにするのも簡単だ。

冷蔵庫を開けると、牛乳がない。何だか、運にも見放されたみたい……。

諦めて、エスプレッソをお湯で薄めたアメリカーノにする。角砂糖を一つ入れ、ソファでゆっくり啜《すす》っているうちに、様々な思いが脳裏《のうり》に去来した。ここ数日の間に、あまりにも多くのことが起きてしまった。

藤岡のことは、今となってはどうしようもない。亡くなってしまった人については、ただ追悼するしかないのだ。そして、それは自分の心の中だけで済む問題である。

父のことも気にはなるが、これは今騒いでも仕方がない。数年のうちには重大な決断をしなければならないかもしれないが、まだ……。

二つの考えを押しのけた後に残ったのは、今夜の奇妙な会合のことだった。石田の質問は、あまりにも唐突過ぎた。何故、猪熊の話が出てきたのだろう。何となく、二人は、

「古い知り合い」という以上の関係であるような感じがするのだが……もう少し突っこんでおくべきだったかもしれない。

猪熊のことについては、本郷がよく知っているのではないか？　あの選挙を支局で仕切ったのは本郷なのだから。

明日、話してみよう。藤岡のこと、それに父のことは解決しようもないけれど、石田の件については調べようもあるはずだ。疑問があれば早く解決するのが私の仕事のモットーだし。

もちろん石田は、単に東日関係の出来事をいくつかつなげて、話の接《つ》ぎ穂《ほ》にしただけかもしれない。しかし彼の話しぶり、態度はどうにも引っかかった。

コーヒーはいつの間にか冷めていた。新しく淹《い》れ直そうか……いや、今夜はもうやめておこう。

明日からまき直しだ。いつだって朝は来る。三十年間、どんなに辛く苦しい思いをした時も、そう思って乗り越えてきた。その原則は、今でも変わっていない。

だが翌日、本郷は出張していた。もちろん電話でも話せるのだが、ややこしくなる可能性があるので、直接顔を見て話したかった。夕方社へ帰るというので、その時に会う約束を交わす。

他にできることは……ふと思いつき、経済部に電話を入れる。後輩のデスク、宮沢《みやざわ》を摑まえて相談することにした。

「今日、当番？」デスクの仕事は夕刊、朝刊作りの作業が基本で、ローテーションで回ってくる。それ以外の時は、自分の取材をしたり、後輩の記者の取材を指揮する。

「いや、空いてますよ」

「お昼、どう？」

「奢ってくれるんですか？」

いきなり切り出してきたので、歩美は苦笑した。今時珍しく、宮沢は四人の子持ちである。東日は決して給料が低いわけではないのだが、さすがに小遣《こづか》いに余裕があるわけではないだろう。

「ちゃんと情報をくれれば、奢るわ」

「ネタはなんですか？」

「三重流通」

「ロジスティクスの？」

「そう。そこが今どうなってるか、知りたいのよ」

「信用情報だったら、そっちでも見られるでしょう。だいたい広告局も、会社の現況はよく分かってるんじゃないですか？」

受話器を耳に押し当てたまま、歩美は首を横に振った。宮沢は、昼飯のランクを吊《つ》り上げようとしているのではないだろうか。

「記者でないと分からない裏の話が欲しいの。あの会社が実際どうなっているか。いい情報があるなら、あなたの方で『プリマヴェーラ』を予約しておいてくれてもいいわよ」

「お、マジですか」急に宮沢が乗り気になった。小遣いが少ないといつも零《こぼ》しているのに、美味いものには目がないのだ。「プリマヴェーラ」は本社のすぐ近くにあるイタリア料理店で、夜は料理だけで一人一万円が軽く吹っ飛ぶ高級店である。ランチでも、最低千五百円から。いかにも銀座価格ではあるが、味は間違いない。

「つまらない情報だったら、逆にあなたに奢ってもらうわよ。とにかく、お店はあなたの方で予約しておいて。一時でいい?」

「いいですよ。じゃ、一時に店で」

電話を切って軽く溜息をつく。高いランチに見合った情報が出てくるだろうか。

ビルの地下にある「プリマヴェーラ」は、どこか穴蔵のような感じの店だ。照明は暗く、食事中はテーブルのろうそくだけが頼り。ただし昼間は、夜よりも照明を明るくしている。ランチタイムにムーディな雰囲気を盛り上げても仕方ない、ということだろう。歩美の感覚では、イタリアというよりフランスの店のイメージに近い。そういえば、G20(財務大臣・中央銀行総裁会議)の取材でパリに行った時には、食事が最高だった……。

さすがに人気の店なので、午後一時を過ぎても賑わっている。これでは新聞社に勤めるメリットがないわね、と歩美は思った。夕刊の締め切りが午後一時過ぎなので、ランチはその時間を過ぎてから——記者をやっていた人間にはその習性が染みついているし、一時を過ぎれば大抵の店は空《す》いている。

「二千円のセットで」宮沢がメニューを見るなり言った。三種類あるランチセットの中で、真ん中の価格だ。

「自信あるみたいじゃない」

「三千円を頼むまでの自信はないですけどね」宮沢が肩をすくめる。小賢《こざか》しい……というと言い方は悪いが、よく気が回り、細かいことにも気づく男だ。

二千円のセットには前菜とパスタ、デザートにコーヒーがつく。三千円のセットになると、パスタの代わりに肉か魚のメーン料理になる。この店はパスタが美味しいから、二千円のセットの選択は正しいと言える。

注文を終えてから、宮沢がプリントアウトした紙を取り出す。さっと見ると五枚もあった。

「ずいぶん熱心にまとめてくれたのね」

「概略《がいりやく》版を話しましょうか？　その方が早いですよ」

「お願い」

「あの会社、やばいですね」

「やばい？　倒産しそうとか？」

「そこまではいかないですけど、ここ数年、かなり苦しいみたいです。三重県に物流センターを作ったんですけど……」

「四日市」

「そうです」宮沢がうなずく。「そこに金をかけ過ぎたみたいなんですよ。中京圏の物流を一手に握ろうとしたみたいですけど、思ったほど稼働率がよくないみたいで。リーマンショック前に計画ができて、完成したのはそれが収束してから……タイミングが悪かったんでしょうね。今はかなりの負債になっているようです。新名神《しんめいしん》が全線開通すると、また状況が変わるかもしれませんけど」

「なるほどね」

「何かあったんですか？」

「昔、物流の担当をしていた頃に、そこの社長によくしてもらったのよ」隠すことでもないだろうと思い、歩美は打ち明けた。「それが昨日、急に声をかけられて、久しぶりにご飯を食べたの」

「現職なんですか？」

「名誉相談役。もう八十歳になるわ」

「名誉相談役ねえ……何か実のある話でもあるんですか？」宮沢が不審げに目を細める。

「特にそういうわけじゃないんだけどね……どうして私に接触して来たのか、よく分からないのよ」猪熊の話は伏せておいた。これは宮沢に話してもしょうがないだろう。

「ま、こっちでもケアしておきますけどね。あれぐらいの規模の会社がやばいとなったら、結構でかい記事になりますよ」

「じゃあ、私の方が気づかせてあげたわけだから、ここは奢ってもらっていいんじゃないの？」

「いやあ」宮沢が苦笑いした。「先輩に奢るほど偉くないですよ、俺は」

こういう時にはあくまで「後輩」なのか……歩美も思わず苦笑してしまった。

六時過ぎ、本郷がぶらりと広告局にやって来た。

「出張、どこだったの？」

「仙台《せんだい》」

「事務局次長自《みずか》ら？」財団の人間はあまり動かないイメージがある。

「向こうのオーケストラと話があってさ……地震の復興関係なんだけど」

「そう……重要事案なわけね？」

「俺ぐらいの大物が行かないと、話がまとまらないわけさ」

おどけるように本郷が言った。昔はこんな風には喋らなかったな……と寂しくなる。自分の今の立場に、まだ納得していないのかもしれない。それがつい出てしまうのだろう。

「ここでいいのか？」

　本郷の言う「ここ」は、部長席の横のソファである。ここでも軽い打ち合わせはできるようになっているのだが、まだ多くの部員が居残っていて、気楽に話ができる雰囲気ではない。しかしわざわざ場所を変えて、という気にもなれなかった。

「構わないわ──猪熊さんのことなんだけど」

「猪熊？　何だい、またやぶからぼうに」本郷が目を見開く。

「昨夜、ある人から突然猪熊さんのことを聞かれたのよ」歩美は事情を説明した。

「何でかね」本郷が首を傾げる。「共通点は三重県、か」

「それでね」歩美は身を乗り出した。「あなた、猪熊さんのこと、調べられないかな」

「それは構わないけど……何人もお前のことに気がついていたのに、声をかけてこなかったのは引っかかるな」

「そう、それも気味が悪いのよ」歩美は顔をしかめた。「気のせいかもしれないけど、三重県に行った直後に急にアポイントを入れてくるのも、タイミングが良すぎるでしょう？」

「確かにな」本郷が顎《あご》を撫《な》でる。「分かった。ちょっと調べてみる」

「できる？」

「たぶん」本郷がうなずいた。「昔のコネを使ってみるよ。猪熊が議員だったのは二十五年も前だけど、何かは分かると思う。仮にも国会議員をやった人だから、足跡は残ってると思うんだ」

「頼むわ」元々できる記者だった頃の本郷に、少しだけ戻ったようで歩美はほっと息を吐いた。

どんな形で人生の曲がり角が現れるかは、誰にも分からない。

おそらく私たちのそれは、藤岡の死かもしれない——そんな予感がした。

第5章　点線を追う

本郷の所属する東日文化財団の本部は、東日社内にある。新聞社らしくない一部屋……小綺麗《こぎれい》で静か。新聞社特有の喧騒《けんそう》とは程遠い。

「新聞社は職種のデパート」とよく言われており、実際、新聞発行という本業以外にも様々な仕事がある。文化事業やスポーツ事業などもそうで、全国各地で行われる展覧会やイベントに嚙んで、名前を売っている。

財団はそういう文化活動の一環として、三十年ほど前に発足した。バブル時代、企業の「メセナ活動」が一般化した頃である。外部の文化団体などを助成するのが仕事なのだが、はっきり言って、会社にとってはあってもなくても同じ盲腸《もうちょう》のような存在でしかない。いや、財団自体は会社とは独立した組織だから、会社にくっついている盲腸とも言い難い……いずれにせよ、こんな仕事に意味はない、と本郷はいつも思っていた。

出張帰りに歩美と会って話を聞き、午後六時半……この時間になると、財団本部は毎日無人になる。社員証を使ってドアロックを解除すると、当然中は真っ暗だった。照明を点《つ》けて自分の席に着くと、思わず溜息が漏れる。

さて、歩美に頼まれた調査をどうやって進めようか……背広のポケットからスマートフォンを取り出し、机に置く。電話一本でも情報は取れる。

しかし緊張する。こういう電話——取材のような電話をかけるのも久しぶりなのだ。

俺はどこかで折れたのだ、と本郷は自覚している。暇な——何もしない五十代を過ごしながら、定年を待つだけ。かつては毎日のように取材していた政界の重鎮に電話することも、向こうから電話がかかってくることもなくなった。自分が社内で「用なし」になったという情報は、外部にも素早く伝わったのだろう。かつてあったパイプは錆《さび》つき、もう情報は流れてこない……そう思うとピリピリしてきた。

あのまま政治部に残れたら、今頃どうなっていただろう。順調に行けば、とっくに部長を経て編集局次長になっていたはずだ。当然その先も見えていたはず……入社当時は、少なくとも編集局長にはなると思っていた。自分はそれだけの「器」であると信じていた。

どこでどうなって、こんな場所にいるのか。

答えは分からない。ただ、この状況を噛み締めるしかないのだ。

電話帳を呼び出し、スクロールする。携帯電話を持つようになってから登録してきた様々な人の名前——取材する人間としては財産だ——が次々に現れ、瞬時、懐かしい思いに襲われた。一人の人物にターゲットを定める。現役ではないが、政界の裏事情を聞くのに、これほど適した人はいないはずだ。

ふいに、彼ももう八十歳近いのだと考えて手が止まった。前回の総選挙に出馬せず、政界を引退したばかり。ぎりぎり「現役」という感じではあるのだが、世間的にはやはり「老人」である。最後に話したのはいつだっただろう。数年前……その時はきちんと話ができたのだが、今はどうなっているか分からない。

電話番号を呼び出し、「通話」ボタンを押す。相手は、呼び出し音が二回鳴ったタイミングで出た。どういうわけか、いつも二回だったと思い出す。まるで電話の前で常に待機しているようだ、と本郷は昔から呆《あき》れていた。

「東日の本郷です」言ってしまってから一瞬悔やむ。厳密《げんみつ》に言えば、自分は「東日の社員」ではなく財団へ出向中なのだ。まあ、いいか……別に、騙《だま》すつもりではない。

「ああ、どうも。村本《むらもと》です」

相手の声は、昔の記憶通りに少しだけしゃがれてやや聞き取りにくかったので、本郷はスマートフォンを強く耳に押し当てた。

「ご無沙汰してます。お元気でしたか?」

「お元気って何だよ……」村本が苦笑した。「八十になって元気もクソもねえだろう。年齢なりにすっかりジジイだよ」

本郷はつい苦笑してしまった。村本はとにかく口が悪い。民自党の要職を歴任したぐらいだから、公の場で暴言を吐くようなことはしなかったが、オフレコではとにかく罵《ば》詈《り》雑言《ぞうごん》がひどかった。そのまま原稿執筆用のソフトに打ちこんだら、「使用禁止」を意味する赤字だらけになってしまっただろう。

「お元気そうな声に聞こえますよ」

「まああ……そうでもない。最近は声にも自信がなくなったね。カラオケもとんとご無沙汰だ」

そうそう、村本と言えばカラオケだった。実際、歌は抜群に上手い。これが、選挙でも大きな武器になっていたのは事実である。お偉い政治家が歌の一つでも歌ってみせれば、有権者は表情を綻《ほころ》ばせて身近な存在に感じるものだから。もっとも村本の選挙区は、東京八区——彼が選挙に出ていた頃には杉並区全域——だから、そういうべたべたした有権者との触れ合いが必要とは思えなかったが。

「あんたの方はどうなの？　新しい仕事でもご活躍だと聞いてるけど」

「いやいや、まあ……ぼちぼちやってますよ」自分のことを聞かれるのが嫌で、早速本題に入る。「実は、ちょっと調べていることがありまして。お知恵を拝借できないかと思ったんです」

「こんなジジイに助けを求めてくるなんて、あんたも焼きが回ったかね」

あまりに図星過ぎて、閉口してしまう。しかしここで怯《ひる》んではいけないと、本郷はとっくの昔に学んでいた。何しろ村本とのつき合いは、二十年以上にも及ぶ。本郷が政治部に配属され、総理番を経て民自党担当になった時の政調会長が彼で、政界取材のノウハウ、民自党の人脈などを徹底して叩きこんでくれた恩人だ。口の悪さ故、記者たちには敬遠されがちだったのだが、それさえ我慢すればネタ元としては最高だった。最初の半年を何とか乗り越えた後、つき合いはずっと続いてきた——本郷が記者であった頃は。

「二十五年ほど前の話なんですが……」

「あんたと会う前じゃないか」

「お会いする一年ほど前ですかね。その時の選挙で、三重一区で当選した猪熊一郎さん、覚えておいでですよね？」

「嫌な選挙のことを思い出させてくれるね」村本が本当に嫌そうに言った。確かに、あの選挙は民自党関係者にとっては一種のトラウマになっているはずだ。新党ブームが日本中を席巻《せっけん》する中で民自党は下野し、いわゆる「五五年体制」が崩壊した選挙である。あれ以来、中央政界の混沌《こんとん》は今に至るまで続いていると言っていい。

「すみません。私は当時、三重の支局で選挙を担当していたんですが……」

「だったら、あんたの方がよほど詳しいでしょう。個別の選挙区の事情まではよく覚えていないな」

「でも当時、党の選対本部長をやっていらっしゃったはずですよね」村本に電話した理由がこれである。彼は現役時代、「選挙の神様」と言われていたのだ。実際、民自党の選挙を実質的に取り仕切っていた時期は長かった。

「そんなこと言われてもねえ……猪熊って、無所属で当選した人間だろう？」

「やっぱりご存じじゃないですか」

「当時の三重の選挙は、ずいぶん分かりやすい構図だったからね。そこに無所属が一人割りこんできたから、おかしな感じがしたのさ」

「一期で辞めてますね」

「そうだったかな」

「次の選挙は落選したわけじゃなくて、出馬さえしなかった……変わった経歴の人です」

「ああ、そうだったな。国会でもほとんど存在感がなかった。無所属でできることには限りがあるけどな」村本の記憶は、次第に蘇《よみがえ》ってきたようだ。

「そうですね……当時は新党ブームでしたから、当選後にどこかの政党、会派に所属する選択肢もあったはずですよね」

「変わった人だったんじゃないかな」

「変わった人が当選できますか？」

「それぞれの選挙区の事情もあるだろうが……正直、よく分からんな。なにぶん古い話だし、一期限りで辞めた人のことまでは把握していない」

「その辺の事情に詳しい人は、誰かいませんか？」

「いないこともないだろうが、何でそんなことが気になるんだ？　取材でもしてるのか？」

「調査、というべきですかね」多少卑屈《ひくつ》な気持ちを抱えながら本郷は答えた。「記事にするわけじゃないですから。私はもう、記者でもないので」

「そもそも猪熊は生きてるのか？」

「先日、お会いしました」

どこまで事情を話すかは難しいところだ。本郷自身、事情が分かっているとは言えない——分かっていないから調べたくなるのだ。これは記者を経験した人間の本能と言っていいだろう。

「三重ねえ……中選挙区時代の一区は、相当広かった」

「当時は、県の北半分でしたね」

「その人、当時の地盤はどこだい？」

「当時の一区——四日市です」

「四日市ね。今は二区と三区に分かれてる」

「そうですね」

「四日市のこととなると、県連会長の増渕《ますぶち》のところの人間が、事情をよく知ってるんじゃないかな。彼の地元だ」

「ああ、今は増渕さんが県連会長なんですね」

「それぐらいのこと、記者としては当然把握しておくべきじゃないかね」非難するように村本が言った。

「すみません」本郷はつい謝り、言い訳をつけ加えた。「私はもう、現役の記者じゃないですから……」

「じゃあ、増渕のところとはつながってないか」

「今は、パイプはないですね」

「じゃあ、俺がつないでやるよ。電話一本で済む」

「すみません」つい、壁に向かって頭を下げてしまう。

「大した手間じゃない……しかしあんたも、ずいぶん昔の話を蒸し返すものだね」

「どうしても気になるので」

「分かった。事情は聞かない方がいいだろうな」

これはちょっと意外だった。記者は政治家の間を回って取材をしているから、様々な情報に通じている。政治家が、直接接触しにくい相手の情報を知ろうとして、記者に探りを入れてくることもしばしばだった。村本は特に現役当時、記者に「逆取材」してくることがよくあったし、いつも一言多かった。こんな風に、黙って動いてくれるのが信じられない。

「折り返し電話しよう」

「よろしくお願いします」

スマートフォンを机に置くと、画面が汗で濡《ぬ》れていた。政治家——本当は元政治家だが——と話すと、こんなに緊張するものか。昔は、これが日々の普通の仕事だったのだが。

折り返しの電話がかかってくるまでの時間を利用して、本郷は現在の三重県の政治情勢についてざっと調べた。民自党県連会長の増渕は二区選出で、現在四期目、五十一歳。例によってというべきか、二世議員である。そして現在の三重県連のボスと言えば、「次の総理候補」とも言われる民自党政調会長の湧永《わくなが》だ。一区で当選六回、これまでに党の要職や大臣を歴任して、着々と実績を重ねている。五十七歳。年齢的にも、次期総理の有力候補と言っていい。問題は、湧永と増渕の関係だ。党の県連会長は持ち回りのようなものであり、必ずしもその県の最強の実力者というわけではないのだが……湧永親分、増渕子分のような感じなのだろうか。

村本からはすぐに折り返しの電話がかかってきて、本郷が話すべき相手の名前を教えてくれた。増渕の公設第一秘書、浦田《うらた》。当然本郷は知らない人間で、自分の取材力がどこまで通じるかは分からなかった。

「ありがとうございました」本郷は改めて礼を言った。

「いやいや……政治家ってやつは、辞めても人の世話を焼きたがるものでね。ま、ジジイ特有のお節介でもある。ついでに言えば、あんたには借りがあるからね」

「借り？」そんなことはないはずだ。取材を通じた二人の関係で、どちらが得をしたかと言えば自分の方だろう。「どういうことですか？」

「まあ、思い出してみなさいよ。昔の話だけどね……じゃあ、これで」

「いや、あの——」

村本は電話を切ってしまった。彼に何か恩を売ったか？　分からない……あれこれ考えていても仕方がない。本郷はすぐに気持ちを切り替え、教えてもらった浦田の携帯に電話を入れた。

「浦田です」少し甲高い、頼りない声。自分よりもだいぶ若いようだ、と本郷は想像した。

「東日の本郷と言います。村本さんのご紹介で……急に電話して申し訳ありません」

「いえいえ、とんでもないです」愛想の良さは、長年政治家の秘書をやってきた人に共通の態度だった。地元の事務所を仕切る秘書だと、普段不在の政治家の代わりに、ボス然として振る舞う……また様子も違うのだが。

「ちょっとややこしい話なんですが、相談に乗っていただけますか？」

「いいですよ。電話でいいですか？　それともお会いします？」

「できれば直接会ってお話ししたいんですが、これからのご都合はいかがですか？」

「でしたら、赤坂《あかさか》……議員宿舎の近くでどうでしょう」

「大丈夫です。すぐ行けます」

浦田は、喫茶店を指定してきた。赤坂の議員宿舎付近に喫茶店などあったかどうか……よく覚えていない。新赤坂宿舎ができたのは二〇〇七年で、自分はもう政治部のデスクになっており、自ら足を運んで取材することもなくなっていた。

よし、取り敢えずはこれでいい。本郷は荷物をまとめて立ち上がった。取材ではなく調査——しかし、この高揚感は久しぶりだった。

議員宿舎から少し離れた、東京メトロの赤坂駅前。TBSのすぐ近くの、なかなか渋い商店街の一角だった。昔は喫茶店というとこういう感じの店ばかりだったのだが……店内に入った途端に本郷は驚いた。まず鼻をつくのが煙草の臭いである。分煙ではなく、全席喫煙可能。煙草を吸っている客は一人もいなかったものの、店全体に煙草の臭いが染みついているようだった。未だ煙草が手放せない松浦なら喜びそうな店だな、とふと考える。

浦田はまだ来ていなかった。出入り口から一番遠い席に腰をおろし、メニューを眺める。コーヒー四百円が最安値……場所柄を考慮《こうりょ》すれば、破格の価格設定と言っていい。フードメニューは、ナポリタンやエビピラフ、ミックスサンドなど、昔ながらの喫茶店定番のものばかりだった。出張帰りで腹も減っていたが、ここで食べるのはやめておこう。何しろ子ども二人の教育費でまだまだ金がかかる。出向扱いになって給料が減ったわけではなかったが、財布の中身は常に寂しい。

注文は後回しにして、スマートフォンでメールをチェックする。記者時代は、とにかくあちこちから連絡が入って、それを確認するだけでもずいぶん時間が潰れたものだ。今はそんなこともなく、何日もメールがこないこともよくある。昔は煩《わずら》わしいと思っていたメールも、なければないで寂しい——自分が世の中から忘れられたような気分だった。

席について五分後、一人の小柄な男が店に入って来た。店内を見回し、本郷を見つけてさっと頭を下げる。約束の相手は雰囲気だけで分かる、ということか。若いだろうと思っていたのだが、自分と同年輩くらいのようだ。

「どうも、浦田です」

本郷は立ち上がり、頭を下げた。相手はごく普通の人物――地味なグレーのスーツに紺色のネクタイという格好で、自然に街に溶けこめそうな感じだった。政治家の秘書というと、何かとアクが強い人物が多いのだが。

「何か頼みました?」座りながら浦田が訊ねる。

「いや、いらっしゃってからと思っていました」

「それは失礼しました……何にします?」

「アイスコーヒーを」今日も日中の気温はぐんぐん上がり、出張先の仙台でもたっぷり汗をかいた。

浦田が手を挙げて店員――店の古さに見合った年齢に見えた――を呼び、アイスコーヒーを二つ注文する。コーヒーが届く間に、名刺を交換した。

「今日はどうもすみません」本郷は頭を下げた。「ややこしい話なのに、よく会っていただけましたね」

「いやあ……」浦田が苦笑する。「村本さんに直《じか》に頼まれたら、断れないですよ。知ってることは全部話してやれって言われまして。本郷さん、村本さんに何か大きな貸しでもあるんですか？」

「村本さんもそんなことを言ってましたけど、特に思い当たる節《ふし》がないんですよね」本郷は首を傾げた。

「そうですか……東日さんというと、今は政治部の勝俣《かつまた》さんにずいぶんお世話になってますよ」

「民自党担当の人間ですか？」

「ええ」浦田が不審げに眉根《まゆね》を寄せる。「ご存じないんですか？」

「私も昔は民自党担当でしたけど、離れて長くなりますから」

「この財団というのは？」遠慮なしに浦田が訊ねる。

「各地の文化事業を後援する財団です。いわゆるメセナ活動ですね」

ごく当たり前に仕事の説明をしているだけなのに、何故か声が暗くなってしまう。

コーヒーが運ばれてきて、本郷はガムシロップとミルクをたっぷり加えて一口飲んだ。コーヒーよりも氷の方が多そうなアイスコーヒーだったが、十分冷えていて、喉に心地好い。

浦田が煙草を取り出し、申し訳なさそうな表情を浮かべて「いいですか？」と訊ねた。

「どうぞ……最近、普通に煙草が吸える喫茶店は珍しいですよね」

「何だか自分が恐竜になったみたいな気がしますよ。絶滅危惧種的な？」苦笑しながら言って、浦田が煙草に火を点ける。顔を背けて煙を吹き出すと、アイスコーヒーをフラックのまま一口飲んだ。「それにしても……ずいぶん古い人の話を持ち出すんですね」

「古い人……そうですね。それこそ絶滅危惧種と言ってもいいでしょう」

「絶滅はしていませんよ」

「まあ、私も先日、お会いしましたからね」

「そうなんですか？」浦田が目を見開く。

「ちょっと用事があって、四日市に行きましてね。そこでたまたま……」

「あれですか？　藤岡記者の葬儀で？」

「ええ」何で知っているんだと思いながら、本郷は相槌《あいづち》を打った。いや、知らないわけがないか。地元の支局長が死んだら、彼のところでも誰かが葬儀に行っただろう。増渕本人が顔を出したとは思えないが……それならさすがに、本郷も気づいたはずだ。

「残念でしたね。まさか、あんな事故でお亡くなりになるとは思ってもいませんでした」

「まったくです」本郷はうなずいた。同時に、藤岡の顔の広さを改めて実感する。

「浦田さん、葬儀に顔を出してくれたんですか？」

「私はこちらで仕事があったんですが、地元の秘書が参列させていただきました」

「ご丁寧《ていねい》にありがとうございました」本郷は頭を下げた。「藤岡は、津支局で同期だったんですよ」

「ああ、それは……なおさら残念ですね」浦田が深刻な表情で言った。

「藤岡の葬儀に猪熊さんが来てくれたのが、少し意外でしてね」

「どうしてですか？」

「猪熊さんも元代議士でしたけど、一期しかやらないで、あとはずっと表に出ていなかったでしょう？　私が知らないだけかもしれませんけど」

「そうですね……」浦田が顎《あご》を撫《な》でた。「政治家として、という意味ならばそうでしょうね」

「今は、ご商売か何かやっているんですか？」昔の選挙の記事を見ると、候補者略歴に職業・肩書きとして「不動産業」とあった。「出馬当時は、不動産屋さんをやっていたと思いますが」

「今は、仕事も引退されていると思いますが……確か、息子さんが跡を継いでいるはずです」

そこでふと、本郷は違和感に気づいた。記事を見ているうちに、猪熊の詳しい経歴を思い出したのだ。資料部の人事データをひっくり返してみて、その記憶は裏づけられた——当時の住所は四日市市。しかし出身高校は、津市にある津中央高校だった。ということは、生まれ育ったのは津なのだろう。三重県の場合、学区は北部、中部、南部の三つに分かれており、津中央高校は中部学区に属している。

「ご出身は津だったと思いますが……」

「そうですね」浦田がさらりと認めた。

「どうして選挙に出たんでしょう」

「その不動産屋というのは、かなり大きな会社だったんですよ。戦前、お父さんの代からやっていて、猪熊さんは当時は四日市の支店を任されていた——地元財界の有力者が政治の世界に転じるのはよくある話です。政治家を引退されてからは、お父さんの会社を継いでいたはずですが」

「なるほど」ようやく合点がいった。同時に、記憶のあやふやさが恥ずかしくなる。有力候補だったら、もっと詳しくデータを頭に入れていたのだが、当時の猪熊はほぼノーマークだったはずだ……それにしても奇妙だ。泡沫《ほうまつ》候補が当選できる可能性など、ゼロに近い。

「今は引退して……何をされているんですかね」

「本当にご存じないんですか？」疑わしげに浦田が言った。

「お恥ずかしい話ですが」言っているうちに、本当に恥ずかしくなってきた。

「政治には関わっているんですよ。表には出てきませんが」

「それはどういう——」

「湧永政調会長と、ずいぶん深い関係にあるようですね」

思わぬ名前。同じ県の人間という共通点しかないはずだが……しかも猪熊は、二十五年前は無所属を貫いていた。それが現在の民自党政調会長と深い関係にあるとはどういうことだ。

本郷は思わず身を乗り出した。

取材とは、人のつながりを辿《たど》る行為である――そう言ったのは誰だっただろう。思い出せなかったが、新聞記者の仕事の本質を突いた言葉であると、本郷は確信している。真相を知っていそうな「A」という人物を探すために、「A」の知り合いの「B」に当たってみる――という具合に。もちろん、途中で鎖が切れることもある。真実への道は、最短コースが設定されているわけではなく、大抵は人のつながりを辿って、網を狭《せば》めるように近づいて行くしかないのだ。

今回はより難しい。

最近の猪熊について調べるなら、彼と深い関係にあるという湧永の関係者に話を聞けばいいだけだ。あるいは湧永本人に当たってみるか……しかし、いきなりそこへ突っ込んでしまっていいかどうか、判断が難しい。最終的には猪熊本人に会うとしても、その前に、できるだけ周辺から情報を収集しておきたかった。それも静かに息を潜めて――自分が嗅ぎ回っていることを、猪熊には知られたくない。

ジレンマに陥《おちい》ってフリーズしそうになったところで、唐突に一番簡単な方法を思いついた。津支局長の前田に電話を入れる。結局、地元の事情は地元の記者に聞くのが取材の初歩だ。

「先日はお疲れ様でした」前田の口調は先日と変わらず丁寧だった。

「こちらこそ、どうも……支局長、ちょっと聞きたいことがあるんだけど、いいかな」

「何でしょうか」電話口の前田は少し腰が引けているようだ。それはそうだろう。先日会ったばかりの元支局員――実に四半世紀も前だ――というつながりだけで、面倒な頼みごとでもされたらたまらない、と警戒しているに違いない。それでなくても支局長は忙しいのだ。

「そちらで昔、代議士をやっていた、猪熊という男がいるんだけど、知らないか？」ぞんざいな口調だろうかと思いながら本郷は切り出した。

「猪熊……いつ頃の人ですか？」自信なげな口調だった。

「二十五年前。無所属で当選して、一期だけやって辞めたんだけど」

「ああ、ずいぶん前ですね」前田の声に明るさが戻った。そんな昔の話なら、自分が知らなくても当然と思ったのだろう。

「実は、藤岡の葬式にも顔を出していてね。たぶん、二十五年前に選挙に出た時に、藤岡の取材を受けて知り合いになったんじゃないかと思うんだ……改めてお礼の電話でもかけようかと思ってるんだけど、連絡先が分からなくて困ってる」

「そういう人なら、調べられると思いますよ」

「ついでに最近の評判を聞いておきたいんだけど、県政担当の人、いるかな」

「ああ……代わりましょうか？」

「手が空いていれば」

宵《よい》の口のこの時間なら、もう原稿作業自体は終わっているだろう。夜回りをしているのでもない限り、本社からゲラが届くまで、支局で時間潰しをしているはずだ。

電話が切り替わり、すぐに緊張した若い男の声が耳に飛びこんできた。

「岩上《いわかみ》と言います」

「お忙しいところ、悪いね。東日文化財団の本郷です」今の電話の代わり方だと、岩上という記者は、前田から詳しく事情を聞く時間はなかったはずだ。本郷は単刀直入に説明した──記者時代の感覚が蘇ってくるのを意識する。報告や相談はとにかく手っ取り早く、見出しを書くようなつもりで喋れと、新人時代に叩きこまれたものだ。

「猪熊ですか？　聞いたことのない名前です」

「今は、湧永政調会長の応援をしているそうだけど」

「どう、ですかね……」岩上の声が細くなる。「湧永さんを応援している人はたくさんいると思いますよ。後援会の規模も、県選出の代議士では一番大きいし」

「金銭的な応援なのか、人手の応援なのか……昔は不動産屋をやっていたから金回りもよかったと思うけど、今は仕事も引退しているそうだ」

「となると、金銭的な応援という感じじゃないでしょうね」

「その辺の事情、調べられるかな」

「できないことはないでしょうけど……」声が頼りなく消える。

「できれば、猪熊本人に気づかれないように、さ」

「これ、本郷さんの仕事の関係で重要なことなんですか？」

「今のところは何とも言えないんだ」本郷は素直に打ち明けた。「上手く割り出してくれたら、何かの形でお礼するよ。君、何年目だ？」

「五年目です」

「じゃあ、来年には本社に上がってくるじゃないか。その時は、真っ先に俺を訪ねて来てくれ。銀座で美味《うま》い飯と酒を奢《おご》るからさ」

「はあ」

乗り気にならない岩上を何とか宥《なだ》め、本郷は電話を切った。前田に礼を言うのを忘れたな、と思ったが、改めて電話されても、先方も面倒だろう。本郷も、支局にいた時には本社からよく理不尽な指示を受けたものだ。支局は本社の言いなりになるもの——その原則は昔も今も変わらない。

自宅へ戻って、午後十時。静かだった……本郷の家がある南千住《みなみせんじゅ》は、国道四号線が走る交通の要衝《ようしょう》だが、さすがにこの時間になると車も少なくなる。

子どもたちは自分の部屋に籠《こも》り、妻の友美《ともみ》はもう寝ている。十時にベッドに入るのはいくら何でも早い気がするのだが、部活で朝が早い子どもたちの弁当作りで、毎朝五時前には起きねばならないのだから、しょうがないのだろう。

本郷としても、別にどうでもいい……早く帰ったところで、夫婦の会話があるわけでもないのだ。子どもたちとも、しばらく口をきいていない。だったら外で人と会って、あまり呑めない酒をだらだら呑んで時間潰しでもする方がましだ。しかし、経済的な理由でそれも許されない。子どもが二人とも私立だと、まず絞られるのは父親の財布なのだ。この一戸建てのローン完済も、まだまだ先である。もっと若い時に結婚しておくべきだったよな、と悔いることもあった。松浦のところなど、再来年からはもう娘が社会人である。扶養《ふよう》家族が一人減るから、今後は悠々自適ではないか。結婚も、子どもを持つのも遅かった本郷は、中学生の下の子が大学を卒業するまで、最短でもあと七年は頑張らなければならない。その時自分は六十歳になっているわけだ。定年延長でまだ働けるだろうが、あと七年も、ただ給料をもらうためだけに会社へ行くと考えるとうんざりしてしまう。

記者時代からの習慣で、本郷が「今日は家で食事をする」とあらかじめ宣言しておかない限り、友美は夕飯の用意はしない。記者時代は外で済ませることが多かったから、それでも困らなかった。しかし、財団に異動してからは基本的に毎日定時上がりで、家で食事をする機会が増えた。もし少しでも遅れると、自分で何とかするしかない。

冷蔵庫を開けて、食べられるものを確認する。

冷凍ご飯をレンジで解凍し、それが終わると少し残っていた煮物を温めた。あとは漬物と納豆があるから何とか……それなりに腹は膨れるだろうが、侘《わび》しい限りだ。

ぼそぼそと食事を終え、もう一度冷蔵庫を漁る。ビールという気分ではないし……冷凍庫にアイスクリームがいくつか入っている。夏の間は常備してあるし、今日も暑かった。よし、風呂上がりにこれを食べてクールダウンしよう。

アイスクリームの冷たさを考えると、少しだけ気持ちが上向く。

こんなことで気分がよくなるほど、自分は小さい人間になってしまったのか？

シャワーで汗を流し、アイスクリームを食べ始めた途端、パジャマ姿の友美がダイニングルームに入って来た。寝ぼけ眼《まなこ》で、冷蔵庫を開けるとミネラルウォーターを取り出し、ボトルから直接飲んで、びっくりしたようにこちらを振り返った。ようやく本郷に気づいたようだった。

「あら、いつ帰ったの？」

「三十分ぐらい前かな」

「ご飯は？」

「冷蔵庫に入ってるもので適当に食べた」

友美がテーブルについた。何か話があるのだな、と本郷は警戒した。最近の話題と言えば、来年高校受験をする下の娘のことばかりだ。

「やっぱり海星《かいせい》女子に行きたいんですって」

「せっかくエスカレーターなのに？」

下の娘の英玲奈《えれな》は、自宅から歩いて行ける中高一貫の私立校・東栄《とうえい》学園に通っている。

高校で成績を落とさなければ、内部進学で東栄大の好きな学部に進学できるだろう。苦労は一回で済むようにと、せっかく中学受験させたのに、本人は、本郷が考えていたよりも少しだけ向上心が強かった――もっとレベルが高い高校へ行こうとしているのだ。東栄だって、悪い高校ではない。

「あの子もいろいろ考えてるのよ。東栄大には、行きたい学部がないんですって」

「文系でも理系でも、あそこは学部は一通り揃ってるだろう。ないのは医学部ぐらいじゃないか」

「その医学部に興味があるみたいなのよ」

「まさか」

本郷は思わずつぶやいた。私大の医学部となれば、学費も半端な額では済まないだろう。学資保険には入っているものの、それでカバーできるかどうか……何より、医学部は卒業まで六年かかるから、上手くストレートでいっても、英玲奈が社会に出る時には本郷は六十二歳になってしまう。その年齢まで働かねばならないのか――定年後再雇用でこのまま財団で働くこともできるのだが、考えただけで気が滅《め》入《い》って仕方がない。同じ部屋で働く財団職員の何人かは、とうに六十歳を超えている。ただしそういう人たちは、日がな一日新聞を読んでいるか、ネットサーフィンで時間を潰しているだけで、給料は極端に低いはずだ。働き方改革と言われて久しいが、実態はこんなものである。仕事と人とのミスマッチ。定年を延長して、ただ働かせればいいというものではない。年寄りにどんな仕事をさせるかが問題なのだ。

「金は大丈夫なのか？」本郷は、家の金のことはほとんど把握していない。

「お金の問題？　心配なら、私ももう少し仕事を増やせるけど」本好きの友美は、日中は北千住の書店でパートをしているが、配偶者控除《こうじょ》の対象から外れたら意味がない。

「計算してみたわ」友美があっさり言った。「私が仕事を増やして、あなたが再雇用で六十五歳まで働いて……もちろんあなたの方は、途中から給料が半額になると計算してだけど、それと学資保険を合わせて何とかなると思うわ」

「浪人《ろうにん》でもされたらアウトだぞ。それに医者も、研修医のうちは給料が少ないそうだから、こっちで援助してやらなくちゃいけないかもしれない――いや、金の問題だけじゃなくて」本郷は慌てて訂正した。金のことで弱音《よわね》は吐きたくない。「海星って遠いじゃないか。確か、大江戸線の新江古田《しんえごた》だろう？　ドアトゥードアで、うちから一時間以上かかるんじゃないか？　本人は、通学が大変なのは分かってるのか？」

「もちろん。秋になったら下見に行くつもりみたいよ」

「朝のラッシュだって馬鹿にならないのになあ」

南千住駅は三本の路線が乗り入れているので、交通の便がいいのだが、さすがに新江古田は遠い。テーブルに置いてあったスマートフォンを取り上げ、海星女子高校の場所を確認する。新江古田駅と西武新宿線沼袋《ぬまぶくろ》駅の中間地点……どちらから歩いても十分以上かかりそうだ。これで早朝練習のある部活でも始めたら、英玲奈は今より一時間早く家を出ることになる。

「お前も大変じゃないか」

「何とかなるわよ。子どもの希望は、できるだけ叶えてあげないと……あまり自分の気持ちを言わなかった英玲奈が、やっとはっきりと口にしたんだから」

「それは分かるけど……」

長男の郁人《いくと》も英玲奈も、大人しい子どもだった。反抗期らしい反抗期もなく、逆に心配になったほどである。小学校の高学年になったら、親が鬱陶《うっとう》しくなってくるはずなのに——二人とも、本郷に特に反発もせず、中学受験の時も友美が強引に決めてしまったぐらいだった。

「子どもの意思は尊重してあげたいの」

「何もしんどい思いをする必要はないじゃないか。このままエスカレーターで高校、大学に進んで、何がまずいのかね。だいたい医者なんて……」

「英玲奈が医者になれば、私たちが歳取ってからも面倒を見てもらえるじゃない」

「そんな、当てにならないことを……」

会話は平行線だが、本郷は既に「負け」を意識していた。家の中のことは、基本的に友美が全て決める。本郷は後から知らされることが多かった——決まってからしばらく教えてもらえないことすらあった。子どもたち二人の進学問題は、まさにその通りだった。二人とも本郷には何の相談もしなかったし、報告があったのもしばらく経ってからだった。

「とにかく、目標や夢があるのはいいことでしょう」友美は笑みさえ浮かべている。娘が医者になりたいと言い出したのが、いかにも誇らしげだ。

この話はどこまで本気なのだろう、と本郷は心配になった。もちろん、高校受験までは五ヶ月はあるし、その後の進路をしっかり決めるためにはまだまだ時間があるのだが……基本的に自分は、この家の中では存在しないも同然なのだ、と情けなくなった。


翌日の午前中は、仙台出張の報告書作りで潰れた。最近、やけに時間がかかる……パソコンのキーボードを打つスピードが遅くなったのだ。いや、無意識のうちに、一つ一つの仕事に時間をかけているのかもしれない……どうせ慌てて報告書を作る必要などないのだ。急いで仕事を終えると、早く家に帰ることになる。

壁の時計を見ると、間もなく午後一時……夕刊締め切り時間の関係で、東日の本社では記者以外にも一時過ぎに昼食を摂る人間が多く、新聞作りとはまったく関係ない財団の職員も、その慣行に倣《なら》っていた。

暇なこの部署では、一日の最大のイベントが昼食、という人間も少なくない。自分もその雰囲気に馴染んできたことは意識している。財団に異動になってから、銀座で安い店を探すのが趣味になっているのだ。とはいえ、誰かと連れ立って昼食に出ることはまずない。そういう探索は一人でやるに限る。

他の人たちが出て行く少し前に抜け出し、店が空《す》き始める一時頃に入るのがいつものパターンだ。昼飯のために並ぶほど馬鹿らしいことはない。さて、と立ち上がりかけたところでスマートフォンが鳴った。いいところで……と思ったが、無視するわけにもいかない。

「津支局の岩上です」

「ああ、どうも」お、なかなか反応が速いじゃないかと、本郷は思わず相好《そうごう》を崩した。面倒臭い依頼を早く片づけようとしただけかもしれないが。

「昨日の件——間接的な情報で申し訳ないんですが」

「いや、それでもありがたいよ」

「三区の中島《なかじま》のところの秘書……東京にいる公設第一秘書の長畑《ながはた》という人に会ってみたらどうでしょうか」

「中島？　野党の政友党《せいゆうとう》の代議士じゃないか」

「そうなんですけど、あちこちで聞いてみたら、猪熊さんのことは長畑さんが一番よく知っている、と」

「何で政友党の人間が猪熊のことを知ってるんだ？」

「長畑は、元々民自党の関係者なんです。昔、民自党の代議士だった河本《かわもと》の選挙スタッフから、政治の世界に入った人でして」

「河本って、湧永の前の三重一区選出の代議士じゃないか」

「ええ」

「確か、公認争いで揉めたんだよな」

「らしいですね」

この辺の事情は複雑だった、と本郷は記憶していた。津支局のある三重一区では、戦後、湧永の父が長く民自党の議席を守ってきたのだが、七十歳で現職のまま急逝《きゅうせい》した後、後継争いが混乱したのだ。本来なら、息子の湧永がその跡を継いで出馬するのが自然だった。年齢も三十九歳と適当――しかしこの時は、準備が整《ととの》っていなかった。長年父親の秘書を務めていた湧永は、父親が急逝した時には「修行」として一時秘書を辞め、アメリカの大学院に留学していたのだ。

権力の空白とでも言うべき状況が生じて、民自党県連は後継者探しで混乱した。結果的に、三重県議だった河本は出馬を決めたのだが、民自党県連は候補を一本化できずに公認候補擁立を見送り、結局河本は無所属で出馬して当選した。次の選挙では、湧永が父親の議席を継ぐ格好になったのだが、その時の公認争いも揉めに揉めたのを本郷も覚えている。結局河本は梯子《はしご》を外され、再び無所属で立候補したものの落選、それを機に政治の世界から姿を消している。

その時に秘書として河本にくっついていたのが長畑……本郷の記憶にその名前はなかった。当時は単なる事務所のスタッフで、記者の取材に応じるような立場ではなかったのかもしれない。

「もしかしたら長畑は、それで民自党に嫌気がさして政友党に走ったとか？」

「そうかもしれません。詳しい事情は分かりませんが」

「しかし、猪熊とどんなつながりがあるんだろう」

「すみません、取り敢えず名前は分かったんですけど、それ以上の情報は……同じ県出身の政界関係者ですから、接点はあると思いますけど」

「いや、助かったよ。公設第一秘書なら、こっちで摑まえられると思う」

電話を切り、唇を尖らせてふっと息を吐く。電話している間に、財団の他のスタッフはいなくなってしまっていた。まったく呑気《のんき》なもので……電話がかかってくることもあるから、一人は留守番《るすばん》を残しておくのが常識なのに。

しかし自分が留守番をする気にはならなかった。まずは昼食。食べながら、何とか長畑と接触する方法を考えよう。それほど難しいことではあるまい。

後は、岩上の名前を忘れないようにしないと。毎月の異動は細かくチェックしているので、岩上が本社に上がってくればすぐに分かる。そうしたら約束通りに銀座で飯——自分のリストに載っている千円以下ランチの店で奢ってやろう。


午後三時過ぎ、本郷は意を決して編集委員室を訪れた。同じ本社内だが、何となく敷居が高い……自分はもう、編集局の人間ではないのだと意識させられる。

「どうした」パソコンの画面から顔を上げ、松浦が驚いたように言った。

「いやいや、ちょっと相談というか報告というか」

「じゃあ、お茶でも飲もうか」松浦が背伸びした。「肩が凝った」

「原稿か？」

「ああ。裁判の解説なんだけど、ちょっと厄介でね」

「お前の専門じゃないか」

「そうなんだけど……産学商事《さんがく》の海外贈賄《ぞうわい》事件の裁判なんだ。司法取引になったやつ」

「ああ、覚えてる」日本では司法取引は導入されたばかりで、その運用などが課題になっている。「そんな裁判の記事まで面倒見てるのか？」

「裁判前に特集面を作るんだ。海外のケースも含めて司法取引の解説もしなくちゃいけないし、海外贈賄についての説明も必要なんだ」

本郷はパソコンの画面をちらりと見た。昔懐かしい、記事執筆ソフト。執筆からサーバーへの送信までが一括で処理できるソフトで、記者が記事を書く時には必ずこれを使う。デフォルトは、原稿用紙がそのまま画面に出ているスタイルで、字詰めは実際の新聞と同じ、一行十一字だ。このソフトを使わなくなってから、ずいぶん時間が経つ……。

「だいたい俺は警視庁クラブOBで、司法クラブの経験はないんだよ。今はそっちの原稿も書くようになったけど、まだ慣れない」

この辺が、社会部の担当割りの奇妙なところだ。警視庁クラブと司法クラブは、事件取材の二大取材拠点だが、警視庁クラブの記者は基本的に、発生した事件の取材しかしない。犯人が逮捕、起訴されて裁判になった時に担当するのは、司法クラブの記者である。送検されたら後は司法クラブの担当、ということなのだ。さらに司法クラブの記者は、裁判だけではなく東京地検も担当する。本来は、地検担当と裁判担当は分けた方がいいような気もするのだが……もっとも最近は、東京地検特捜部が大きな事件を摘発することもなくなっているから、それほどの負担にはならないのかもしれない。

二人は連れ立って、五階にある喫茶室へ向かった。社食の隣に設置されたこの喫茶室は、窓が大きいのが売りだ。外に見えるのは銀座の賑やかな光景。午後半《なか》ばのこの時間、ちょっと仕事を抜け出してサボったり、打ち合わせをする人たちで、席はほぼ埋まっていた。

二人ともアイスコーヒーを頼む。松浦はワイシャツの胸ポケットから煙草を取り出したが、思い出したように戻した。

「昔は、ここも煙草が吸えたんだけどな」溜息をつく。

「時代の流れだ。煙草をやめたら小遣いも浮くぞ」

「そのうちにな。それで……どうした？」

本郷は事情を説明した。歩美の奇妙な話、そして彼女の依頼で猪熊について調べていること――松浦は渋い表情で聞いていた。

「俺は置き去りか？」

「そういうわけじゃないけど」

「藤岡について調べろって言ったのはお前たちじゃないか」

「そうだよ。それで、進んでるのか？」

「いや……」松浦が目を伏せ、アイスコーヒーのグラスを摑む。半分以上が氷。ストローを使わずにグッと飲むと、中身はあっという間に氷だけになった。「正直、どこから手をつけていいか分からない。調べるためにはまた三重に行かないといけないんだろうけど、さすがに好き勝手に出張はできないからな」

「少なくとも、経費では落とせないだろうな」本郷はうなずいた。「まあ、俺の方でもちょっと、猪熊の問題を調べるよ」

「やっぱり藤岡とつながっているのか？」

「猪熊は、藤岡の通夜にも葬儀にも来ていた。あの二人に何らかの関係があるのは間違いない」

「湧永の後援会に関係あるのかね」

「その辺は、調べてみないと分からない。二人は津中央高校のOBだし、関係があると言えばある。お前、その辺の事情は何か知らないか？」

「高校の取材をしたことはないからな……津中央は名門だから、OB同士のつながりも強いとは思うけど、古い高校なんてだいたいどこもそんな感じだろう」

「だろうな。その縁で、選挙に担いだり担がれたりということもあるんじゃないかな」

本郷はうなずいた。「とにかく、俺は今こういう線を調べている。俺に何かあったら、その辺から調べてくれ」

松浦が声を上げて笑ったので、本郷は思わずむっとした表情を浮かべた。

「何がおかしいんだよ」

「お前も昔の気持ちを取り戻したんじゃないか？　懐かしいだろう」

「いや、別に」

その通りなのだが、本郷は敢えて淡々とした口調で否定した……今振り返ってみると、取材とは何と面倒で実りの少ない行為なのだろう。政治部の下っ端だった頃など、特に――あの頃の仕事は「メモ作り」だった。あちこちで政治家たちから聞いてきた話をメモに落として、キャップやサブキャップに送る。彼らはそれをつなぎ合わせるだけで、原稿に仕立て上げてしまうのだ。それが政治部の記事の作り方だと理屈では分かっていたのだが、何だか釈然としない。もちろん、自分が若手をまとめる立場になってみると、そういうやり方でないと記事にならないことはよく分かったのだが。政治部は、一つの問題で取材しなければならない相手が多過ぎる。原稿を書く記者がコントロールタワーとなって指示を出し、下っ端の人間はとにかく多くの人に会ってコメントを集めるのが、結局一番効率的なのだ。

「ま、俺ぐらいの能力があれば軽いもんだよ」本郷は虚勢《きよせい》を張った。

「お前らしいな」松浦が軽く笑う。

「とにかく、だ」本郷は咳払《せきばら》いした。「俺は今夜、長畑という男に会うつもりだ。お前はそれを覚えておいてくれよ。藤岡みたいになったら嫌だからな」

「何も危ないことはないと思うけど」松浦が首を捻った。「むしろ、よく喋りそうな相手じゃないか？」

「何でそう思う？」

「民自党から飛び出した——見限ったのか、追い出されたのかは分からないけど、そういう人間だったら、民自党関係者の悪口を平気で言いそうじゃないか。民自党から政友党へ転身するような人間は、だいたい冷や飯を食わされて不満を持っているはずだ」

「政治の世界は、そう単純でもないんだけどな……とにかく、今俺が何をやってるか、お前には知っておいて欲しいんだ」

「分かった。万が一お前がやばいことに首を突っこんで誰かに殺されたら、骨は拾ってやるよ」

松浦が声を上げて笑ったが、本郷はつき合う気になれなかった。

新聞記者という職業のメリットは、会いたい人にいつでも会えることだ、とよく言われる。記者の肩書きがなくとも、東日新聞という名前が効いたのか、電話で話した長畑は、本郷に会うことを了承した。あまりにあっけなかったのでかえって警戒したのだが、取って食われるようなことはないだろうと自分を奮《ふる》い立たせる。

本郷は六時に会社を出て、真《ま》っ直《す》ぐ六本木に向かった。指定された場所はホテルのロビー。非常に懐かしい……政治部時代、こういう場所で何度人と会ったことだろう。顔と名前が売れた政治家とは、こういうオープンスペースで会うのは難しいが、裏方の秘書ならばまず問題ない。人の行き来が激しいホテルのロビーは、実は密会と密談に適した場所なのである。

目印に東日の夕刊、というのも懐かしい感覚だった。新聞を裸で持って歩いている人は意外に少ないもので、結構目立つ。スマートフォン全盛の今ならなおさらだ。

座り心地のいい一人がけのソファに腰を下ろし、膝に夕刊を置く。さて……と一度座り直したところで、やはり夕刊を持った初老の男が近づいて来るのが見えた。髪は半ば白くなっているものの、背筋はぴしりと伸びて歩幅も広い。周囲を用心深げに見回してから、本郷の隣のソファに腰かけた。

「本郷さん？」

「はい。長畑さんですね？」

「名刺の交換は、よろしいですね」

「こんな場所で名刺交換したら、不自然ですね」本郷は前を向いたままうなずいた。

「猪熊さんの話、ですね」長畑がさっさと切り出した。

「ええ。今、湧永さんを応援されているという話を聞きました」

「そうですね」

「間違いないんですか？　今、支部の役職にはついていないと思いますが」

「ないでしょうね」長畑の返事は短く、しかし確固としていた。

「後援会ということですか?」

「猪熊さんは、後援会にも入っていないでしょうね」

「それで応援されているというのは、どういうことなんですか?」本郷は思わず首を傾げた。

政治家をバックアップしようとする場合、主に二つのパターンが考えられる。一つが政治家と同じ政党に入党し、「公的に」応援するもの。もう一つが、後援会で金銭面や人手を集めることで応援するやり方だ。まったく個人的な関係——それこそ昔の同級生だったとか——で応援することもあるが、そういうケースはあまり聞かない。ふいにピンときてかまをかけてみた。

「湧永さんも津中央と聞きましたが」

「そう、二人とも津中央高校のOBですね。年齢は一回り以上離れているけど」

「それだけ離れていると、直接の面識もないはずですよね」そう言った後で、ある可能性に思い至った。「もしかしたら、先代の湧永さん——お父さんと知り合いだったとか?」

「それもないでしょうね」

長畑の言葉は明確だったが、イエス、ノーだけで答えられても話は前に進まない。

「そもそも猪熊さんは、二十五年前に無所属で立候補して代議士になっています。そういう人が、現在民自党の総裁候補を応援しているというのは、いささか違和感がありますが」

「レイヤー、という言葉をご存じですか？」

「いいえ」

横を見ると、長畑は右手の上に左手を重ねていた。次いで、右手を左手の上に持ってくる。

「こういう風に……あらゆる物事は、一枚では構成されてはいない。様々な要素が重なり合ってできている。その一枚一枚を、レイヤーと呼ぶこともある」

「はい」

「一番ベースになるレイヤーが家族だ。そこから学校の同級生、仕事の関係者と、歳を取るに連れて人間関係や経験のレイヤーが重なっていく。そして普段は、一番上のレイヤーしか見えない。例えばあなたなら『東日新聞』といったようにね。しかし実際には、その下にたくさんのレイヤーがあるんです。要するに人間というのは、様々な経験や階層の積み重ねでできている」

「なるほど……それで猪熊さんと湧永さんには、どこかに共通のレイヤーがあるんですね？」

「そうですね」正解を引き当てたようだが、長畑の口調は淡々としていた。

「それが津中央高校？」

「あなた、津支局にいた、と仰っていましたね」長畑が逆に質問をぶつけてきた。

「ええ。新人時代の五年間だけですが」

「津中央高校の特殊な話は、知ってますか？」

「そんな話があるんですか？　三重県で一番古い名門高校だということは知ってますけど……基本的には普通の公立高校ですよね」

「表面的にはね」

「よく分かりませんが……」

「まあ、記者さんが取材しても、簡単に出てくる話ではないでしょうな。公的なことでもないし」独り言のように長畑が言った。

「どういうことですか？」

「私は、津中央高校の出ではないんです」

「どちらですか？」

「四日市第一です」

なるほど……本郷が三重にいた頃の四日市第一高校は、津中央に続く県内ナンバーツーだった。あれから二十五年も経った今では、序列も変わっているかもしれないが、両校とも県内屈指の名門校であることは間違いない。

「他校の事情なんで、どうにもねえ……無責任なことは言えないし」

「そんなに話しにくいことなんですか？」

「はっきりと知っているわけではないですからね。適当な噂《うわさ》は話したくない」

「噂でも構わないんです。裏は取りますよ。それにそもそも、記事にするつもりもないですから」

「あなた、昔はだいぶ強気な記者だったそうですね」

突然長畑が言い出したので、本郷は警戒した。笑みを浮かべながら適当に話を流す。

「ずいぶん昔の話ですよ」

「とはいえ、いろいろな伝説というか武勇伝も聞きました」

「その手の話は、だいたい尾ひれがついて大袈裟になっているものですよ」本郷はやんわりと反論した。

「私も永田町は長いんですよ……あなた、与党担当のサブキャップの時に、民自党の川《かわ》谷《たに》幹事長を激怒させたことがあったでしょう」

「あれは……」

耳が赤くなるのを感じた。総選挙前に民自党から大量離党者が出ることをすっぱ抜いたニュースで、川谷幹事長が激怒したのは事実である。

「当時、東日内にはかなり強固な川谷派シンパがいたそうですね」

いったい何の話だ……本郷は思わず身構えた。もちろん、政治家の秘書がこういう話を知っていても何の不思議もないのだが。あれこれ考えているうちに、一瞬で考えがつながった。まさか……何も言えないでいるうちに、長畑が話し出す。

「困った川谷幹事長が、御社の社内の誰かに相談したんじゃないですか」

「あれは誤報でも何でもありませんよ。結果的に離党者は出たんだから」あまり言い訳にもなっていないと思いつつ、本郷はつい言葉を並べた。

「政党の人事というのは、いろいろ面倒臭いものでしょう」訳知り顔で長畑が言った。「一度洩《も》れたら、潰される。だから、ぎりぎりまで秘密にしておかねばならないこともあるわけです。それを先走って書かれたら、どうなると思います？　一生懸命途中まで仕上げたジグソーパズルを、いきなり蹴飛《けと》ばされるようなものですよ」

思い当たる節はある。三十代後半――本郷は本当なら与党担当のサブキャップを一年ほど務めたあと、与党キャップに昇格する予定だった。与党サブキャップ、キャップ、そして本社のデスクと階段を上るように東日政治部では順調に出世ルートを駆け上がるはずが、あそこで頓挫《とんざ》した。あの書き飛ばし――必ずしも一級の特ダネだったわけでもない――の後、何故か与党キャップへの就任の話は流れた。与党のサブキャップをしばらく続けた後、キャップは飛ばして直接デスクになり、それからはその仕事が続いた――他のデスクよりもずっと長く。

誰かの力が働いていた？　いや、あの記事の時だって社内で誰かに注意されたりはしなかった。だがそれこそ、川谷派とつながっていた社内の有力な人間が、「罰」のつもりで本郷の異動に介入した可能性もある。当時の政治部幹部か、政治部ＯＢ……数人の顔を思い浮かべたが、思い当たる人物はいない。

しかし何故、今までこういう「構図」に気づかなかったのだろう。あまりにも間抜けではないか。

そこで不意に思い出した。与党キャップにならずにデスクに上がる、と民自党の村本に報告した時、彼は「力及ばなかったよ」と言っていた。何のことか分からず、思わず聞き返したが、彼は答えてくれなかった。あれは……今思えば村本は、川谷の怒りを鎮めるか、東日内の然《しか》るべき人物に働きかけて、本郷が不利な立場に立たされないように根回ししてくれたのではないだろうか。しかしそれは失敗した……彼が「借り」と言ったのはそういうことだったのではないか。

長畑が、少し声のトーンを落として言った。

「御社にもいろいろ事情があるんでしょう。どこでも同じようなものですよ」

「その頃、長畑さんはまだ民自党——河本さんのところにいたんじゃないんですか」

「そう、まだ……嫌なことを仰る」

ちらりと横を見ると、長畑の表情は歪《ゆが》んでいた。これが彼にとって「ツボ」になる話なのだろうか、と本郷は訝《いぶか》った。

「どういうことです？」

「嫌なことばかり見聞きすると、うんざりしてしまうこともあるんですよ。特に秘書なんかやっていると、自分の意思とは関係なく、親分の思惑で振り回されるだけですから。そういうことが何度も続くと、こちらだっていい加減、全部放り出したくなる—

「当時の民自党三重県連の中は、相当滅茶苦茶でしたからね」

「確かに。まあ、思い出したくもないですな」

本郷は話題を変えた。

「猪熊さんのことはご存じなんですよね？」

「ええ」

「彼は、どういう人なんですか？　無所属で国会議員をやっていた人が、どうして今は湧永さんを応援しているんですか？」

「レイヤーの話ですが」長畑がまた、左手の上に右手を重ねた。「下から二番目のレイヤーが問題なんですよ」

「家族の次……学校ですか？」話が元に戻った。

「そうです。津中央高校の出身者で構成されている独自の会があるようですね。特に、志《こころざし》の高い人が集まる会が」

「何ですか、それ」ぼかしたような長畑の言い方が引っかかる。まるで、秘密結社ではないか。「独自の会というのは、OB会か何かですか」

「津中央のOBしかいない会という意味では、まさにそうでしょうね。ただ、あそこには正規のOB会がありますよね。確か『中勢会《ちゅうせいかい》』と言ったはずです」

「ああ、そうですね」三重県中部の古い地域名をそのまま取った名前で、本郷にも聞き覚えがあった。「それとは別なんですか？」

「だと思いますよ」

「あの……フリーメイソンとかイルミナティとか、そういう感じですか？」

「まさか」長畑が声を上げて笑う。「そんな、国際的な組織とは規模が違いますよ」

「よく分かりませんが」本郷は首を横に振った。しかし、学校か……そう言えば、藤岡の社会部時代の専門は教育問題だった。四日市支局でも、教育問題を取材していたのだろうか。それで津中央高校の謎の組織に辿りついた？　いや、それもおかしい。津支局の記者なら、県教育委員会を軸に、県内各地の教育機関を取材することもあろう。しかし四日市とその近辺だけを担当する四日市支局の支局長が、自分の管内にない高校のOB会を取材する意味があるとは思えない。

「いったいどういう会なんですか？」

「私も津中央の出身じゃないので、その辺はOBにでも聞かないと分からない」

「そうですね……」とは言っても、津中央高校OBに知り合いはいない。この辺は、やはりもう一度、津支局長の前田にでも確かめるしかないだろう。教育担当の記者がいればいいが、おそらく今の支局の人数では、専門の担当者を置く余裕はない。県政担当者が兼任しているぐらいで、取材も甘くなっているだろう。

「とにかく、噂だけですからね」長畑が逃げを打った。

「そうですか……お時間いただいて、申し訳ありませんでした」

「いやいや、私は構いません。人と会うのも秘書の仕事ですから」

私とつながりができても、人脈的には何の得にもならないと思いますよ」

「今は得にならなくても、将来につながることもあるでしょう」

そんなことはない。政治家と文化事業のつながりといえば、テープカットに来てもらうぐらいではないか……しかも自分は単なる裏方で、表に出る存在ではない。

ここから先、自分の前には道はないのだと意識せざるを得なかった。小さなミスが記者人生後半の可能性を摘んでしまっていたことに呆然《ぼうぜん》としながら、本郷は悄然《しょうぜん》とロビーを後にした。

第6章　ある組織

「秘密結社？」松浦はスマートフォンを握り直した。本郷の奴、何を言ってる？　変な情報を摑まされたんじゃないのか？

「秘密結社じゃない」電話の向こうで本郷が言い訳した。「正体不明の会、だ」

「似たようなものじゃないか。とにかく、聞いたことないな」松浦は首を捻った。

「お前、津中央高校のOBに知り合いはいないか？」本郷が訊ねる。

「いない」松浦は即座に否定した。「昔はそういう人とつき合っていたかもしれないけど、今は……三重とのパイプは切れてるからな」

「もしかしたら、藤岡が取材していた可能性もあるんじゃないかな。それで、津中央のOBである猪熊とつながりができたとか」

「可能性はあるけど、何とも言えないな」

「あいつが何を取材していたか、津支局長の前田にでも聞いてみたらどうだ？」本郷が切り出した。「あいつのパソコンやメモは、まだ四日市支局に残っているんだろう？　それを読めば、何を取材していたか分かるかもしれない」

「支局ではそんなことまでやってくれないだろう。忙しいんだからさ」

「何だったら、お前が四日市まで行って調べてきたらどうだ？」

「無理、無理」松浦は即座に否定した。藤岡のことは気になるし、彼の死の真相を知りたいとは思っていたが、そんなに簡単に三重まで行けるものでもない。つい、言い訳めいた台詞《せりふ》を吐いてしまう。「だいたい、あいつの字なんか絶対に解読できないよ。速記並みに読めないんだから」

「……そうだったな」妙に懐かしそうに本郷が言った。「支局にワープロが入った時、デスクが嬉しそうに笑ったのを覚えてるよ。これでもう、藤岡に原稿の問い合わせをしなくて済むって。あいつの場合、内容の問い合わせ以前に、字がひどくてデスクを困らせてたからな」

「ああ」昔話に、つい頬が緩んでしまう。

「まずは、前田に話を聞いてみるのが一番いいんじゃないかな」

「分かった」松浦は壁の時計を見上げた。午後八時……津支局の新聞作りは一段落しただろう。突発的な大事件や事故がなければ、原稿は全て本社に送り終え、夕飯でも食べている時間である。

「それと、今の秘密結社の話は、高本にも伝えてくれよ」

「ああ。情報共有だな」

本郷との話を終え、松浦は受話器を取り上げた。津支局の代表番号を今でも覚えていることに驚く。考えてみれば、人生で一番多くかけた番号かもしれない。

若い女性記者が出たので、前田につないでもらう。電話を代わった前田は、どこか警戒している様子だった。

「ああ……昨日、本郷さんから電話がありましたよ」

「そうなんですか？」あいつ、そんなことは一言も言ってなかったじゃないか。

「本郷さんはなかなか強引というか……昔はああいうタイプの記者が結構いましたよね」

「強引じゃなくて、傲慢《ごうまん》なんでしょう？　上から目線というか。迷惑でしたか？」

「いや、別にいいんですけどね」前田が苦笑する。「だいいち、私の口からは、傲慢なんて言えませんし」

「奴に代わって謝りますよ……それで、不快な思いをした次の日に申し訳ないんですが、ちょっと聞いていいですか？」こちらは丁寧に徹しよう、と松浦は決めた。

「何ですか？」前田の口調に、警戒する調子が強まった。また厄介な話か、とでも思っているに違いない。

「藤岡が亡くなる前にどんな取材をしていたか、分かりましたか？」この話題は以前にも出た。

「いや、デスクにも確認してみたんですけど、特に中長期的なテーマはなかったようで……少なくともデスクは、報告を受けていませんでした」

「そうですか……ちなみに四日市支局なんですけど、これからどうするんですか？　今のところ、支局長ポストは空席のままでしょう？」

「記者が一人いますから、取り敢えず彼と周辺の通信局の人間で、何とかカバーしようと思ってます。重要拠点の一つですから、いつまでも支局長を空席にしておくわけにはいかないんですけど、なにぶん人手不足のようで……本社もまだ何も決めていないようです」

「地方支局に回せる人手は、圧倒的に足りないようですしね」

実際、本社勤務の人間を地方支局に転勤させるのは、相当大変なのだ。独身の若い記者ならともかく、それなりに社歴を重ね、家族もいる記者を地方へ行かせるには、面倒な調整が必要になる。支局を統括している地方部が、そういう人材の供給源であるのだが、なかなか上手く回っていない。特に今回のように、急遽《きゅうきょ》「穴」が開いた場合は、調整はそう簡単にはいくまい。

「しばらくは大変ですね」

「まあ、選挙の予定がないことだけが救いですかね。これが選挙前とか高校野球シーズンだったら、地獄でしょう」

「藤岡、高校野球の取材もしていたんですか？」

この歳になってもか、と松浦は驚いた。藤岡のことだから、若手でもきつい真夏の球場での取材を、普通に引き受けていたのだろう。もっともあいつの場合、写真が得意だったから、野球の取材は腕の見せ所だと思っていた可能性もある。

「もちろんですよ。率先して……今年は四日市の球場がメーン会場でしたから、決勝まで若い記者の面倒を見てくれました」

「そうですか……ええとですね……」ここから先は何となく切り出しにくい。「あいつが使っていたメモ帳やパソコンは、まだ支局にあるんですか？」

「ええ。一部は——私物は奥さんが引き上げていきましたけどね。実際には、私物はほとんどなかったようです」

「じゃあ、その気になれば見られるわけですね」

「それは大丈夫ですけど、ご覧になりたいんですか？」

「時間ができれば」

口に出してしまうと、本当にそうせざるを得ない気がしてきた。藤岡の件にはほとんど手をつけずに放置しておいたのだが、気になっていなかったわけではない。歩美も本郷も、「お前が調べろ」と後押ししているし、自分にもその気はある。

「構いませんけど……その時は、こっちにも一声かけて下さい。若い連中が使っていない時は施錠《せじょう》していますから。津支局と違って、人がいなくなる時も多いので」

「分かりました。行く時にはまたご連絡しますよ——いや、明日行きます」

「それは……ずいぶん急ですね」電話の前で前田が引いているのが分かった。

「こういうのは、思いついた時にやらないと駄目なんです」

「本当に、藤岡さんに何かあったと考えてるんですか?」

「そういうわけじゃない――とにかく自分が納得したいだけなんです」

編集委員はローテーション勤務に縛られない。それに有給はたっぷり残っていた。だからいつ休暇を取ってもいい――それは理屈では分かっているのだが、やはり気が引ける。休みのことなど考える習慣もなかった時代に新人記者になり、その後も社会部で警察《サツ》回り、警視庁担当と休みが取りにくい日々を送っていたので、今になって「働き方改革」などと言われてもピンとこないのだ。こっちは二十四時間態勢で緊急事態に備えているんだから、「有給はきちんと消化しろ」などというかけ声は虚《むな》しく聞こえる……。

名古屋へ向かう新幹線の中でも、妙に居心地が悪かった。記事にするようなことではない――休みを取って旅行に来ているようなものだから、交通費も宿泊費も請求できるはずもなく、全額自分持ちなのだ。まあ、しょうがない。妻の弥生にはきちんと事情を説明して、金がかかることも納得してもらった。もちろん彼女は、藤岡のことを調べる意義については首を傾げていたが。松浦自身、よく分かっていない――何か妙だという勘だけが行動の裏づけだ。

名古屋からは近鉄を使った。先日、藤岡の葬儀に来た時にはあっという間に着いた感じだったのだが、あれは旅の友がいたからだろう。一人だと、ずいぶんと遠く思える。新幹線の中で書かねばならないほど急ぎの原稿もなかったし、本を読む気にもならず、ぼんやりと車窓を眺めるだけ……夏の名残りというより、まだ真夏のような、陽射しの強い光景に目を焼かれる。

木曽川《きそがわ》を渡ると三重県――桑名市に入る。ここの名所はナガシマスパーランドだが、電車からは見えない。かなり距離もあるし、国道一号線の尾張《おわり》大橋がちょうど視界を遮《さえぎ》る格好になるのだ。

近鉄四日市駅に着き、レンタカーを借りるべきかどうか悩む。市内を動き回るなら足が必要なのだが……取り敢えず、支局の様子を見てから考えることにした。

近鉄四日市駅から東日の支局までは、歩いて十分ほど。残暑の厳しい中、両側に商店街が並ぶ中央通りを足早に歩くだけで、汗が流れ出す。ほどなく商店街が切れ、四日市の行政の中心部に出る。支局は市役所の裏手……この辺には古い店も結構残っているが、松浦の記憶にはまったくなかった。そもそも四日市へはあまり足を運ばなかったから、この街の光景はほとんど知らないのだが。

「うどんそば処」の看板がかかった古い食堂の前を通り過ぎる。ちょうど昼時だし、約束の時間まではあと三十分ほどあるから、ここで昼食を済ませておこう。まだ十二時までには少し間があるので、店内は空《す》いていた。カウンターとテーブル席がいくつか……そうそう、昔はこういう店はどの街にも二軒や三軒はあった。メニューを見ると、実際に蕎麦《そば》とうどんが中心の店のようだ。あとは丼物。暑さのせいで米を食べる気がしなかったので、もり蕎麦で済ませることにする。蕎麦、うどんの他にきしめんもあるのが、いかにも中京圏の店という感じだ。

それにしても安い。もり六百円、ざる六百三十円と、もう一歩の営業努力でワンコインランチが可能になるわけだ――と思って改めてメニューを見ると、たぬき蕎麦、うどんは五百円である。

三重県の蕎麦つゆはこういう味つけだったかな……味の記憶は長く残るというが、覚えていない。子どもの頃から東京の蕎麦の味に慣れていた松浦にすれば、パンチはあるが、何となく奥行きのない感じ……色が濃い割にきりりと引き締まった辛さがない。まあ、こんなものだろう。六百円のもり蕎麦に文句をつけたらバチが当たる。

そそくさと食事を終え、支局へ向かう。支局の建物は二十五年前と同じ……いや、あの頃は新築だったのだと思い出す。二十五年の歳月を経てさすがに古くなってはいたが、それでもがっしりした四階建ての建物は、どこか頼もしい。一階が駐車場、二階が支局、三階が倉庫と会議室、四階が支局長住宅――記憶が一気に蘇《よみがえ》ってきた。一階の駐車場には車が五台入れるようだが、今は一台が停まっているだけだった。ということは、会うべき相手は既にここへ来ているわけだ……自分よりもずいぶん年長の編集委員に無理を言われ、緊張しているのではないだろうか。

外階段から二階へ上がる。そっとドアを開けると、すぐに小さなカウンターがあった。こんな造りだったかな、と首を捻りながら中を覗きこむと、一人の若い記者が机に向かっていた。

「どうも」

声をかけると、若い記者が慌てて顔を上げる。椅子を蹴飛ばさんばかりの勢いで立ち上がると、思い切り頭を下げた。

「編集委員の松浦です」

「鈴鹿《すずか》通信局の山井《やまい》です」

そう言えば、通夜で彼の顔を見た、と思い出す。いや、わざわざ思い出す必要もないほど印象的な男だったのだ。とにかく背が高い。身長が百八十センチを超えると、日本ではかなり目立つようになるが、彼の場合は間違いなく百八十センチ——もしかしたら百八十五センチあるかもしれない。

「でかいねえ」松浦は思わず漏らした。「何センチ?」

「百八十七センチです」

「何かスポーツでもやってたのか?」この身長なら、大学レベルのバスケットボールやバレーボールでも通用するだろう。

「いや、それが何も……運動は苦手なんです」

「もったいない。日本スポーツ界の損失だね」

苦笑しながら、山井が椅子を勧めてくれた。松浦はすぐには座らず、「支局長席は?」と訊ねた。

「そちらです」

山井が指差す方向へゆっくりと歩いて行く。それほど広くない支局の真ん中に、机が五つ固まっている。四つは二つずつ向き合う格好で置かれているが、もう一つは九十度向きを変えて、他の四つにくっつけられている。位置的にここが支局長席か……松浦は立ったまま、机に右手を置いた。椅子に腰を下ろしてみようと思ったのだが、体が動かない。ここに座るのは、藤岡に対する冒瀆《ぼうとく》になるような気がした。

机の上にはノートパソコン、それに取材用の資料。だいたい、どんな新聞記者でも同じようなものだ。ただし几帳面《きちょうめん》な藤岡らしく、資料はきちんと整理されている。これなら彼の足跡を辿《たど》るのも難しくないのではないか。

これはあくまで、「記者」としての藤岡の机のようで、支局長業務のための資料などは見当たらなかったが……机の背後にガラス扉の入ったキャビネットがあり、その中にファイルボックスがずらりと並んでいた。取材以外の資料はこちらにまとめてあるのかもしれない。

支局の中をぐるりと見回す。よくあるサテライト支局の造りだった。普通の支局に比べれば一回り小さい。スタッフは支局長と支局員一人の二人だけ。毎日顔をつき合わせて仕事をしていると逃げ場はないわけで、少しでも関係が悪化したら、互いにしんどい思いをすることになっただろうな……もっとも藤岡は、若い記者を無闇にいじめたり貶《おとし》めたりはしなかっただろうが。

他には、四人ほどが座れる応接セット、それに様々な作業に使う四人がけのテーブルがあった。給湯室、トイレ、もう一つのドアは仮眠用の寝室か。支局長専用の部屋はないようだった。津支局には支局長室があったのだが。

「今日は、ここの支局の人は？」

「取材です」

当たり前か。平日のこの時間、支局にいるようでは仕事にならない。

「一人になって大変だろうな」

「そうですね。四日市を二人で、というのがそもそも大変だったと思いますけど」

「昔はここを、五人で守ってたんだよ」

「らしいですね。羨《うらや》ましい話ですよ」山井がうなずく。

「そっちへ座ろうか」松浦はソファを指差した。

「お茶はいりませんか？」

「いや……いいよ。気を遣わないでくれ」本当は、もり蕎麦を食べた後で濃いコーヒーが欲しかったが、わざわざ山井の手を煩《わずら》わせるのは申し訳ない。

向かい合って座ると、山井がやたらと緊張しているのが分かった。それはそうだろう……彼の立場だったら、俺だって緊張する。無茶振りされたらどうしようかと考え、びくびくしてしまうのが普通の感覚だ。

「藤岡はどんな支局長だった？」

「ああ、あの……いい人でしたよ。威張《いば》ったところがなくて──

「だろうな。威張るのは似合わない男だから」本郷が支局長になっていたら、と考えると怖い。若い記者にきつく当たり、一人二人は潰してしまっていたかもしれない。「仕事は一緒にしてた？」

「今年は、高校野球でずっと一緒でした。毎晩飯を奢《おご》ってもらって、申し訳なかったです」

「支局長住宅で？」松浦は人差し指を天井に向けた。

「いえ。藤岡さんは、ここの上には住んでなかったんです」

「ああ、そうか」思い出して松浦はうなずいた。こちらに赴任してからの年賀状には、四日市支局の住所と自宅住所が併記されていた。昔は支局長は支局の上に住むものと決まっていたのだが、いつの間にかそういう習慣はなくなったらしい。永遠に変わらないものなどないということか……「差し支えなければ、藤岡の様子を教えてくれるかな」

山井の喉仏《のどぼとけ》が大きく上下した。

山井とは三十分ほど話したものの、藤岡の普段の様子はあまり分からなかった。四日市支局の隣、鈴鹿通信局で一人勤務をしている山井は、それほど頻繁には藤岡と会っていなかったのだ。これはやはり、毎日のように藤岡と顔を合わせていた四日市支局員、羽賀《はが》に話を聞かざるを得まい。しかし、会えるのは夕方――いや、夜になるかもしれない。今は二人分の仕事を一人でこなしているという羽賀は、日中は取材、夕方からは原稿書きに追いまくられているはずだ。仕事が一段落したら、夕飯でも食べながらじっくり話を聞き出すことにするか。

取材に出た山井から、予備の鍵《かぎ》を預かった。少し支局の周囲を歩いてみることにした。外へ出て、そのまま階段を降りそうになり、慌てて引き返す。出かける時には施錠を——数分間支局を空けるだけで鍵をかける必要があるとも思えなかったが、念のためだ。支局には金目の物もあるだろう。昔は事務の女性が一人いて、昼間は無人になるようなことはなかった……人員削減の現状を、松浦は実感させられた。

支局を出て西へしばらく行くと、国道一号線に出る。道路沿いに建設中のマンションが何棟か——四日市の景気はいいようだ。

一人になると、急に喉の渇きを覚えた。飲み物でも仕入れるか……近くのコンビニエンスストアに入って、冷蔵庫からペットボトルのお茶を取り出しケースの扉を閉めたが、思い直して冷たい缶コーヒーを追加した。普段はこんなものは飲まないが、藤岡に対する供養の意味もある。あいつは一日三本は缶コーヒーを飲んでいたからな……。

支局へ戻り、意を決して藤岡の席につき、机に缶コーヒーを置いてみた。取り立てて変わった机ではない——当たり前だが、会社が用意した、ごく普通の机と椅子だ。編集委員の椅子よりも少し素《そ》っ気《け》ない。座り心地に大きな違いがあるわけでもない。だが缶コーヒーがあるだけで、なぜか藤岡の机であると感じられた。

まず、目の前にある資料をチェックしていく。最初に、スクラップブック二冊。一冊は東日の地方版用で、四日市関係の記事を貼りつけてある。もう一冊は他紙の記事。最新の記事のスクラップは机に置いておき、古くなると背後のファイルキャビネットに移していたようだ。こうやって綴《と》じこむことで、記憶も整理できる。極めて合理的、かつ整理しやすい方法だが、実際にはなかなか上手くいかない。整理整頓の苦手な松浦など、スクラップブックに貼る順番さえごちゃごちゃになってしまう。今は、紙でスクラップしなくても、記事データベースがある……それでも昔ながらのスクラップにこだわる記者は多く、藤岡もその一人のようだった。

他には広報資料の綴じ込《こ》みが三つあった。一つは警察発表用、もう一つが行政関係、最後は経済関係だった。普通、地方の経済界には大したトピックはないのだが、四日市は違う。中京圏を代表する産業の街だけあって、企業からのプレスリリースが大量にストックされていた。一方で、警察関係の資料は少ない……松浦はこちらが専門なのでじっくりと見てみたが、綴じこまれているこの半年分では、特に目を引くような事件事故はなかった。交通事故、酔っ払っての傷害事件、恐喝などなど。殺人事件は一件もなし。まあ、こんなものだろう。三重県は元々、事件事故がそれほど多くないのだ。それ故三重県は、事件記者を目指す人間が修行を始める場所としては、あまり適してはいない。やはり、横浜や名古屋などの大都市で事件取材に追いまくられてこそ、一人前になれるのだ。松浦も本社に上がって、まずスピード感の違いに焦《あせ》ったのを覚えている。

机の上のファイルを見終えたので、引き出しに取りかかる。

——鍵がかかっていた。この鍵はどこに置いてあるのだろう。あちこち探してみたのだが、見つからない。もしかしたら藤岡は、自宅や車の鍵と一緒に、机の鍵も持ち歩いていたのかもしれない。

ノートパソコンを開いて電源を入れると、パスワードを要求される。デフォルトの状態では、社員番号がパスワードに設定されていたのを思い出した。パソコンを管理するシステム部から、パスワードを定期的に変えるようにしつこく言われているのだが、松浦は今のパソコン——三年前に支給されたもの——のパスワードを変えずにそのまま使っている。おそらく多くの社員が同じだろう。

藤岡の社員番号は何番だったか……同期で親しい間柄だったとはいえ、さすがに社員番号までは知らない。

ふと思いついて、本社のシステム部に電話を入れる。知り合いがいるので——松浦は何度かパソコンをクラッシュさせてお世話になっている——確かめてみるつもりだった。応対してくれた顔見知りの若い部員、若本《わかもと》は、最初のうちは愛想がよかった。

「今、四日市に来てるんだけど」

「ええ」

「四日市支局長が亡くなったのは知ってるだろう?」

「もちろんです」

「俺の同期なんだ……今、記者パソコンを立ち上げようとしてるんだけど、パスワードが分からない。そっちでは把握してるかな？」

「してますけど……ちょっと待って下さい」

口調が硬くなる。そして「ちょっと」は三分に及んだ。ようやく電話口に戻って来た若本は、待たせた時間と裏腹に、ごくあっさり「無理ですね」と言った。

「無理っていうのはどういう意味で？　把握してないのか、教えられないのか、どっちなのかな？」

「正当な理由がない限り、教えられないっていうことです」

「この場合の正当な理由って何だ？」松浦は突っこんだ。「俺は、亡くなった藤岡が死ぬ前に何の取材をしていたかを知りたい。そのためには、パソコンを確認するのが一番確実だろう」

「分かりますけど、編集委員のマツさんが、何でそんなことをしてるんですか？　調査する権利とか、ないですよね。支局の人にでも頼まれたなら検討しますけど……」

手順を間違えた、と松浦は悔いた。同じ依頼でも、津支局長の前田から頼んでもらえば、受け入れられただろう。支局長なら、部下の仕事を確認する権利も義務もあるはずだ。

結局そのまま、電話を切る羽目になった。すぐに前田に電話して、システム部と交渉してもらおうかと思ったが、何かと忙しい彼の仕事ぶりを考えると、とてもこれ以上は頼めない。

缶コーヒーを飲み干して立ち上がる。煙草が吸いたい……しかし、灰皿はどこにも見あたらなかった。実際、支局の中で一切煙草の臭いがしないことは、入った瞬間から気づいていた。藤岡はこの支局を禁煙にしていたのだろうか。昔は――松浦が入った頃の支局は、どの机にも灰皿が載っていたし、吸わない人の方が少数派だったのに。

仕方なく、階段を降りて外へ出る。さすがに今度は鍵はかけなかった。支局へ通じる階段のすぐ脇で煙草を吸い始める。パソコンを立ち上げられないことにはどうしようもないな……あと、気になるのは鍵のかかった引き出しだ。どこかに鍵はあるはずだが、どこだろう。もしかしたら、妻の葉子が持ち帰ったのかもしれない。

二本目の煙草に火を点《つ》けたところで、車が一台、かなりのスピードで走ってきて、松浦の目の前で急停止した。いつかは事故を起こしそうな乱暴な運転……道路を一杯に使って、駐車場に尻から入れる。若い男がすぐに車から飛び出して来ると、ドアをロックもせずに階段へ向かって来た。四日市支局員の羽賀だった。

「あ……松浦さん」

「藤岡の葬式ではご苦労様。忙しいかい？」

我ながら間抜けな問いかけだ、と呆れてしまった。今の慌てた様子を見る限り、暇なわけがない。

「忙しいですけど……支局長の件ですよね？」

「今、机回りをざっくり調べてみたんだけど」松浦は一瞬悩んだ後、まだ長い煙草を携帯灰皿に押しこんだ。「暇になったら、少し話を聞かせてもらっていいかな？」

「取り敢えず、原稿を一本仕上げてからでいいですか？」

「もちろん」

素早く一礼して、羽賀が階段を駆け上がって行く。しかも二段飛ばしで……夕刊にはもう間に合わない時間だし、朝刊の締め切りはまだずっと先だ。単純にせっかちなのかもしれない。いずれにせよ、一段落するまで、話ができそうな様子ではなかった。

松浦はまた、支局の周囲を歩いてみた。じんわりと汗が滲《にじ》んでくるような陽気で、途中から上着を脱いで肩にかける。藤岡はこの街に二年近く暮らし、取材をしていた。新人時代を加えると、その歴史はもっと長い。四日市は確かに、三重県内では活気溢《あふ》れる街だ。工場などで仕事をする人にとっては、職場の近くに住むのは便利かもしれない。だが、便利で賑わっていても、街が魅力的というわけではないだろう。もちろんこの辺りは、純粋な好みの問題に過ぎないだろうが……。

お前、どうして四日市に戻りたかったんだ？　また住みたい、取材したいと考えた理由は何なんだ？　一度気になりだすと、どうしても疑問が消えない。やはり、藤岡にしつこく聞いておくべきだった。

中央通りに戻ってみる。景色がどこかいびつな感じがした。何故だろう……道路は立派、土地はフラット。こういう街は日本中どこにでもあるが、四日市の場合、どこかバランスが悪い。新しいマンションやオフィスビルなど、かなり背の高い建物が目立つが、それが一ヶ所に固まっていないせいだと気づいた。広々とした土地の所々に、突然生えたような高い建物——高さの異なる新しい建物と古い建物が、無秩序に混在している。もしかしたら四日市は、スクラップアンドビルドの途中なのかもしれない。だが、街の変化を取材したいなら、もっと面白いところはいくらでもある。果たして藤岡はそんなことを求めていたのだろうか。

支局へ戻り、駐車場の前でまた煙草を一本灰にする。短時間に三本目。最近は、続けて煙草を吸うと喉が少し苦しい。一日二箱も吸っていた時期があったのが信じられなかった。

さて……肩を上下させてゆっくりと階段を上がる。羽賀が、パソコンを叩き壊しそうな勢いでキーボードを叩いているかと思ったが、静かだった。どこにいる？　見回すと、カップを持って給湯室から出て来たところだった。先ほど見せた必死の表情は消え、のんびりした顔つきになっている。

「コーヒー、淹《い》れましたけど、どうですか？」

「余ってるのか？」

「ええ」

「だったらいただくよ」

羽賀が、自分の机にカップを置くと、すぐに給湯室に戻った。覗くと、真新しいコーヒーマシンが置いてある。こんなものを支局の備品で買えるわけもないから、藤岡が自腹を切ったのか。もし、糖分の多い缶コーヒーを卒業して、こういうコーヒーを飲むようになっていたとしたら……多少なりとも健康に気を遣っていたのかもしれない。だがどんなに体に気を遣っても、あんな事故で死んだら意味はない。

カップを受け取り、ソファに座る。

「原稿は？」

「終わりました」

「でも、まだ忙しいんだろう？」

「次のアポが三時なので、それまでは」羽賀がほっとした表情を浮かべる。この様子では、昼食を摂っている暇もないかもしれない。

「だったら、ちょっと話してもいいかな」

無言で羽賀がうなずく。松浦は彼に向かって手を差し伸べ、向かいのソファに腰を下ろすよう促した。

葬儀でも会っていたのだが、こうやって正面から見ると、羽賀は実年齢よりも若く見えるタイプだった。入社三年目と言っていたが、スーツ姿でなければ、大学生でも十分通用しそうだ。

「一人で大変だね」

「他の人もフォローしてくれるんですけど、基本は自分で全部やらないといけないですからね」

「さっき、鈴鹿通信局の山井君と会ったよ」

羽賀がまたうなずき――何だか頭が重そうだった――コーヒーを一口飲む。

「彼は何年生？」

「四年目です」

「君の一年先輩か」

「そうですね」

「上手くやってる？」

「上手く……」羽賀が苦笑した。「まあ、普通です」

一年先輩ということは、羽賀は新人時代に、山井に結構厳しくしごかれたのかもしれない。互いに津支局を離れても、そういう先輩後輩の関係はずっと続くだろう。

「いろいろ気になることがあって、藤岡のことを調べているんだ」

「はい」羽賀が背筋を伸ばした。

「亡くなる前だけど、何か変わったことはなかったかな」

「ないです」

羽賀が即座に言った。「本当に？」と聞き直すと、むっとした表情を浮かべて「ないです」と繰り返した。

「あいつ、どんな支局長だった？」

「穏やかな人でしたよ」今度は平静な表情で羽賀が答える。

「確かに、昔からそうだった」

「怒られたこともなかったです」

「それは、君が優秀だからだろう」

「いえいえ……」羽賀が首を横に振る。

「例の写真企画──『ナイト・ファクトリー』なんだけど、あれは藤岡の発案だったのか？」

「そうです」

羽賀が立ち上がり、支局長席の背後のファイルキャビネットからスクラップブックを持って来た。受け取って確認すると、「ナイト・ファクトリー」だけをスクラップしたものだった。企画は企画でまとめてスクラップ──藤岡らしい几帳面さだ。

「あいつは写真、上手かったよな」

「そうですね。ずいぶん教えてもらいました」

「君が撮影したものは？」

「いえ、全部支局長の撮影です。趣味みたいなものだから、この企画は横取りするなって笑ってました」

「この撮影で、危ないことはなかったのかな」

「そうですね……」羽賀がぼそぼそとした口調で続けた。「川には近づかないようにしてるって言ってましたけど」

「どうして」

「新人の頃に、洪水の取材中に流されそうになってから水恐怖症だって……本当ですか？」

「それは事実だよ。でも、事故に遭った時には、水のすぐ近く――堤防に上がって写真を撮ろうとしていた」

「はい、あの……話を聞いて、ちょっと不思議な感じがしました。事件や事故の写真だったら、ちょっと無理してでも撮りますけど、別に工場は逃げませんからね。もちろん、いい撮影条件を探したんでしょうけど、わざわざ危ないことをする必要はないような気がします」

「どうしてもあそこで撮影しなくちゃいけない理由があったとは思えない。驚いただろう？」

「もちろんです」羽賀ががくがくとうなずいた。「青天の霹靂《へきれき》ですよ。支局長は慎重な人ですから、事故に遭うなんて信じられませんでした」

「他にはどうかな？　あいつは普段、何を取材してたんだろう」

「それは――普通に支局で取材すること全般ですよ。事件事故も市政も選挙もありました。企業とのつき合いも多かったですね」

「何か、トラブルは？」

「ないです――少なくとも俺が知ってる限りでは。それとも、あれは事故じゃなかったとでも言うんですか？」

「そうは言わない。言わないけど……」松浦は口を濁した。「事故が起きた日のことを教えてくれないか？　例えば、その前に何があったか、とか」

前日、羽賀は津支局で泊まり勤務だった。ローテーションの決まりで、夕刊作業が終わる午後一時までは、津支局で事件事故の発生に備えて警戒。その後は四日市に戻って、市政クラブ、警察などに顔を出した。しかし特に出す原稿もなく、夕方一度四日市支局に行ってから、早々に引き上げたという。昔ならあり得なかったな、と松浦は驚いた。泊まり明けでも、原稿を出していなくても夜まで支局に残り、本社から送られてくるゲラをチェックして、他の記者が書いた原稿も読むのが日課だった――当時の、一種の新人修行だ。もっとも今は、支局でだらだら残っている必要もないのだろう。ゲラはメールでそれぞれのアドレスに送ることができるから、どこにいてもチェックできる。

あの日、藤岡とは、夕方に顔を合わせただけだという。藤岡は支局で原稿を書いていたが、特に急いでいる様子もなく、ごく普通の態度だった。夜は工場の写真を撮りに行くと言っていたが、詳しい話は聞いていない――「ナイト・ファクトリー」は藤岡の企画だから、羽賀は自分が口を出すことではないと思っていた。それに、写真撮影で問題が起きるとは考えもしなかった――当たり前だ。羽賀の感覚は正しい。

「レギュラーの仕事以外には、何かやってなかったのかな。あいつは元々、社会部で教育担当だったんだ。今は、どこの県に行っても教育問題や子どもの問題がいろいろあるだろう」

「そうですね……いろいろな人と会っていたはずです。学校関係者とか、教育委員会の関係者とかも。でも、記事になることはほとんどありませんでしたよ」

「その気になれば、書くことはいくらでもあったと思うんだけどな」松浦が首を捻った。

東日では、ここ十年ほど教育関係の取材に力を入れており、「教育部」という新しい取材部署を作ってしまったほどなのだ。教育関係者に食いこむことで、若い世代に新聞に親しんでもらおうという裏の狙いもある。新聞離れは今に始まったことではないが、若いうちに新聞を読む習慣を身につけさせれば、将来も読者として確保できるはず——だがその思惑は、今のところ実っているとは言えない。

「そんなに話題——記事になるような話題もないですから」羽賀が言い訳するように言った。「人脈作りみたいな感じだったんじゃないでしょうか」

「そう言えば……津中央高校のOB会って知ってるか?」

「いえ」羽賀が不思議そうな表情を浮かべた。「あれだけ歴史の長い高校だったら、OB会はあると思いますけど……」

「いやいや、そういう普通のOB会じゃなくて、もっと特別な……」

「OB会に特別も普通もあるんですか?」羽賀が首を傾げた。

「秘密結社みたいな」

「秘密結社ですか？」羽賀が呆れたように言った。

「聞いたことないですね」

結局何も分からないままか……藤岡は羽賀に詳しいことは何も話していなかったのだろう。自分の息子であってもおかしくない年齢の若い記者に、そんなに深刻な相談もできないはずだ。

「そう言えば、あいつの私物や取材道具はどうしたんだろう」

「まとめてロッカーに入れてあります。奥さんが持って帰ったものも多いですけど」羽賀が弾《はじ》かれたように立ち上がった。

松浦は、彼に続いてロッカーに向かった。出てきたのは、黒いデイパック。どうやら藤岡は、取材道具一式をこのバッグに入れて常に持ち歩いていたようだ。

支局長席にバッグを置き、中を検《あらた》める。パソコンは持ち歩いていなかったようで、出てきたのはカメラやメモ帳、ICレコーダーなどの取材道具だけだった。カメラはレンズのマウント部分が壊れていて、修理は難しそうである。しかしメディアは再生可能だ、と四日市中央署副署長の萩尾が言っていた。後で確認してみよう。メディアなら、自分のパソコンでも再生できる。

メモ帳とノート……メモの取り方は人それぞれだが、藤岡は使い分けていたようだ。メモ帳は、立ったまま取材するような忙《せわ》しない現場用。こちらの文字はほとんど判読不可能で、殴り書きというか流し書きしていたのが分かる。一方ノートの方は、もう少しじっくり話を聞く時用だろう……表紙に日付が書いてあるので、きちんと整理していたのが分かる。しかし、パラパラとめくってみて、松浦は違和感を覚えた。ページは最後まで埋まっている。改めて表紙を確認すると「6月2日〜7月10日」と書いてあった――「7月10日」は後から書き足したようで、マジックインキのかすれ具合が違っていた――が、藤岡が亡くなったのはこの後だ。あいつのことだから、七月十一日以降に新しい取材ノートを使っていなかったわけがない。

「羽賀君、この机の鍵は開けられるのかな」

「ああ、ええと……」自席でパソコンを見ていた羽賀が立ち上がり、また藤岡のロッカーの前に立った。「これだと思います」と言って、中から小さな鍵を取り出す。

「鍵のありかを知ってたのか？」

「支局長がロッカーにしまうのを見たので……別に盗み見じゃないですよ」羽賀が言い訳するように言った。

「君の観察眼が鋭《するど》いんだよ。助かった」松浦はにやりと笑って、引き出しの鍵を解錠《かいじょう》した。

いかにも藤岡らしく、中はきちんと整理されていた。まず、取材ノートを探す。あった、あった……二段目の引き出しに、ノートとメモ帳がぎっしり詰まっている。全部の日付を確かめてみたが、古いものは全て残っているのに対し、やはり七月十一日以降のノートがない。

「羽賀君、藤岡の最新の取材ノートがないみたいだけど」

「えっ……そうなんですか？」

「誰かが持っていったのかな」

「奥さんかもしれません」

「葉子さんが？」

「ノートも遺品みたいなものでしょう」

「まあ、そうだな……」

私物と支給品は分けて考えねばならない。厳密に言えばメモ帳やノートも支給品であり、所有権は会社にあるはずだが……夫が最後に持っていたノートを、想い出の品として持っていたかった？　あり得ない話ではないが……。

最大の手がかりになりそうなパソコンはパスワードを解除できないまま。羽賀もさすがに、パスワードまでは聞いていないという。これはやはり、前田の手を煩わせ、システム部を説得するしかないようだ……ただし、その説得が難儀するであろうことは容易に想像できた。このパソコンのパスワードを解除して、中を調べる「理由」を前田は知らないのだ。もちろん、松浦にも分かっていないから、システム部を納得させる言い訳は、今のところ存在しない。

自分のパソコンを立ち上げ、壊れたカメラからサルベージしたメディアの中身を確認する。残っていたのはざっと二百枚……撮影日順に確認しようと思ったが、それは意味がないと考え直す。まず、藤岡が最後に何を撮影していたかを見てみないと。

最後の一枚は、手持ちで撮影したらしい工場の夜景だった。固定せず、シャッタースピードも速いせいか暗く、とても紙面掲載に耐えられるものではない。おそらく構図を確認するために、取り敢えずシャッターを切ってみたのだろう。

他にも、同じ暗さの写真が何枚か……間違ってシャッターを切ったのだろうか、と松浦は訝《いぶか》った。自分たちのようにフィルムカメラに慣れている人間は、基本的に無闇にシャッターを押さない。三十五ミリフィルムはマックスでも三十六枚までしか撮れないので、あっという間に使い切ってしまい、交換している間に決定的瞬間を逃してしまうこともままあるのだ。そのため、「これは」というタイミングがくるまではじっと待つ。今はメディアの容量にもよるが、交換しないまま何千枚でも撮れるから、新人記者は「取り敢えずシャッターを押せ」と教育されるはずだ。

藤岡は、自分と同じ教育を受けた人間である。真っ暗な闇に向かって無駄にシャッターを切るような癖はないはずだ。

ふと、その「闇」に濃淡があることに気づいた。何かが写っている。しかし記者用パソコンの画面解像度でははっきりとは分からなかったし、画像修整用のソフトも入っていない。ここはやはり……先ほどすげなく頼みを拒絶されたことを無視し、松浦は若本にまた電話をかけた。

「さっきの話なら勘弁《かんべん》して下さいよ」松浦からの電話だと分かると、若本はいきなり泣き言を言った。「無理ですから。どうしてもって言うなら、正規のルートを使って――」

「違う、違う」松浦は慌てて言った。「写真が一枚あるんだけど、不鮮明なんだ。そっちで、フォトショップか何か使って、はっきりさせることはできるかな」

「それはできないでもないですけど……システム部の正規の仕事じゃないですからね。紙面用の写真だったら、整理部の画像担当に言ってもらわないと」

「今回の写真は、紙面用じゃないんだ。あくまで参考資料。頼むよ。飯を奢るからさ」

「しょうがないな……」若本が渋々引き受けた。「でも、ちゃんと見えるようになるかどうか、保証はできませんよ。メールで送ってくれますか？」

「暗闇の中で何か写っているみたいなんだ。明るくして分かればベストなんだけど、どうかな」

「とにかくやってみます。それで、奢ってもらう飯は、こっちで選んでいいですよね」

「ああ」いったいどれだけふっかけるつもりなんだ、と松浦は不安になった。

「じゃあ、焼肉をキープでお願いします」

「分かった。とにかく、メールするよ」

　できれば銀座は勘弁して欲しい。店は指定されなかったから、新橋《しんばし》にしよう。あそこなら、安くて腹一杯食べられる、サラリーマンの味方のような焼肉屋が何軒もある。

　よし、もう少し机の中を整理してみよう。何か出てくるかもしれない。

　しかし、机の引き出しからは何も出てこなかった。少なくとも、藤岡の死につながるようなものは。松浦は、藤岡が何らかのトラブルに巻きこまれている可能性があると想像していたのだが、少なくとも分かりやすい脅迫状の類《たぐい》などはなかった。

取材に出かけるという羽賀と一緒に支局を出る。もう一度現場に行ってみようかとも思ったが、その前に、四日市中央署に顔を出しておくことにした。

「署まで送りますよ。取材に行く途中ですから」

「遠回りにはならないな？」取材の邪魔《じゃま》をするわけにはいかないと思い、松浦は念押しした。

「大丈夫です」

「じゃあ、頼むよ」

「警察の捜査に疑いでも持ってるんですか？」鍵をじゃらじゃら鳴らしながら、羽賀が訊ねる。

「副署長が昔のお友だちなんだ。ネタ元じゃなくて、完全に単なるお友だちだけどな」

「萩尾さんですか？」

「ああ。君も毎日会うだろう」

「会いますけど、あの人、結構タヌキですよね。なかなか本音を言わなくて。昔からあんな感じなんですか？」

「否定はできないな」松浦は苦笑した。

羽賀の愛車は、スバルのインプレッサだった。現行モデルだろうか……そうだとすると、結構頑張ってローンを組んだのだろう。そんなに安い車ではないはずだ。

「こいつ、かなり走りそうだな」

「そうでもないですよ」羽賀がさらりと言った。「一・六リッターで非力な割に、四駆で重いですからね」

「四駆か……スピードより安全を取ったわけだ」

「この辺も、山の方に行くと、冬は怖いですからね」

三重県はまだ、雪が少ない地域だから、さほど心配はしなくていいのだが、東北の日本海側にある支局に勤務している連中は、どうしているのだろう。

四日市中央署までの数分間、二人はだらだらと無駄話をした。昔は、支局長と若い記者というと、上司と部下の関係を超えて仲良くなったり、あるいは本気で喧嘩《けんか》したりしたものだが、最近はさらりとしているのだろう。羽賀は、藤岡のプライベートな部分について何も知らなかった。

「あいつも、支局長住宅には住んでいなかったんだな」

「そうですね。電気代の節約とか言ってましたけど」

「マジか」

「住む人がいなければ、支局としての電気代は減るわけですし」

「そんな細かいところまで、うるさく言われるのか……」

「え？　本社もそうなんじゃないんですか？」羽賀が意外そうに言った。

羽賀たちの世代は、入社した時からずっと「経費削減」を口うるさく言われてきたから、それが当たり前だと思っているのだろう。松浦は、自分たちが若かった頃の金の使い方を教えようかとも思ったが……羽賀にとっては気分の悪くなる話に違いない。先輩たちがしっかりしてなかったから、俺たちはこんな風に金勘定に汲々《きゅうきゅう》としているわけじゃないですか——そう言われたら、何も言い返せない。

四日市中央署の庁舎はかなり大きかった。県内では津中央署と並んで、トップの「A級署」に入るから当然か。しかしこの庁舎はいつ建ったのだろう。松浦は、津支局で県警キャップだった時期に、県内の全警察署を最低一回は回ったのだが、あれから何十年も経っている。耐震対策などもあって、警察庁舎も積極的に建て替えられているはずだ——四日市中央署も、松浦が覚えている庁舎ではなかった。白い箱のような昭和風ではなく、窓の大きな平成風。最近は、警察署も威圧感がなく、街の光景に馴染むデザインを目指しているようだ。

それにしても駐車場が広い。隅の方に停めたら、玄関まで結構歩くことになりそうだ。やはり四日市は完全な車社会だ、と改めて意識させられる。都内の——特に二十三区内の警察署は、来庁者が公共交通機関を使う前提で作られており、概して駐車場は狭い。

右手を挙げると、羽賀がさっと一礼して走り去った。今晩食事を奢る約束をしてあるが、果たして話が上手く転がるだろうかと心配になった。

萩尾は副署長席にいた。制服姿が何だか似合わない。考えてみると、松浦が津支局にいた二十五年前までは、警察官の制服は日式だった。このスタイルに変わったのはいつだったか……いずれにせよ、夏用の半袖シャツに濃紺のズボンというスタイルは、少し間抜けな感じがする。

「あれ」萩尾が意外そうな声を上げた。「東京へ戻ったんじゃないの？」

「また来たんですよ」

「何でまた、こんなに頻繁に」

「まあ、いろいろと」説明しにくい……藤岡の死に疑いを持っている――はっきりそう言えば、警察の仕事を否定することになりかねないからだ。「ちょっと市内を動き回ってるんで、地元の警察には挨拶しておこうかな、と思って」

萩尾がにやりと笑い、「まるで昔のハードボイルドだね」と言った。それを聞いて、松浦も思わず微笑《ほほえ》んでしまった。萩尾は海外のミステリが大好きだった。その影響で松浦も当時はよく読んでいたのだが、「地元の警察に挨拶をする」というのはアメリカのハードボイルドでは定番の台詞なのだ。私立探偵が、自分の本拠地ではない街で動き回る時、まず地元の警察署に顔を出して仁義を切る――警察官に邪魔されないための儀式なのだろう。本当にこういうことが行われているかどうかは知らないが。

「おい、お茶をくれないか」

萩尾が警務課に向かって叫んだ。それを聞いて、松浦は副署長席の前のソファに腰を下ろした。座る前に彼のデスクを見ると、透明なデスクマットの下に、この前の内閣改造後に新聞の一面に出た閣僚一覧の記事が滑りこませてあるのに気づき、思わずにやりとしてしまう。こういう風にしている公務員は多い。内閣の顔ぶれを全て覚えないといけない、という決まりでもあるのだろうか。

さて、こういうのは昔からお馴染み……事件取材の第一歩は、やはり警察から始まる。全国各地の警察へ出向いて、副署長に挨拶し、ゆっくり探りを入れながらどこまで話そうか確認していく——松浦にとっては、今でも日常茶飯事だ。

しかしここで、いきなり藤岡の話を直接出すわけにはいかない。松浦は別の方向から攻めることにした。出された冷たい麦茶を一口飲み、津中央高校の話を持ち出す。

「秘密結社？　何言ってるんですか」萩尾が鼻を鳴らす。

「秘密結社かどうかは分かりませんけどね。何か、単なるOB会ではない組織のような……」

「それは妄想《もうそう》でしょう」萩尾が首を傾げる。「まあ、俺は津中央の出身じゃないから何も言えませんけどね。だいたい、津中央に入るぐらいの頭があれば、警察官にはならないよ」

「いやいや、優秀な人間じゃないと、警察官にはならないんじゃないですか」昔の警察官は、高卒が多かった。もちろん、キャリア官僚は別である。しかし県警の警察官は、少なくとも松浦が新人で警察回りをやっている時には、圧倒的に地元の高卒が多かった。変に社会にすれないうちに、真面目な警察官に育て上げようという考えだったのかもしれない。今は大卒の警察官は珍しくない——いや、大卒の方が多いかもしれない。

「津中央だったら、県庁に行くんじゃないかな」

「津中央から三重大、その後で県庁ですか」

「どこの県でもそういうパターンはあるでしょう。県内トップの高校は、優秀な地方官僚の畑みたいなものだから」

「なるほど……本当に、津中央のＯＢで構成されている会の話は聞いたことがないですか？」

「そもそもその会、名前は何て言うんですか？」

「さあ……」

「それすら分からないんじゃ、どうしようもないね」萩尾が苦笑する。「もうちょっと具体的な話を持ってきてよ。マツさんも、腕が落ちたんじゃないの？」

「元々この程度のレベルでしたよ」自嘲《じちょう》気味に松浦は言った。警察というのは実に様々な情報が集まるところなので、少しは期待していたのだが……萩尾が知らないだけで、警備課辺りは何か情報を持っているかもしれない。ただ、まったくつながりのない警察署の警備課に取材するのは至難《しなん》の業《わざ》だ。

「それで……なに？　結局、藤岡さんのことを調べてるんですか？」

「まあ……そういうことです」

「何か出てくるとは思えないけど」

「後始末ついでに、いろいろ見てみるつもりですよ」

「そうですか……ところで今夜、暇があったらどう？」萩尾が盃《さかずき》を傾ける真似《まね》をした。

「ああ、是非。何だったら、うちの若いのも一緒にお願いしますよ」今晩の羽賀との会食が不安でならなかった。萩尾が一緒なら、何とか話も転がるだろう。

「羽賀記者？　彼は酒が呑めないんじゃなかったかな。まあ、無理に誘わなくてもいいでしょう」

「そうなんですか？」

「体質的に呑めないと言ってたけど、本当ですかねえ」萩尾が皮肉っぽく言った。「最近の若い奴は、つき合いが悪いだけじゃないの？」

「警察官もですか？」

「警察官だけが特別な存在じゃないですよ。まったく、日本の酒造産業の将来が心配になるね」

午後半ば、副署長がこんな風に呑気《のんき》に話していて大丈夫だろうかと不安になったが、たぶん平和な証拠だろう。夜に電話することを約して、松浦は署を出た。

駐車場に出たところで電話がかかってきた。システム部の若本だった。

「人が写っています。ずいぶん高感度で撮ってたんですね。何とか、顔は判別できるところまで修整できましたよ」

「顔？　本当に？」

「知り合いだったら分かるぐらいのレベルですけどね」

「さすがだ。メールしてもらえるか？」

「これからメールします……焼肉の件、よろしくお願いしますよ。銀座に行ってみたかった店があるんです」

「出張から戻ったら、な」

「いつ戻るんですか？」

「それは分からない」

「忘れないで下さいよ」

電話を切ってすぐにメールが届いた。スマートフォンの小さな画面ではよく見えないのだが……実際、暗闇の中に灰色の人影が浮き上がる写真を見ても、誰なのかは分からなかった。しかし拡大してみると……松浦は思わず立ち止まり、画面を凝視した。

鷲鼻の老人が驚いたような表情で写っていた。まるで、急にストロボを焚《た》かれたような――猪熊？

どうして？

「猪熊が藤岡に会っていた？　あの現場で？」本郷の声が裏返りかけた。

「とにかく、今送ったメールを見てくれ……見終わったら電話してくれないか」

電話を切り、松浦はベッドに寝転がった。先日の葬儀で泊まったのと同じ、近鉄四日市駅のすぐ近くにあるホテル。組み合わせた両手を後頭部にあてがい、天井を見上げる。

様々な思いが去来して、考えがまとまらない。本郷なら何かヒントを与えてくれるのではないか――耳元に置いた電話が鳴り、びくりとして思わず跳《は》ね起《お》きてしまった。

「間違いない。猪熊だ」本郷の声は暗く深刻だった。「これ、どういう状況で撮影された写真だ？」

「撮影時刻のデータを見ると、まさに事故の直前なんだ。他にも、手持ちで夜景を写した写真も残っていた」

「つまり――」

「二人は、藤岡が転落する前に会っていた。もしくは、少なくとも転落現場に猪熊が来ていた」

「猪熊が突き落としたのか？」

「その可能性は大いにある」

自分で言ったのに、言葉の重さが心に染みて黙りこんでしまう。本郷も言葉に詰まっていた。

「……何とか言えよ」本郷が焦りを滲ませて言った。

「何とも言えない――情報が少な過ぎるし、動機もまったく分からない」

「どうする？　猪熊に直当《じか》たりするか？」

「まさか」松浦は即座に否定した。「これだけの材料で直当たりしても、何か認めるとは思えない。もう少し調べないと」

「調べられるのか？」

「たぶん。それよりお前、猪熊についてもっと詳しいことは分からないか？」

「何とかやってみる。現段階では、今は何をやっているのかもよく分からない、としか言いようがないんだけどな……何しろ三重の人間だから、情報が少ない」

「湧永を応援しているとしたら、東京でも動いているんじゃないか？」

「それはないだろう。応援は地元でもできるし。特に選挙に特化した応援だったら、東京は関係ない」

今日の本郷は、どこか腰が引けた感じだった。久しぶりの「取材」のようなものだからしょうがないのかもしれない。

「それともう一つ、気になることがあるんだ」松浦は、消えたとおぼしき「最後のノート」の話題を持ち出した。

「あいつなら、そういうものはきっちり保管しておきそうだけどな」

「葉子さんが持って行ったんじゃないかとも思うけど……想像の域を出ない」

「直当たりしてみるか？」

「それも考えてる」

「どうして奥さんが持って帰るんだ？」

「何らかの理由があったのかもしれないけど……」松浦は言葉を呑んだ。

「何だよ。はっきり言えよ」本郷が急《せ》かした。

「俺は、葉子さんという人をよく知らない。お前はよく知ってるんじゃないか？」

「いや、それなら高本の方が詳しいと思うぜ」

「何で？」

「結婚前に、奥さんと何回か会ってるはずだ。そんな話を聞いた」

「だったら、高本が葉子さんと直接話した方がいいかもしれないな」話しながら、松浦はデスクの上の鏡を覗きこんだ。疲れている……顔の肉は重力に負けており、若い頃に比べればかなりたるんでしまった。

「取り敢えず、高本に聞いてみたらどうだ？　昔の話だから、俺もあまり詳しくは覚えていないんだよ」

「電話してみる。猪熊の調査、引き続きよろしく頼むぞ」

「はいよ」どこか面倒臭そうに本郷が言った。

休む間もなく、歩美に電話をかける。事情を説明すると、彼女の方が本郷よりも食いつきがよかった。記者としての感覚がまだ残っているのか、あるいはこの問題について本郷よりも真剣に考えているのか。

「葉子さんね……結婚前に、藤岡君が引き合わせてくれたのよ」

「俺には、そういうのはなかったな」

「あなたたちに引き合わせても意味ないじゃない」

「何で」

「あなたたち、がさつだから」

松浦は思わず声を上げて笑ってしまった。大事な人だから仲間には紹介したいが、ワルどもは避けたい、ということだったのかもしれない。実際藤岡は、自分の結婚に関して、松浦にあまり語らなかった。同じ支局で互いに苦労し、何でも話し合える仲だと思っていたのだが、結婚となるとまた事情が違うのだろうか……当時は、藤岡が一人だけ先に大人になってしまったような感じがした。

「奥さんは、要するに地元のいいところのお嬢さんだよな」

「そうね……津中央高校から地元の大学へ進学して、在学中に婚約……お父さんは確か、県会議員で不動産屋さんだったと思うわ」

「ちょっと待ってくれ」キーワードが二つ。「津中央高校」と「不動産屋」。津中央高校の「秘密結社」についてはまだ何も分かっていないが、不動産屋といえば、猪熊も同じ商売をしていたではないか……すぐに結びつくとは思えないが。「もう少し詳しい情報は分からないかな」

「結婚式の様子、覚えてる？」

「俺は出てないんだよ。急に事件が起きて」

「ああ、そうだったわね。同期の結婚式だから、取材ぐらい休んでもよかったのに」

「そうもいかなかったんだよ。結婚式当日に殺人事件が起きたんだ」

「そうか……藤岡君、みっともなかったわよ。あんなに緊張して固まってる花婿《はなむこ》を見たことはないわね」歩美が声を上げて笑った。「あの時、新郎新婦の略歴が結構詳しく紹介されたと思うんだけど……ビデオを探して観返してみるわ」

「まだ持ってるのか？」

「マツ、まさか捨てたの？」非難するように歩美が言った。

「いや……何回も引っ越ししたから、どこにあるか分からないだけで……」松浦はもごもごと言い訳した。だいたい、観た記憶がない。人の結婚式のビデオを観て、何が面白い？　そもそも、何十年も取っておく人間がいるのが驚きだ。

「とにかく、何か分かったら連絡するわ。いつまで四日市にいるの？」

「まだ分からない」

歩美は何か調べ出してくれるだろうか……今はそれに頼りたかった。


何でも奢るというと、羽賀は最近開店した洋食屋がお勧めだ、と言い出した。洋食屋か……あまり脂《あぶら》っこいものを食べる気にはなれなかったが、向こうのリクエストとあればしょうがない。

支局から歩いて七、八分ほど、国道一号線を渡って繁華街の外れにあるビル……その一階にある狭い店だった。店内のテーブルは赤白チェックのクロスで飾られて、いかにも美味《うま》いものを食わせてくれそうな雰囲気を漂わせている。メニューを見ると、東京の一流店の七がけぐらいの値段だったのでほっとした。居酒屋でそれなりに頼めば、ここで食べるよりずっと高くつくだろう。今回は公務での出張ではないので、できれば金は節約したい。

羽賀はポークカツとエビピラフを——二十代ならではの無茶苦茶な組み合わせだ——松浦はポークソテーを頼んだ。そういえば最近、ポークソテーにはすっかりご無沙汰だ……津支局時代、すぐ近くにあった洋食店で頻繁に食べていたのを思い出す。

羽賀のポークカツは衣のパン粉の粒子が細かく、黄金色というより茶色に近い揚げ上がりだった。薄い肉は綺麗《きれい》に成形されており、懐かしい「ポークカツ」のイメージそのままである。ピラフは米がツヤツヤしていて、多めに混じったグリーンピースがいいアクセントになっていた。かすかにバターの香りが漂い、いかにも美味そうだ。人の飯を見て期待するのも変だが……松浦のポークソテーもいけそうだ。肉は分厚く、脂身が綺麗についている。いかにも食欲をそそる焼け具合だ。手前側には濃い茶色のソース——おそらくドミグラスだ——がかかっていた。つけ合わせは人参のグラッセにフライドポテト、それに赤い——ケチャップまみれのスパゲティという定番。変に凝っていないのがむしろありがたい。

大きく切り分け、一口食べて驚く。塩加減が絶妙だった。肉も、いい部分をきちんと筋切りして使っているようで、嚙《か》み応《ごた》えがあるのに柔らかいという最高のコンディションである。四日市名物のとんてきも美味いが、ここのポークソテーはレベルが違う。千七百円も納得の味だった。

「いい店だな」

「藤岡さんが発掘したんです」

「あいつ、食べるものにはそんなにこだわらないタイプだったけど……」

「つき合いで、あちこちで食べてたと思いますよ。顔が広かったから」

「そうか」一生懸命取材に回っていたのだろう。地元の人と触れ合い、美味い店の情報を交換し、酒を酌《く》み交《か》わす——地方記者の基本だが、五十を過ぎてもパイプ作りに精を出していたマメさに、頭が下がる思いだった。

「あいつの奥さんに会ったこと、あるよな？」

「はい」

「どんな感じだった？」

「どんな、と言われましても」羽賀は戸惑っていた。

「こういう時、ぱっと説明できないと、原稿も上手くならないぜ」

「はあ」

不満げな羽賀を見て、松浦はつい説教じみたことを言ってしまったと悔いた。気を取り直して、同じ質問を繰り返す。

「で、どんな感じだった？」

「静かな感じの人でした」

「一緒に飯を食ったりしたことは？」

「それはないですね。支局長の忘れ物を届けに来た時に会ったぐらいで——一、二回でした」

「じゃあ、まともに話もしてないんだね」

「基本、挨拶だけですね」羽賀がうなずく。

結局、羽賀からは何の情報も引き出せなかった。藤岡は、部下とつかず離れずの関係を目指していた様子である。自分からはあまり干渉せず、相談を受けた時だけは熱心にアドバイスを与える——大リーグのコーチ方式か。

食べ終わって午後八時半。酒を呑まない人間が相手だと、食事が終わるのも早い。店の前で別れて、松浦はすぐに萩尾に電話をかけた。

「空いたかい？」

「ええ」

「じゃあ、軽くやりましょうか。ただし、藤岡さんの件では何の情報もないよ」萩尾が軽く先制パンチを放った。

「別に期待はしてませんよ」

萩尾は、先日二人で出かけたワインバーを指示してきた。ワインはあまり好きではないのだが、あそこは確かにいい店だった。確か、ここから歩いて五分ほど……先に入って席をキープしておこう。

「ワインと美味いもの」——まったく、なんという店名だ——は、今日はそこそこ混んでいた。カウンターに腰かけて白ワインをグラスで注文し、煙草に火を点ける。スマートフォンを取り出して、若本が修整してくれた写真をもう一度確認した。間違いなく猪熊だ。表情まではっきりしないものの、どこか暗そうな雰囲気は感じ取れる。正面から藤岡の方へ向かって来るところを捉えた構図だが、藤岡は意識してシャッターを押したのだろうか。彼のことだから、何も考えずに写真を撮るようなことはないだろう。しかし……写真撮影中に誰かが近づいて来たとしても、わざわざその人物の写真を撮る理由が思いつかない。危険を察知したなら、写真を撮るよりもまず逃げるだろう。ということは、藤岡はやはり猪熊とは知り合いで、たまたまシャッターを押してしまっただけなのか。

よく分からない。

煙草を一本吸い終えたところで、萩尾が入って来た。

「先にやってましたよ」横に座った萩尾に向けてグラスを掲《かか》げてみせた。

「白か……俺も白にするか」

「ハギさんは、白と赤とどっちが好きなんですか？」

「正直言って、ワインの味なんか分からないよ」苦笑しながら萩尾が言った。「この店は静かで話がしやすいから使っているだけですよ。まあ、つまみは美味いんだけどね」

「確かに」店内がそこそこ賑わっている割には静かだった。酔ってでかい声で話している人間も、馬鹿笑いしている人間もいない。

さて、どこまで話そうか……萩尾は信用できる人間だが、それはあくまで過去の印象である。管理職になり、A級署の署長ポストも視野に入って来た今、用心深くなっているはずだ。本当は、こんな風に新聞記者と外で吞むのもまずいだろう。副署長は確かに広報担当者だが、それはあくまで署内に限られる。

まあ、いい。会ってしまったのだから、話をしないのはもったいない。先のことをあれこれ考えて言葉を濁してしまうのは、馬鹿馬鹿しいことこの上ない。

「猪熊一郎を知ってますか？」

「猪熊？　ずいぶん勇ましい名前ですな」

「昔、一期だけ代議士をやった男ですよ」

「ああ、そう言えばいたね」うなずき、萩尾がワインを一口吞んだ。「その人が何か？」

「藤岡と知り合いだったみたいなんです」

「ほう？」

「通夜にも葬儀にも顔を出していました」

「前の支局勤務の時からの知り合いじゃないんですか？」

「それは……そうなんでしょうけど、何か妙な気がしましてね」

「四日市に戻ったから、旧交を温めただけじゃないの？」

「死ぬ直前にあいつが会っていた可能性があるんです」

無言……ちらりと横を見ると、萩尾の目が光っていた。まるで刑事のような目の輝き。

彼は交通畑一筋で、刑事課や生活安全課で勤務したことはないはずだが。

「何を根拠に？」

萩尾の問いに、松浦は無言でスマートフォンをカウンターに置いた。取り上げた萩尾が、顔にくっつけるように確認する。

「この写真は？」少し掠《かす》れた声で訊ねる。

「藤岡のカメラからサルベージしました。警察でもメディアは確認したんですよね？」

「ああ」

「この写真は、元はほとんど真っ暗だったんですが……気になって修整してみたんです」

「人が写っているという報告は受けていなかったな」

「ちゃんと撮影したものじゃないし、事故だったら、そこまできちんと調べないでしょう……ただ、気になるんですよね」

「調査が甘かったかもしれないな」萩尾がぽつりと認めた。

「副署長が、簡単にそんなことを認めちゃ駄目ですよ」松浦は忠告した。

「しかし、ちょっと気になるな。メディアの内容はコピーしてあるはずだから、調べられるだろう」

「任意で猪熊を呼ぶとか？」

「それは俺が判断することじゃない。何かあったら刑事課がきちんとやるだろう」

「そうですか……」

もちろん、事件よりも事故の方が、警察として処理は楽だ。だが、事件性があるかどうかきちんと調べずに放置してしまうのは許せない。しかし、ここで批判しても仕方あるまい。萩尾に罪はないし、他の客に聞かれたくもなかった。

「その辺は警察の判断なので……俺は俺で調べるかもしれませんけど」

「そうだな。それを止めたりする権利は俺にはない」

何となく気まずい雰囲気が流れる。萩尾とて、松浦が今回の警察の処置に対してネガティブなイメージを持っていることは察しているだろう。

「しかし、お互いに歳を取ったね」萩尾がぽつりと切り出した。それまで聞いたことのない、しんみりした口調だった。

「そりゃあ、五十を過ぎてますから」

「俺は間もなく警察を辞めると思いますよ」

「何でですか」思いも寄らぬ告白に、松浦の反応は上ずってしまった。「これからが、警察官人生の仕上げじゃないんですか」

「実は、親の問題があってね」

「介護ですか？」松浦にはすぐにピンときた。最近、同年代の人間と話す時の話題は、まず自分の健康、そして親の介護だ。

「ああ」萩尾が元気なくうなずく。「俺と女房の両親四人のうち、残ってるのは女房の母親と俺の父親だけでね。義理の母親は津にいて、女房が向こうに残って面倒を見てる。認知症が進んでいるんだ。俺の父親もそろそろ一人暮らしが危なくなってきたんだが、住んでいるのが大台町《おおだいちょう》の奥の方でね。あの辺には適当な老人ホームもないし、父親はそもそも家を離れたがっていない」大台町は中勢《ちゅうせい》の小さな町で、奈良県との県境にある。町役場がある中心部はともかく、町の大部分は山間地と言っていい。

「でもお父さんも、ハギさんが重要な仕事をしていることは分かってるんじゃないですか？　途中で辞めるのはもったいないですよ。それに、年金が出るまでには、まだ間があるでしょう」

「それは何とかなると思うけど……人生は予定どおりに行かないものだね。介護別居なんて、昔はなかったじゃないですか？」

「そうかもしれませんね」

松浦のところは、そういう心配はなかった。松浦は次男、妻の弥生は長女だが兄がいて、基本的に二人とも親の面倒を見る必要はない。周囲でも親の介護の問題がちらほら出てきている中、気楽な立場だった。

「まあ、こういう問題は誰にでも起こりうることですよ。これまで放ったらかしにしておいたんだから、せいぜい親孝行します。次の異動のタイミングで、辞表を出すことになると思うけどね」

「そうですか……」

「そう言えば、藤岡さんも同じようなことを言っていたな」

「奥さんのご両親の関係ですか？」藤岡は既に両親を亡くしている。

「そんな話で……おっと、失礼」萩尾がズボンの尻ポケットからスマートフォンを抜いた。電話か……萩尾は相手の言葉に耳を傾けていたが、すぐに「分かった」と言って電話を切った。松浦に顔を向けると、「民教研《みんきようけん》って知ってる？」と唐突に訊ねた。

萩尾と別れてホテルに戻るとすぐ、松浦は四日市支局の羽賀に電話を入れた。

「民教研っていう団体を知ってるか？」

「いえ……聞いたことないですけど」まだ十一時前だったが、羽賀は既に眠そうな声だった。

「津中央のＯＢ会みたいなものらしいんだけど」

「さっきの話の続きですか？　いえ、聞いたことないです」羽賀が繰り返し否定した。

本当に心当たりがないようだと諦め、今度は津支局長の前田の携帯に電話を入れる。前田はまだ支局にいて、仕事中のようだった。こんな遅くまで支局長が居残っていると、支局員は帰りにくいのだが。

「民教研ですか？　いや、初耳ですね」

羽賀と同じ反応だった。三重県の東日記者は全員ボンクラなのか？　警察は、ちょっと手を回しただけでこの名前を割り出した。地元の人間には結構知られた存在ということか——釈然としない。

「それが、藤岡さんと何か関係あるんですか？」

「藤岡というか、猪熊が」

「よく分かりませんね」

「誰か、津中央高校のOBを紹介してくれないかな」新聞社のラインだけでは分からない、と松浦は思った。

「津中央高校のOBならたくさんいますよ。よりどりみどりです……それこそ、知事とか」

「知事とそういう話をするのは、ちょっと気が進まないな」顔見知りならともかく、初対面の新聞記者がそんな話を持ち出して喋《しゃべ》るとは思えない。「他には？」

「何人かリストを作って送りますよ。急ぎますか？」

「急いだ方がいいとは思うんだ……」松浦は遠慮がちに急かした。

「じゃあ、明日の午前中までには何とかします」

「頼みます」

電話を切って、松浦はベッドに寝転がった。前田の報告を待つか……いや、こちらでも何かできるのではないか？　ウィキペディアや会社の人物データベースを調べれば、著名な卒業生の経歴ぐらいは分かるだろう。他の方法で裏を取れたら、「確定」として猪熊本人に当たる方法を考えればいい。

人のつながりを辿っていく——こんなことは記者の基本だが、途切れてしまうこともよくある。

焦る必要などないはず……しかし松浦は、ゆっくりと身を起こしてデスクに向かった。やることは決まっているのだ。どうして躊躇《ためら》う必要がある？

日付が変わる頃まで粘《ねば》って、松浦は簡単なリストを作成した。名前と肩書きだけ——連絡先のチェックは明日にしよう。一通り調べ終えたので、ようやくベッドに入る気になった。

朝七時前に目覚めて、真っ先にパソコンをチェックする。驚いたことに、前田からメールが届いていた。しかも送信時刻は午前二時半……前田の気持ちは何となく理解できた。今日の午前中までこの一件で潰れるぐらいなら、夜更かししてでもやってしまいたい、と思ったのだろう。支局員を使わず、自分で全てチェックした可能性もある。何かと気を遣うタイプの前田なら、こんなことに部下を使うのは忍びない、と考えても不思議ではない。

前田もまず、会社の人物データベースを使ったようだった。出身高校のデータで絞り込んだ人間は十七人。このデータベースには三万五千人の情報が収録されているが、津中央高校出身者が十七人というのは多いのか少ないのか……もちろん、全ての有名人が収録されているわけではない。東日側が収録を打診しても、本人が拒否するケースも少なくないのだ。また、政治家や官僚の分野では強いが、芸能・スポーツ関係はやや弱い。前田はこの十七人に加え、支局で独自に集めているデータから、主な津中央出身者を拾い集めてくれた。計二十九人。これが全てというわけではないだろうが、とっかかりにはなるはずだ。町議から国会議員まで、議員養成高校かと思うほど、議員が目立つ。

自分が作ったリストと被《かぶ》っている部分もある。松浦はまず猪熊に近そうな議員を除き、三重県内で手早く取材できそうな相手を三人、ピックアップした。できるだけ露出の多い方がいい。取材慣れしているだろうし、顔が広ければ何か知っているかもしれない。

一人目は、地元で画家として活躍する一方、「白雲《はくうん》美術館」の館長も務める吉田憲《よしだけん》、七十歳。記憶にない「白雲美術館」について調べてみると、大正から昭和の初めに活躍した津出身の洋画家、大島《おおしま》白雲の作品を中心に集めた美術館だった。開館は五年前だから、松浦が知らないのも仕方がない。二人目は、高橋宗介《たかはしそうすけ》。こちらは一瞬でピンときた。元サッカー選手で、Jリーグ発足以前に日本代表にも名を連ねていた人物だ。現在はJFLのチームを運営する会社の代表取締役社長で六十歳。最後は、地元テレビ局のアナウンサー、兵頭美智江《ひょうどうみちえ》。ふと思いついて、地元局の朝の情報番組にテレビのチャンネルを合わせてみたが、司会は別のアナウンサーだった。この人は外した方がいいかもしれない。まだ三十五歳と若いし、あまり事情は分からないだろう。

よし、まずは高橋だ。松浦は、彼に関する情報を集め始めた。

地元密着が基本のＪＦＬ運営会社の社長といっても、ずっと三重県にいるわけではないだろう。遠征があればチームに同行するかもしれないし、その他の出張も多いはずだから、簡単には会えそうにない――そう思っていたのだが、会社に確認すると、今日は昼前に出張先の名古屋から戻る予定だという。何となく幸先《さいさき》がいい。気を利かせたつもりか、応対してくれた広報の女性社員が、面会の予定を入れてしまった。

「いいんですか？　本人の許可なしで」あまりにもすんなり話が通ったので、松浦はかえって疑心暗鬼になっていた。

「基本的に、取材は全部受けていい、と社長から指示を受けています。まだまだマイナーなチームなので、表に出るチャンスは逃すな、と。今回は、社長の出身高校についての取材、ということでよろしいんですね？」

「津中央高校、ですよね」

「はい……それでは、十一時半でよろしいでしょうか？」

「もちろんです」

　このサッカーチーム、「アルモニア三重」の本拠地は津市にある。「白雲美術館」も津市内だから、高橋の後にそちらに回れれば効率がいい。

　一応、会社の場所を教えてもらってから電話を切った。その後に、パソコンで正確な地図を確認する。「アルモニア三重」のホームグラウンドは、近鉄名古屋線の津新町《つしんまち》駅近くだが、運営会社の「三重アルモニア」――混同しやすい名前だ――の所在地は、津駅の近くだった。

津駅には近鉄もJRも乗り入れているが、松浦は近鉄を使うことにした。四日市から急行でわずか三十分弱。移動する時間を利用して、さらに「三重アルモニア」と高橋に関する情報を集めた。

高橋は、Jリーグが発足した一九九一年に、三十三歳で現役を引退。その後は、自分が所属していたチームのコーチ、フロントなどで働いていたが、四十五歳で地元に戻って、家業の造り酒屋を継いだ。その傍《かたわ》ら、三重県でのサッカー普及活動を進め、五年前にはJリーグ入りを目指す「アルモニア三重」を立ち上げたのだった。スポンサーには、ずらりと地元企業の名前が並んでいる。この辺も津中央高校同窓会の人脈かもしれない。というより、民教研か？

津市に来るのも久しぶりだった。近鉄とJRの駅のホームは並行しているが、別の駅である。駅舎も別で、近鉄の駅からJRの駅へ行くには、ホーム上の跨線橋《こせんきょう》を渡って行かねばならない。

JR駅の方から外に出る。外はタクシー乗り場とバス乗り場。振り返ると、三階建ての古い駅舎が目に入った。一応「駅ビル」なのだが、そう名乗るにはあまりにもこぢんまりしている。牛丼屋、アイスクリーム屋、コーヒーショップにコンビニエンスストアと、一階に入っている店はほとんどチェーン店で、ローカル色は皆無だった。

タクシーを奢ろうかとも思ったが、教えられた住所までは歩いて十分ほどのはずだ。今日は気温もそれほど上がっていないし、歩いて行くのもいいだろう。最近、妻に「運動不足だ」と度々指摘されていることも頭を過《よ》ぎった。

少し歩くとすぐに、国道二三号線——伊勢街道に出る。このまま南下して、安濃川《あのうがわ》にぶつかる手前のビルと教えられていたので、ひたすら真っ直ぐ歩き続けると、支局時代の記憶が蘇って来た。この伊勢街道は、支局と県警本部の往復で、一日に何度も車で走った道である。気のせいか、当時とほとんど景色が変わっていない感じがした。発展が止まってしまっているわけではあるまいが、四日市に比べれば、この市は昔からダイナミズムに乏《とぼ》しい。官公庁が集まっている他には、目立つ特徴のない街なのだ。

塔世橋《とうせばし》の手前、郵便局の近くに目当てのビルはあった。小さな会社ばかりが入っているオフィスビルで、「三重アルモニア」の本部は二階にある。クラブチームの事務局がどんなものかと多少躊躇《ちゅうちょ》したが、普通の会社とまったく変わりはなかった。ドアを開けるとすぐに、デスクが並んだ事務室になっている。唯一、いかにもサッカーを感じさせるのは、壁を覆《おお》い尽《つ》くすように貼られたチームや選手のポスター、表彰状などだった。

名乗るとすぐ、事務スペースの奥にあるパーティションで区切られた部屋に通された。社長室は至って簡素で、テーブルと応接用の一人がけソファが四つ、置かれているだけだ。特に社長の「権威《けんい》」を感じさせる場所ではなかったが、高橋本人は、独特の迫力を感じさせる男だった。身長は百八十センチぐらい。よく日焼けしていて、顔つきも若々しい。ワイシャツ一枚だったので、体にはまったく贅肉《ぜいにく》がついていないのがすぐに分かった。

「ああ、すみません。どうぞ」高橋が、部屋の中央にある応接セットを指さす。声は快活で、いかにもスポーツ選手らしい。

「突然のお願いで申し訳ありません」松浦は立ったまま頭を下げた。

「どうぞ、お座り下さい」

松浦が座ると、高橋はワイシャツの袖《そで》を捲《まく》り上げながら、音を立ててソファに腰を下ろした。動きに無駄がなく、精力に溢れている。

「津中央高校のこととか」

「そうです」

松浦は名刺を差し出した。それを見て、高橋がすっと目を細める。

「東京から?」

「そうです」

「地元の支局の方だとばかり思ってましたよ」

「支局には、基本的に若い記者が多いんです——私も三十年前は、津支局にいましたが」

「そうですか」高橋が、あまり関心なさそうな口調で応じた。「それで、どういう取材でしょうか」

「津中央高校のOB会――民教研について調べています」

「民教研？　はて」急に高橋の声が低くなった。

「ご存じないですか？」

「津中央のOB会なら、中勢会《ちゆうせい》ですよ。私も入ってますけど」

「中勢会の活動は、どんなものなんですか？」

「どんなと言われても……」高橋が首を傾げた。「他の高校のOB会がどんな活動をしているか知りませんけど、年に一回総会を開いて、会報を出して、母校への寄付を募《つの》る――そんな感じです。在住地別の分会もあるので、中勢会の名目で集まるのは年に二回ぐらいですね」

「高橋さんも顔を出される？」

「もちろんです」爽《さわ》やかな笑みを浮かべて高橋がうなずく。「特にこのチームを作ってからは、連絡を密にしてますよ。スポンサー獲得も、中勢会の人脈を活かすのが一番効果的ですから」

「そうなんですか」

「地元の応援がないと裾野《すその》が広がらないんです。昔を懐かしむだけではなく、会員同士の互助《ごじよ》組織としても機能しています。中勢会は、結束が固いんですよ」

この辺は、松浦にはまったく分からない感覚だった。社会人になってからは、高校の同級生たちとはすっかり疎遠《そえん》になっているので、彼らが今、何をしているのか、まったく知らない。もちろん、OB会にも加入していなかった。何かに縛られ、関係を保つのがどうしても面倒臭い……。

「民教研という名前は、民主教育研究会、の略だそうですが……」

「何だか、先生たちの集まりみたいですね」

「そうではないようですけどね」

高橋が立ち上がり、自分のデスクにペットボトルを取りに行った。キャップを捻り取ってごくごくと水を飲んでから、「おっと、失礼」と頭を下げた。

「お茶もお出ししませんで」と言うと、冷蔵庫からもう一本のミネラルウォーターを取り出して松浦の前に置いた。

「どうぞ、お気遣いなく」松浦はさっと頭を下げた。初めての相手に取材する時には、飲み物を出されても手をつけない。もし尿意を催してトイレに立てば、取材はそこで中断してしまうからだ。

高橋は再びソファに腰を下ろすと、足を組んだ。急に態度がラフになっている。

「このビルも、私の三期上の先輩が持っている物件なんですよ。というわけで、家賃は通常の半分。こういうのは情実というんでしょうかね」

「いや……」

「うちのスポンサー企業は、トップか、あるいはそれに準じる人が津中央のOBです。そういう人を狙い撃ちでお願いすると、とにかく話が早い。おかげで、設立宣言からームの立ち上げまで、わずか一年しかかかりませんでした」高橋が右手の人差し指を立てて見せた。

「それは……珍しいんでしょうね」

「相当早いと思いますよ。最短記録かもしれません」高橋が前に身を乗り出した。目が輝いている。「J1を目指してチーム作りを進めているところは多いですけど、うちのように資金が潤沢《じゅんたく》なところは少ないでしょうね」

「資金が潤沢だからいい選手やスタッフを集められる……」

「Jリーグ昇格も遠くはないですよ」高橋が自信に溢れた笑みを見せる。

松浦はその後もしばらく、高橋の話につき合った。高校時代の話、当時の同級生とのつき合い、現役時代の活躍、そして中勢会の実情——一時間近くが経ったところで、もう一度民教研の名前を出した。

「あの……再三申し上げているように、私はその名前は聞いたこともないですよ」高橋が怪訝《けげん》そうな表情を浮かべる。

「高橋さんが入っていないだけで、そういう団体は存在しているんじゃないんですか？」

「本当に聞いたことがないんですよ」高橋が首を捻った。

高橋がちらりと腕時計を見たタイミングで、潮時だと悟《さと》った。

「貴重なお時間、ありがとうございました。記事になる時はご連絡します」嘘《うそ》。少しだけ心が痛い。記事にするあてもなく話を聞くのは、本来は、記者の流儀に反している。同じ質問を、間を置いて三回ぶつける。そうすると、どんなに隠していてもつい口を滑らせてしまったりするものだ――松浦は長い記者生活で何度もそういうことを経験していたが、今回は外れた。三回も同じ質問をされると不審に思い、どんなに愛想のいい人間でも少しは態度に出る。そうでなくても、どうしてそんなにしつこく聞くのか、確かめたくなるものだ。しかし高橋の様子はまったく変わらず、笑みを浮かべたままだったではないか。

あれは、本当に何も知らないか、事前に質問を予想して完璧に予防線を張った人間の態度だ、と松浦は判断した。

少なくとも今日の松浦には、ツキだけはあった。白雲美術館の館長・吉田憲が、美術館であっさり摑まったのだ。こんな風に二連続で当たりが出ることなど、滅多にない。白雲美術館は、近鉄名古屋線の下りで津駅の一つ先、津新町駅の近くにある。というより、「三重アルモニア」の入るビルから、伊勢街道を真っ直ぐ南下した方が早いとすぐに分かった。松浦は津駅まで戻らず、伊勢街道を流していたタクシーを摑まえた。片側四車線の広い国道を進むと、右手にNTTの大きな鉄塔が見えてきた。津城跡に作られたお城公園と津市役所、津中央署の近くである。三十年前には、毎日のようにこの辺を歩き回っていた。津中央署へ行くついでに、お城公園でサボって休憩したことが何度あったことか。

美術館は伊賀《いが》街道の近くにあった。道路沿いは古い商店街になっていて、どう見ても三十年前から変わっていない店ばかりが並んでいる。一つ一つの店の記憶はないが、もしかしたら、どこかの定食屋で昼食を食べたことがあったかもしれない……。

伊賀街道から少し外れ、岩田川《いわたがわ》に近い場所にある白雲美術館は、その名前を具現化しようとしたのか、完璧に真っ白な外観だった。道路に面した方には窓が一切ないが、これは陽光の入り方まで計算した設計なのだろう。

美術館というのは、どうにも苦手だ。妙に静まり返ってひんやりした空気が肌に合わない——プライベートでは美術館に足を運んだことは一度もない。支局時代はどんな取材でもこなさねばならないので、県立美術館などで開催される展覧会の取材にも行ったのだが、内容を紹介するのに毎回苦労した。

白雲美術館に入った途端、「美術館が苦手」という感覚が蘇った。とにかく静かで、声を出すのも憚《はばか》られる。松浦は受付で小声で名乗り、名刺を差し出した。受付の若い女性が取り次ぐわずかな間にも落ち着かず、逃げ出したくなってくる。受付の女性が受話器を置き、「GUEST」と刻印されたプラスティック製の名札を渡して、美術館のバックヤード——事務室への行き方を教えてくれた。

長い廊下を歩いて事務室に入ると、一人の職員が立ち上がり、奥にある館長室に案内してくれた。公立学校の校長室という感じで、それほど広くも豪華でもない。

部屋の主《ぬし》は、机について煙草をふかしていた。七十歳という年齢なりに髪はすっかり白くなっているが、長く伸ばして後ろで一本に結んでいるのが、いかにも芸術家という感じである。きちんとネクタイを締めた背広姿。ゆっくり煙草を揉み消すと、立ち上がって部屋の中央にあるソファに座る。それから松浦に向かって、「どうぞ」と低い声で呼びかけた。

松浦は向かいのソファに浅く腰を下ろすと、どこから切り出すべきか素早く考えた。

「今日は、民教研について伺いに来ました」

「何だって？」思ったよりも大きな声だった。

「民教研です。津中央高校のOB会のようなものだと聞いていますが」

高橋とは違い、世間話が好きそうなタイプではない。こういう相手に対しては、いきなり切り出して反応を見た方がよさそうだ。

ノックの音に続いて、「失礼します」の声。振り向くと、湯呑みの載った盆を持った女性職員が入って来るところだった。このタイミングはまずい……吉田は、高橋とは違い、頭から民教研の存在を否定はしなかった。何か知っている——一気に攻めるべきタイミングだったのに、このお茶出しに邪魔されてしまう。

女性職員が出て行くと、松浦はすぐに話題を引き戻した。

「民教研の話なんですが」

「それが何か？」

吉田が煙草をくわえた。松浦も煙草が吸いたくなったが、何となくここは遠慮しておくべきだと思った。吉田のライターは、すぐには火が点かない。ガスが切れたか？　いや、見ると手が震えているのだった。ようやく火が点いたものの、ゆらゆらと頼りなく揺れて、煙草に火を移すのも難儀している。

やっと煙草の煙が立ち上《のぼ》る。吉田は深々と煙を吸いこむと、顔の前で揺らぐ紫煙《しえん》越しに、こちらを探るように凝視した。松浦は目をそらさず、身を乗り出した。

「津中央高校には、正式なOB会である中勢会の他に、民教研という団体があると聞いています。民主教育研究会、ですよね……どういう団体なんですか？」

「詳しいことは知らん」

存在を認めた——松浦は密《ひそ》かに興奮したが、表情は変えずにうなずくだけにとどめた。

「吉田さんは、民教研の会員なんですか？　津中央高校、一九六七年のご卒業ですよね。その後東京藝大に進み、パリに留学、帰国後は三重県に戻って創作活動を続けてこられた——」

「私には関係ない」

「会員ではないんですか」

「それを聞いてどうする？」

「答えづらいようなら、会員かどうかはお答えいただかなくてもかまいません」松浦は意識して呑気な声を出した。「でも、会員だと分かると、何か不都合があるんですか？

何も、非合法的な犯罪組織というわけではないでしょう。単なる懇親会ではないと聞いたんですが――違いますか？」

「美術館に関する話でないなら、帰ってくれないか？」

「はい？」

「話すことは何もない」吉田がいきなり立ち上がった。自分の机の方へつかつかと歩いて行き、窓に向いて立つ。振り向くと今度は、「これから客が来るんだ」と頼みこんできた。

「吉田さん――」

「帰ってくれ！」

空振り二回。しかしこの空振りには収穫もあった。民教研という組織は実在していて、しかも世間には隠しておかねばならない存在だとある程度確信できたから。高橋は頭から否定。吉田は「話すことは何もない」と明言した。満足のいく答えは得られなかったが、二人を責める気にはなれない。それだけ口が重くなる理由があるに違いない。

さて……しばらくはこの線を押すしかない。当たれる相手はまだまだいるのだ。三重県内でできるだけ津中央高校のＯＢに会ってから、東京へ戻ろう。

まだ始まったばかりだ。松浦は藤岡の一件について、ようやく尻尾《しっぽ》を摑みかけた、と感じていた。

第7章　パスワード

ビデオデッキからDVDプレーヤーに換えたのはいつだっただろう。思い出せないのは、最近DVDを観る暇もないからか、と歩美は皮肉に考えた。

藤岡の結婚式のビデオは、ビデオテープからDVDに焼き直していた。しかし実際に観たことがあったかどうか……結婚式には出たものの、その記憶も曖昧《あいまい》になっている。だいたい私は、何十回結婚式に出たのだろう。最近は、部下の結婚式に呼ばれることもある。経験していないのは自分の結婚式だけね、と皮肉に思った。

カフェラテを用意し、ソファに腰かけて画面に意識を集中する。手元にはリモコン──何かに気づいたらすぐに止めて確認するつもりだったが、いつの間にか見入ってしまっていた。

編集がプロっぽいので、見ていて退屈《たいくつ》しないのだ、と気づく。素人がただビデオカメラを回したのではなく、専門家がしっかり撮っているのは間違いない。手ブレもまったくないし、構図がいちいち決まっている。最近はめっきり減ったが、芸能人の結婚式の中継がこんな感じではなかったか。

会場は、津市内で一番大きなホテル。確か当時、市内では一番大きな結婚式場でもあったはずだ。カメラが引きの構図になると、参加者の数に驚かされる。二百人ぐらいいるのではないか？　新聞記者は顔が広いものだが、それでも結婚式に二百人も集まるのは珍しい。

そこで急に記憶が蘇《よみがえ》る。

当時、歩美はもう静岡に転勤していて、結婚式のために久しぶりに津に行ったのだが、会場に入った途端に目を剝《む》いたのを覚えている。何というか、年齢層が高い。田舎の結婚式だと、親戚一同の他に近所の人まで参列してしまうのも珍しくないが……それにしても年寄りばかりだ、と思った。そこで本郷と話したことも思い出した。

「何でこんなにおじさんおばさんがたくさんいるの？　藤岡一族って、こんなに人が多いわけ？」

本郷は首を傾げながら、「嫁さんの方の関係じゃないかな。地元の子だし」と推測したものだ。

高砂《たかさご》で、藤岡と葉子は緊張しきって座っていた。ウェディングドレス姿の葉子は幼さが残るも美しい……ローブデコルテなので、肌の白さと鎖骨の綺麗《きれい》さが目についた。藤岡は薄いグレーのロングタキシードで、これがまるで似合っていない。衣装に着られている感じが否めなかった。

式は、極めてスタンダードに進行した。媒酌人《ばいしゃくにん》は、当時の津支局長。藤岡は四日市支局の所属だが、こういう時は「親支局」である津支局のトップに頼むのが妥当、ということだったのだろう。この支局長は酔っ払いで有名な人で、昼間は常に無愛想にしているが、夕方六時になってアルコールが入ると、急に上機嫌になってニコニコしだす人だった。この時も、最初から酔っているように見えた。

まずは媒酌人の挨拶と新郎新婦の紹介。藤岡の経歴は分かっているが、葉子の方は——歩美はメモ帳を広げ、ボールペンを構えた。葉子は津中央を経て、地元の国立大学を卒業したばかりだった。結婚式は五月で、当時はまだ二十二歳。支局長の説明によると、出会ったきっかけは藤岡が葉子の父親に対して取材したことだった。

このエピソードは記憶になかった。記者が取材相手の紹介で結婚するケースは珍しくもないから、かもしれない。葉子とは結婚前に何度か会っていて、こういうことも話したはずなのだ。

葉子の父親は当時県会議員で、自ら不動産会社も経営していた。藤岡は、津支局にいる時に選挙か何かの取材で知り合ったのだろう。支局長は「先にお父上が藤岡くんを見《み》初《そ》めて」とユーモアを交えて説明した。そういうことも、別に不思議ではない。年頃の娘がいる父親なら、結婚相手の候補として、将来性のありそうな若者に注目するだろう。少なくとも、四半世紀以上前の三重県では、そういうことは珍しくなかったに違いない。男女雇用機会均等法が施行されてしばらく経っていたが、女性は仕事よりもさっさと結婚すべし、という風潮もまだ残っていたし。

二人は、葉子がまだ二十歳の頃から交際するようになったようだ。それから二年と少し、葉子が大学を卒業するのを待って結婚した――就職する気はなかったのだろう。

二人の紹介が終わると、後は来賓《らいひん》や友人代表の挨拶になる。その時点で、歩美はかすかな違和感を抱いた。

藤岡側の主賓《しゆひん》は、出身大学のゼミの指導教授。それはまったく自然なのだが、葉子の方の主賓は、当時の津市長だったのだ。紹介された時点で頭の中に疑問符が浮かぶ。しかし、市長が話し始めると合点がいった。

「私は、新婦のお父上とは津中央高校以来のつき合い――腐れ縁です。あまり自慢できるような関係ではありませんが」と笑いを取っておいてから、「しかし一つ自慢できることがあります」と続けた。「実は私は、葉子さんの名付け親であります。若葉の季節に生まれた可愛らしいお嬢さんでしたので、元気な若葉のごとく育つようにと願いをこめてこの名前を付けました。その元気なお嬢さんがこんなに美しく成長し、綺麗な花嫁姿を見せてくれるのは、まさに感無量であります」

まあ、喋るのは上手いこと……市長は挨拶慣れしていて、ユーモアを交えた話術で参列者を飽《あ》きさせない。さすが政治家だ、と歩美は苦笑した。でも名付け親なんて、最近はまったく聞かない――いや、葉子さんが生まれたのも、もう五十年近く前か。親戚同様につき合っていた親友なら、子どもの名前を付けることもあったかもしれない。

「本日の結婚式では、津中央高校の人脈がフル活用されております」また会場を笑いが走る。「参列されている方の多くが津中央高校の出身でありまして、この会場を制圧する勢いでありますが、新婦、新婦のお父上とも津中央高校ＯＢでありますから、その辺りはご容赦《ようしゃ》いただきたいところです」

何だか、出身校自慢になってきた。

それにしても、津中央高校というのは、やはり県内ではトップレベルの高校なのだと思い知る。津市長と県会議員が同期なんだから……ＯＢ会のつながりも強固だから、金銭的・人的な応援も集まりやすいはずで、選挙戦はいつも楽な戦いになるのでは、と歩美は想像した。そう言えば、本郷が「秘密結社のようなものがある」と言っていた。あれはどういうことだろう。

藤岡の方の友人代表として、本郷が喋った。これはひどい――スピーチにひどいも何もないのだが、いきなり「これは犯罪だ」とぶち上げて会場の失笑を買ったのだ。二十二歳の花嫁は確かに若いけれど、花婿とそれほど年齢差があるわけでもない。このスピーチを、本郷は覚えているだろうか。もしかしたら、このときの失敗が恥ずかしくて、記憶から抹消《まっしょう》してしまったのかもしれない。

葉子の方の友人代表は、高校時代、大学時代の友人だった。結婚式だと、とかく勤務先の同僚が図々しく出てきて、ろくでもない余興で新郎新婦に恥をかかせるものだが、挨拶した四人はいずれも清楚《せいそ》な感じで、純粋に葉子を祝福していた。とはいえ、話は特に面白くない……その中で気になったのが、「葉子はとにかくパパっ子で」という一言だった。聞けば、高校も大学も父の勧めた通りに進学したらしい。藤岡との結婚も、父への取材がきっかけだったことを考えると、本当に二人は恋愛結婚だったのかと勘ぐってしまうぐらいだった。

葉子の父親は、なかなか画面に出てこなかった。そのうち、「ご歓談」の時間になり、葉子が御色直しで出て行く。カメラマンはやっぱりプロね、と歩美は確信した。無人になった高砂から離れ、参加した人たちのコメントを撮り始めたのだ。本郷は当時から偉そうで、上から目線で話していた。うわ、これはちょっとイタいなあ……自分もコメントを求められて話したのを思い出し、歩美は早送りした。二十代の自分の顔なんか、見たくない。

そうだ、最後には両家の挨拶があったはずだ。確か藤岡が感謝の言葉を述べた後に、双方の父親が喋ったような記憶がある。

披露宴《ひろうえん》は二時間以上かかった。早送りをやめて観たところ、葉子はウェディングドレスから和装に着替えていた。また早送りして、最後の挨拶の場面を確認する。

ここだ。

身を乗り出して、メモ帳を構える。葉子の父親はぼろぼろ泣いていた。横に立つ母親は満面の笑みを浮かべているのに、父親一人が号泣しているのは、ちょっと異様な光景だ。こんなに泣くものだろうか？　見ると、葉子も目頭を押さえている。傍らでは、藤岡がやや困ったような表情を浮かべていた。私なら、父親にここまで泣かれたら、さすがに引く。

最後は、花嫁花婿が外に出て、参列者を送り出すところで終わる。それに重なって、「ビデオ編集　今中徹《いまなかとおる》　ＭＢＣ」とクレジットが入る。何だ、やっぱりプロが撮影して編集していたのね……三重県の地上波放送は、ほとんど名古屋のテレビ局のものなのだが、ＭＢＣ――三重放送は地元の独立局である。歩美たちには気になる存在だった。何しろ三重に本社がある唯一の地上波放送局だから、地元ニュースには強い。ＮＨＫとＭＢＣの夕方のニュースは、常に要チェックだった。

ちょっと待って。今中徹という名前には覚えがあった。今中、今中……ああ、そうか。ＭＢＣの記者だ。歩美たちとは同期の関係になる。藤岡ともつき合いがあったはずで、それで撮影係を買って出たのかもしれない。

そんなこと、このビデオを観るまで完全に忘れていた。そもそも、これは今中から直接送られてきたものだと思い出す。

彼に話を聞いたら、何か分かるかもしれない。でも、今中は今何をしているのだろう。地方局の取材記者は、永遠に取材現場にいるわけではなく、途中で営業や編成に異動することも珍しくない。「今中徹　ＭＢＣ」のキーワードで検索してみると、すぐにヒットした。どうやら現在は、報道制作局長らしい。東日の記事データベースで確認すると、やはり去年の春に、報道制作局の次長から局長に昇進していた――地方版に人事記事が出ていた。そういう歳なのね、としみじみ思いながら、彼に話を聞こうと決めた。四半世紀前の結婚式のことをはっきり覚えているとは思えなかったが、ヒントになるかもしれない。

とはいえ、既に日付が変わる時刻だ。明日の朝一番で、MBCに電話を入れてみよう。電話さえつながれば何とかなると、歩美は期待した。

何十年も会っていない人に突然電話をかける――大したことではないはずなのに、何となく気が引ける。電話するだけでこんなに緊張するとは思わなかったわ、と歩美は驚いていた。

念のために会社の電話は使わず、自分のスマートフォンから電話をかける。広告局のフロアにある休憩スペースに入って、登録しておいたMBCの代表番号を呼び出した。午前中の早い時間なので、この休憩スペースにはまだ人がいないのが幸いだった。

東日の高本と名乗ると、電話はすぐにつないでもらえた。さすが、東日の名前は威力があるわね、と改めて思う。個人の名前では、こう上手くはいくまい。

「高本?」電話がつながり、いきなり驚いたような声が耳に飛びこんできた。

「高本歩美です――東日の高本。覚えてますか?」

「もちろん。当時、三重県内では数少ない女性記者だったからね」

「今、話していて大丈夫ですか?」

「ああ、平気だよ」今中は気さくだった。単に、古い知り合いからの電話を喜んでいる様子である。「それにしても、ずいぶん久しぶり――二十五年ぶりぐらい？」

「たぶん、そうね」最後に話したのは、自分が三重県を離れる時に開かれた送別会の時だったはずだ。「今、報道制作局長でしょう？　ずいぶん偉くなったわね」

「いやいや、小さなテレビ局では、局長なんて言っても何でも屋みたいなものだから。高本は？」

「今、広告局の局次長」

「高本の方がすごいじゃないか。天下の東日で局長一歩手前なんて、大変なことだよ。まあ君は、新人の頃から、ちょっと違って見えたからなあ」

「何言ってるの」歩美は苦笑した。

「そっちの同期の連中に比べればさ……東日の他の三人は、どこかもっさりした感じで、高本だけが光ってた」

「どうも」最近、褒《ほ》められて「そんな」と謙遜《けんそん》することも少なくなった。褒められれば素直に礼を言う――これも歳を取った証拠かもしれない。

「そういえば、藤岡、残念だったな」

「ああ……知ってるわよね」

「そりゃあ、地元の支局長が事故で亡くなったら、ニュースで取り上げるさ。俺も、ニュースで観てびっくりしたんだけど」

「ＭＢＣでもニュースにしたの？」

「事故だからな」今中がさらりと言った。確かに……昔からＭＢＣのローカルニュースは、細かい事件事故も丁寧に拾い上げていた。

「もしかして、藤岡君と会ってた？」

「ああ。あいつが四日市に来てから、二回ぐらい呑んだかな？　不思議な感じだよな。俺たちぐらいの年齢になって、東日で本社から地方勤務に異動って、珍しいんじゃないか」

「あまりないわね。藤岡君、どんな様子だった？」

「相変わらず」今中が小さく声を上げて笑った。「もっさりしてたよ。真面目な感じも昔のままだった」

「私、お葬式に行ったのよ」

「ああ、俺もお通夜だけ行った」

「そうなの？」

「高本のことはすぐ分かったけど、何だか声をかけにくくてさ」

「何で？」

「それは……君が俺を覚えているかどうか不安だったし。それに君は昔から、ちょっと声をかけにくかったんだよ。高嶺《たかね》の花って感じで」

「やめてよ」そんなに気取って見えたのだろうか、と気になる。誰にも舐《な》められないようにと、気は張っていたが。

「それで、何でいきなり電話してきたんだ？」今中の声が、急に真面目になった。

「藤岡君のことで、ちょっとだけ疑問があってね」

「あいつが亡くなったことについて、何かあったのか？」

「そうじゃないわ」歩美は慌てて否定した。危ない、危ない……そう言えば今中は、やけに鋭いところのある記者だった。もしもこれが事件で、ＭＢＣに先にニュースにされたら洒落《しゃれ》にならない。「社内の話で、ちょっと説明しにくいんだけど」

「そうか」今中はすっと引いた。

「藤岡君の結婚式のこと、覚えてる？」

「何だよ、ずいぶん昔の話だね」

「どう？」歩美は何も説明せず先を促した。

「俺、ずっとビデオを回してたんだ」

「そうよね。私も昨日、そのビデオを観て、エンドクレジットにあなたの名前が入ってるのを見つけたの。それで電話したんだけど」

「撮影はともかく、編集に結構時間がかかったんだよな。それで……ああ、藤岡に頼まれて、関係者に送ったんだ。だから君のところにも行ったんだろう」

「あなた、藤岡君とそんなに仲よかった？」

「どうだろう、もちろん顔見知りだったけど、普通だよ」

「普通って……」歩美は苦笑した。

「社会人同期の他社のライバル。そういうことだ」

「そんなに親しくないんだったら、わざわざビデオ撮影なんか頼まないでしょう。せっかく結婚式に出ても、ずっと撮影してたら食事もできないし」

「いや、あれは藤岡じゃなくて奥さんから——そうそう、奥さんのお父さんから頼まれたんだ」

「葉子さんとは知り合いなの？」

「知り合いというか、彼女は高校の後輩だから」

「ああ、そうなんだ」もしかしたら今中も、津中央高校のOB会について何か知っているかもしれない。歩美はできるだけ平静を装うよう努めた。「直接面識はあったの？学年は離れてるわよね」

「むしろ、親父さんの方と親しかった」

「お父さんって、不動産屋さんで県会議員だったわよね？」

「そうだよ。それで、俺の先輩だから」今中の声が少し軽くなった。

「葉子さんのお父さんも同じ高校なの？」市長のスピーチで分かっていたが、歩美は敢《あ》えて確かめた。

「そういうこと」

「何よ」歩美はわざとらしく声を上げて笑った。「三重県って、高校のつながりだけでいろいろなことが進むわけ？」

「そんなこともないさ……津中央は、他の高校に比べてOBのつながりは強いかもしれないけど」

「でも、花嫁のお父さんからビデオ撮影を頼まれるって、珍しいわよね」

「そうだけど、先輩からの命令だからな」今中が認めた。

「依頼じゃなくて命令だったの？」

「先輩は怖くてねえ。まあ、可愛い後輩の結婚式でもあったから」

歩美は、一度高校の話題から離れることにした。

「葉子さん、どうしてる？　お葬式の後、会った？」

「いや、会ってない……会いにくいよな」

「今、どうしてるのかしら」

「実家にいるって聞いたような記憶がある。藤岡って、四日市ではあくまで仮住まいだったんだろう？」

「そうね。葉子さんの実家も、今は四日市よね？」

「ああ」

「ご両親はご健在なのかしら」

「確か母親は亡くなったけど、父親はまだ……まだっていう言い方も変だけどさ」

「さすがに、もう仕事は引退してるわよね？」自分たちの世代だと、親は七十代後半から八十代だろう。その年齢まで働き続ける人は、さすがにあまりいない。

「引退したよ」今中があっさり認めた。「確か、十年前だ。七十歳になるタイミングだったんじゃないかな」

「さすが、地元局の報道制作局長は、そういう事情もちゃんと把握してるのね」

「仕事だからね」今中がさらりと言った。特に自慢する様子でもない。

「葉子さん、心配よね。でも、お父さんと一緒なら大丈夫かも……結婚式のビデオを観てて気づいたんだけど、葉子さん、絶対ファザコンよね。というか、お父さんも娘大好きでしょう。結婚式で、お父さんがあんなに泣くのも珍しいんじゃない？」

「そうだったかなあ……でも、そうであっても、娘が結婚してから何十年も経ってるわけだし、今はさすがにもう、そういう関係じゃないだろう」

「娘にとって父親は、いつまでも父親だけどね。困った時には頼りたい相手なのよ」もっともうちの場合は逆……認知症の傾向が見える父親を、今後は私が支えていかなければならなくなるかもしれない。

「まあ、実家にいるなら大丈夫じゃないかな。俺たちが心配してもしょうがないし」

「そうだけど、やっぱり同期の家族のことだから気になるのよ」

「そんなものか？」

「同期が亡くなったりすれば——あなたにも分かるわよ」

「幸い、俺の周りではまだ亡くなった人はいないけどな」

「そろそろ、そういうことが出てくる歳よ」話しながら、自分の両親のことが心配になってきた。

「俺の方は、結婚で大変だよ」

「結婚って、あなたが？」

「何言ってるんだ」今中が声を上げて笑った。「うちの娘の話だよ」

「嘘《うそ》でしょ？」歩美は思わず言ってしまった。「娘さん、もうそんなに大きいの？」自分が津にいた頃、今中は結婚していたかどうか……。

「今年、二十四。しかも、できちゃった婚なんだ」

「ええ？　じゃああなた、来年辺り、おじいちゃん？」

今中が盛大に溜息をついた。さすがにこの歳だと、孫ができてもまだ諸手《もろて》を挙げて喜べないのか。

「別に、娘が結婚することはどうでもいいんだ。めでたい話だからな。ただ、妊娠したことについては、厳しく諭《さと》しておいた。この歳でじいさんになるなんて、心の準備ができてなかったからな」

「でも、私たちの年代だと、そういう人がいてもおかしくはないでしょう」

「まあな。君は？」

「ああ」歩美は一瞬言い淀《よど》んだ。「まだ──まだっていうのは、まだ結婚してないっていう意味だけど」何だか未練がましい台詞《せりふ》だと自分でも思った。「結婚しなかった」という言い方が正解ではないか？　過去形で。

「何だよ、東京の男どもは、案外根性がないんだな」

「そういうことじゃないけど。仕事優先だった、というだけよ」

説明しながら、少しだけ胸がじりじりした。同年代の女性でも、働きながら子育てしてきた人はいくらでもいる。自分よりちょっと上の世代では、圧倒的に専業主婦が多いが。

「でも、ちょっと驚いたわ」歩美は気を取り直して言った。「津中央高校のOB会って、ずいぶん結束が固いのね」

「OB会ってわけじゃない」

「違うの？」

「ああ、あの、正式なOB会じゃなくてね」

「何、それ？」

「うーん、上手く説明できないんだけど」今中が言い淀んだ。

「裏OB会？」

「何だよ、それ」

「適当に言ったのよ。私に分かるわけないじゃない」

本郷が教えてくれた「秘密結社」の存在が気になってくる。この「裏OB会」は、まさに秘密結社のようなものではないか？　しかし、このまま一気に突っ込むのは早すぎる気がした。

「地方の名門高校って、そういうものかしら」

「そうかもな……まあ、君に会う機会でもあったら話すよ」

「東京へ出て来るようなこと、あるの？」

「いや、基本的には地元べったりだから。君は？」

「東海地方への出張はあまりないわね」

「そうか……まあ、また気が向いたら電話でもしてくれよ。たまには昔話をするのもいいんじゃないかな」

昔話をするような歳になったわけか……その言い方に引っかかりを感じながら、歩美は電話を切った。

昼過ぎ、歩美は松浦に連絡を入れた。松浦は昨日から四日市に入っているはずだが、電話で話した感じでは、もうダメージを受けているようだ。

「お歳のせい？」ついからかってしまった。

「馬鹿言うなよ」反論する声にも元気がない。

「昨夜ちゃんと聞かなかったけど、今、何を調べてるの？」

「津中央高校のＯＢ会――『民教研』って言うんだけど、聞き覚えはないかな？」

「それ、本郷が言ってた秘密結社のこと？」

「おそらく。そういう会があることはほぼ間違いないんだけど、本郷の言う組織とイコールかどうか、まだはっきりしないんだ」

「あるかないか、二つに一つなのにね」

「そもそも秘密結社なら、そんなに簡単に分からないだろう」

「ビデオは観たけど、その話の前に——その件で、ちょっと会っておくべき人がいると思うのよ」

歩美は、今中との話を説明した。松浦はすぐに食いついてきた。

「今中か。覚えてるよ。あいつには結構痛い目に遭わされた」

「優秀だったわよね」

「だから、局長にまで出世したんだろうな。地方局の局長が、どれぐらい偉いかは分からないけど、地元では名士だろうな。社長になる目もあるんじゃないか？」

「そうね」地元を離れずに同じ会社で働き、そこで出世する感覚は、歩美にはうまく想像できなかったが。「とにかく、話せない印象はなかったから、マツ、直接突っこんでみたら？」

「そうだな……確かあいつ、酒は弱かったんだ。酔わせて喋らせるか」

「そういうの、結構得意でしょう」

「こっちが酔い潰されることもあったけど」松浦が笑った。先ほどまでの疲れた様子は消えていた。

「ちなみに話のとっかかりとしては、来年辺り孫が生まれるそうだから——

「マジか」松浦が溜息をついた。「早いな」

「そうね。ちなみに、おじいちゃんと呼んだら激怒しそうだから気をつけて」

「了解。しかし、君から電話があって、俺がいきなり訪ねて行ったら警戒されないかな」

「そんなこと心配しているようじゃ、何も聞き出せないわよ」歩美はわざと冷たく言った。「現役の記者なんだから、そういうのは得意でしょう。腕の見せ所よ」

「そうか……」

松浦がまた溜息をついた。どうやら行き詰まっているようだ。

「そっちで、何か手がかりはなかったの？」

「手がかりはともかく……気になることはいくつかある。まず、藤岡のパソコンが開けない。パスワードが分からないんだ」

「会社支給のパソコン？」

「ああ。システムに確認したんだけど、パスワードを教えてもらえない」

「そうなんだ」

「はっきりした目的があるならともかく、今回はそうじゃないからな」

「システムは頭が固いから……何か、適当な理由をでっち上げたら？　それで津支局から頼んでもらうとか」

「津支局には、もうかなり迷惑をかけてるから、これ以上は申し訳ないよ。それに、あまり大ごとにもしたくないんだ」

「そうね」歩美は一人うなずいた。「パスワードが初期のままということはない？　最初は社員番号に設定されているから」

「そうなんだけど、まだ試してない。何回か間違うとロックされるんじゃないかな」

「慎重ね」

「そりゃあそうだよ。何か、情報があるとは思うんだけどな……記事だけじゃなくて、取材メモがあるかもしれない。奴は物凄《ものすご》い悪筆だから、メモ帳の字は全然読めないけど、手書きからテキストに起こして、パソコンに保存していると思う。マメだからな」

「マメなのは間違いないわね。何か、パスワード、思いつかない？」

「全然分からない……それと、メモと言えば、奴の取材ノートが一部、見つからないんだ」

「どういうこと？」

「きちんと日付順に整理されてるんだけど、最新のものだけがない」

「まさか、盗まれたとか？」

「いやいや」松浦が否定した。「奥さんが持って行ったんじゃないかと思うんだけど、まだ確認していない」

「そう……葉子さんは今、四日市の実家の方に帰ってるみたいよ」

「そうか。折を見て訪ねてみるよ」

「それと、結婚式のビデオだけど」

「ああ」

「全部観てみたわ。そこでも、津中央高校の話が目立っていたのよ」葉子の父親、主賓の津市長――。

「なるほど」松浦の声に、急に真剣味が増した。「津中央高校の力がよく分かったよ。県の政財界では、一大派閥《はばつ》なんだろうな」

「そうだと思うわ」歩美も認めた。

「助かるよ。とにかく、もう少しこっちで動いてみる。その後は東京へ戻るかもしれない。津中央のＯＢで当たれそうな人が、東京にもいるんだ」

「じゃあ、健闘を期待するわ」

「君のプレッシャーは怖いな」

「何言ってるの。私なんか、まだ可愛いものよ」

「まさか」

つぶやくように言って、松浦が電話を切った。切る直前に馬鹿にしたように鼻を鳴らした気がしたが、敢えて電話し直して聞き返すようなことはしなかった。そういうことを、いちいち問い質《ただ》すほど若くない。

人はいつの間にか、物分かりがよくなってしまう。私は、いつからだっただろう？

歩美は念のために、システム部に確認してみた。使用者が急死したり、記者職から離れた場合はシステムがパソコンを引き取り、内容を全て消去してハードディスクを初期化する決まりだった。今回はまだ、その処置はされていない。システムでは当然パソコンを開けるが、そのためには使用者の所属部門の長から、正式に要請してもらわねばならないという。もちろん、きちんとした理由も必要だ……松浦が心配するように、津支局長の手を煩《わずら》わさねばいけなくなる。

結局一番簡単なのは、藤岡が設定していたパスワードを何らかの方法で知ることだ。パスワードか……こだわりがある人もない人もいる。中には、本当にランダムな数字とアルファベットの組み合わせにしてしまって、自分でも覚えられずに、メモにしてデスクに貼っている人もいる。実に危険だが、普通の会社員のセキュリティ意識などそれぐらいのものだろう。

藤岡は、パスワードに何かこだわりを持っていただろうか。歩美は、社員番号の前後を三文字のアルファベットで挟むパスワードを設定した。自分に関係ある番号が入っているので忘れにくいし、他の人にばれる恐れは低い。藤岡はきっちりしたタイプだったが……そういう人は、どんなパスワードを設定するのだろう。

ふと、一つのキーワードが脳裏に浮かんだ。いや、でもこれはどうなのだろう……パスワードには相応《ふさわ》しくない感じがする。試すのはいいが、何度も失敗したらパソコン自体がロックされてしまう。

パソコンは当てにしない方がいいだろう。何か別の方法で、藤岡がどんな取材をしていたかを探り出した方がいい。松浦が現地で頑張っているのだから、自分も何かしたいと思ったが、手が見つからない。

通常の業務——一日の半分は会議だった——を終え、夕方。そうだ、今日は母に電話して、父の様子をもう少し詳しく聞いてみようか。兄と話してもいい。大学の仕事はそれほど忙しくないはずだし、長男なんだから、もう少し家のことを心配してくれてもいいじゃない——こんな時だけ長男なんて言うな、と怒られるかもしれないけど。

帰り支度を始めたところでスマートフォンが鳴った。見覚えのない番号……いや、どこかで見た記憶がある。電話に出ると、三重流通の石田だった。そうか、この固定電話の番号は、先日貰った名刺に書かれていた。

「やあ、どうも」石田の口調は快活だった。「今、話して大丈夫ですか」

「ええ」先日会った時に感じたかすかな不安が、再び脳裏を過《よ》ぎる。石田が自分に会おうとした本当の狙いは何だったのだろう……。

歩美は立ち上がり、廊下《ろうか》に出た。「先日はありがとうございました。また食事のお誘いですか？」と冗談めかして訊ねてみる。

「いやいや、そういうわけじゃなくて……東日さんは、何か三重県で重大な事件でも摑んだんですか？」

「何の話ですか？」

「本社の編集委員さんが現地入りして取材している、と評判になってますよ」

歩美は息を呑んだ。よそ者である松浦が動いていれば何かと目立つだろう。だがそれを、どうして歩美に告げる必要がある?

「そうなんですか」歩美はとぼけた。

「松浦さんという人はいますか?」

「松浦は同期です」それは否定できなかった。「だけど、彼が何をやっているかは知りませんよ。部署が違いますから」

「そうですか?」石田は疑わしげだった。「津中央高校のOBにあれこれ聞き回っている——しかも、地元の支局は関与していないそうですね」

「どうなんでしょう」歩美は鼓動が高鳴るのを意識した。石田は三重県内に情報網を持っている。それもかなり深く、幅広い。「編集委員の仕事については、私もよく分かりません。部署がまったく違いますからね」

「そうですか」石田がすっと引いた。「本社の人が勝手に取材してると、支局の記者は困るんじゃないですかね。こういうのは極めて異例でしょう。もしも取材で禍根《かこん》が生じたりすると、その後やりにくくなるのは現地の人でしょう」

「禍根が生じるようなことがあったんですか?」歩美は逆に聞き返した。

「いや、取材と称して、ありもしないことを訊ねて回っていれば……」

「石田さん、何が仰《おつしや》りたいんですか?」

「いやいや、困っている人の相談を受けただけですよ」

「石田さんは、津中央のご出身じゃないでしょう」

「ええ。でも、仕事の関係で知り合いはたくさんいます。とにかく東日といえば、まずあなたの名前が頭に浮かんだものですから、電話した次第です」

「記者が取材しているとしたら、何かあるからじゃないですか？」

「だからそれが、見当違いだと言っているんです」

「松浦には松浦の考えがあるはずです」歩美は強い口調で断言した。「石田さんが何を考えておられるかは分かりませんが、松浦が取材しているとしたら、何か理由があるんでしょう」

「彼のことをよくご存じのようだ」

「同期ですから」

「そうですか、そうですか」石田が繰り返して言った。「それにしても、三重県くんだりで無駄骨を折っているとしたら、ちょっと可哀想《かわいそう》ですね」

「どうして無駄骨だって分かるんですか？」

「編集委員がわざわざ入ってくるような話なんかありませんよ——それでは。お仕事中に失礼しましたね」

　電話を切り、歩美はすぐに松浦に電話をかけた。留守番電話になってしまったので、慌てて短いメッセージを残す。

「マツ、監視されてるわ。十分注意して」

このまま帰る気にはなれない……歩美は本郷に電話を入れて、夕食に誘った。彼と話して謎が解けるとは思わなかったが、頭の整理にはなるだろう。

本郷はすぐに誘いに乗った――むしろ嬉しそうに。家で食事するのが嫌とか？　もしかしたら、家に帰りたくないのかもしれない、と歩美は想像した。本郷は、本社の近くにあるカウンター割烹《かっぽう》を指定して、「予約は俺が取っておくから」と気軽に引き受けた。いかにも行きつけの店の感じだった。

約束の時間、午後六時半に店に入る。調理場をL字型に囲んでいるカウンターには、本郷の姿は見当たらない。店員に確認すると、奥の部屋で待っている、ということだった。

襖《ふすま》を開けると、本郷は手酌でビールを呑んでいた。呑気《のんき》に酒を呑んで食事を楽しむつもりかもしれないが……こちらは真剣に話をしに来たのだ。最初にそのことを伝えなかったのを後悔する。

「ビールはそれ一本にしてね」歩美はまず釘を刺した。

「何で」本郷がむっとした口調で訊ねた。

「これまでのいきさつの整理に来たんだから、酔っ払われたら困るのよ。だいたいあなた、酒はそんなに強くないでしょう――

「はいはい……ここは日本酒の品揃えが豊富なんだけとねえ」

「絶対に酔わない自信があるなら呑んでもいいけど、そんなの無理でしょう?」

「まあ、ほどほどにしておくよ」

本郷に忠告しておいてから、歩美自身は日本酒を頼んだ。店員がオーダーを控えて戻ると、本郷が不満そうに漏らす。

「お前は呑んでいいのかよ」

「私はあなたよりずっと強いから」

歩美が頼んだのは富山《とやま》の地酒……最近はワインを呑むことが多いのだが、日本酒も嫌いではない。今夜の酒は呑み口が軽く、フルーティな香りが素晴らしかった。本郷は、羨《うらや》ましそうに歩美の日本酒を見ながら、一本のビールを大事に呑んだ。

「で?」本郷が短く言って先を促した。

「マツがいろいろ調べていたら、民教研という組織が引っかかってきたみたい。あなたが前に言ってた秘密結社のことかもしれないわね」

「民教研?　名前は普通だな。何だか、旧社会党系の団体みたいじゃないか」

「津中央高校のOB会みたいなものらしいけど……あなた、藤岡君の結婚式のこと、覚えてる?」

「いや、全然」

「スピーチで、藤岡君の結婚を『犯罪だ』って言って、大滑りしたのに?」

「マジか」本郷が急に真顔になった。「それはいくら何でもひどいな。失言だ。だけどあれは、代打だったんだぜ？」

「代打？」

「松浦が取材で来られなくなって。本当はあいつが喋るはずだったのに、急遽お鉢が回ってきたんだよ。頭の中が真っ白だったから、何を喋ったか、全然覚えていない」

「それはいいけど、奥さん——葉子さん側の出席者のこと、覚えてる？」

「確か、津の市長がいたな。主賓じゃなかったかな」

さすが本郷だ、と歩美は真顔でうなずいた。本郷の記者人生は警察《サツ》回りから始まったものの、すぐに津市政、三重県政担当になり、政治絡《がら》みの取材が中心になった。津市長とも当然、昵懇《じっこん》だったはずである。

「葉子さんのお父さんも県議だったわ」

「そうそう、奥さん側の出席者に、やたらと地元の大物が多かったんだ。津市の市議が二人——財界人もいたな。皆、お父さんの関係だと思うけど」

「市長がスピーチで、津中央高校の自慢をしてたのよ。葉子さんのお父さんもOBだし、二人は相当深いつながりがあるみたい」

「なるほど」うなずき、本郷が空になったグラスにビールを注《つ》いだ。「奥さんは大学を出たばかりだったたから、本人関係の出席者は少なかったんだろう。だけどそれじゃ、父親の方の面子《メンツ》がたたないと思って、自分の知り合いに動員をかけた——田舎の結婚式なんで、そんな感じじゃないかな。狭い世界だから」

「でも、葉子さんも、津中央の出身よ。彼女自身も、民教研のメンバーとか？」

「う－ん」本郷が首を捻った。「でも、そうなら、本人に直接聞いても答えないかもしれないな」

「秘密結社だから？」

「いやいや、そういうわけじゃない……秘密結社っていうのは、言葉の綾《あや》だぜ」

「でも私は……何となくだけど、そんなに的外れでもない予感がしてきたのよ」三重流通の石田からかかってきた「忠告」の電話について説明した。

「その人も津中央のＯＢなのか？」

「そうじゃないけど」石田の経歴は、改めて調べるまでもなく頭に入っていた。ただ、三重県に本社があるだけに、民教研との強いつながりがあっても不思議ではない。

「ふうん……気にし過ぎじゃないかな」興味なげに言って、本郷が鮎《あゆ》に手をつけた。もうシーズンも終わりだが……美味《うま》そうに食べて、ビールをちびりと呑む。店の雰囲気に溶けこんだ感じがする。

「この店、お馴染みなの？」

「よく昼飯を食べに来るよ。千円ちょうどで、美味い焼き魚定食を食べさせる」

「そうなんだ」昔は、食べるものにはそれほどこだわりがなかったはずなのに……暇に任せて、ランチが美味しい店でも探し回っているのだろうか。銀座でそういうことを始めたら、あっという間に財布が軽くなる。

「その、石田って人のことも気になるな」

「四日市に大きな物流センターを建てたのよ」

「物流センター？　それ、最近の話か？」

「そう」

「四日市のどの辺りだ？」

「国道のバイパスの近くのはずよ」歩美はスマートフォンを取り出した。画面が小さいので目が辛いが、四日市郊外を通り、新しくできた高速道路につながる国道のバイパス沿いに、かなり大きな物流倉庫があるのが分かった。

「ちょっと待てよ。そこは……」本郷が拳《こぶし》で額《ひたい》を突いた。

「何か知ってるの？」

「物流センターのことは知らないけど、昔、その場所で何かあったような気がするんだ」

「何かって、何？」

「まあまあ、ちょっと待てって」本郷がビールをぐっと呷《あお》り、手を広げて額を揉む。

「何かの開発計画だったと思う。ただ、俺らがいる頃には完成しなかった……何だったかなあ。記事を書いたような記憶もあるんだけど」

「しっかりしてよ。何か思い出す方法はないの？」

一今時はデータベースで……いや、その時期の地方版はまだデータベースに入ってないか」

東日新聞の記事データベースは、三十五年ほど前から運用が始まった。しかし都内版を除く地方版は、当初はデータベースから外されており、採録されるようになったのはわずか十年ほど前である。新聞製作がデジタル化される前、文字がデータ化されていない時代の記事は、改めて一から入力し直す必要があり、昔の記事まで遡《さかのぼ》って入れるような余裕はないはずだ。

「私は全然記憶にないんだけど」

「お前はもう、静岡に異動してたんじゃないかな」

「そうか――この敷地面積で開発計画っていうと、相当大きいわよね」

「たぶんな。でかい工場誘致か何か――違うな。県政絡みの記事だった記憶があるから、経済ネタじゃない」

「県が工業団地を誘致することもあるじゃない」

「いや、工業団地じゃなかったよ。それなら、新しく開通した高速沿いにでもできたんじゃないか」

「確かに、そうね」

二合徳利《どっくり》が空いた。もう一本頼もうか……まだ酔いも回っていない。しかし歩美は冷静に判断して、烏龍茶《ウーロンちゃ》を頼んだ。店には申し訳ないと思う。飲食店は、基本的に料理ではなく酒で儲けている、と聞いた記憶があった。

「ちょっと気になるな」本郷が言った。

「でしょう?」

「家でスクラップをひっくり返してみるよ」

「すぐ分かりそう?」歩美は心配になった。自分がこれまで書いた記事を集めた数十冊のスクラップブックは、押入れの奥で眠っている。本郷も同じようなものだろう。埃《ほこり》だらけのスクラップをひっくり返して、四半世紀も前の記事を探すのは大変だ。「津支局に頼んでみたら?」

「それはやめておいた方がいいだろう」本郷が苦笑した。「二十五年前のものなんか、資料室の奥で眠ってるに決まってる。人手不足の支局に頼むぐらいなら、俺が自分のスクラップを見返す方が早いよ」

「じゃあ、あなたに任せるわね」

「ちょっと時間をくれるかな……ところで松浦、どんな感じだ?」

「どんな感じって?」急に話が変わって、歩美は戸惑った。

「気合い入れてやってるか?」

「マツって、昔からそういうタイプじゃないでしょう。変なところで意地になることもあったけど、どちらかというと淡々としてたわよ。それにこれは、取材でもないんだから――

「何かさ……俺たち、もうそんなに先が長くないじゃないか」

「やめてよ。もうすぐ死ぬような言い方しないで」

「そうじゃなくて、会社員としての人生はあと数年……まあ、定年は六十五歳まで延びるかもしれないけど、どっちにしてもそんなに長くはない。お前は広告局で偉くなるかもしれないけど、俺にはもう上がり目はない。五十五歳の役職定年まで、あと二年だしな」

歩美は思わず、手元のグラスに視線を落としてしまった。本郷が自分のキャリアを自《じ》嘲《ちょう》気味に語ることは、これまでもよくあった。しかし今夜は、少し様子が違う。どこか開き直ったというか、他人事のように話している感じがした。

「あそこだと手柄の立てようがないから、よほどのことがない限り、俺が編集局に戻ることはない。でも松浦は、このまま定年まで記者でいるだろうな」

「羨ましいの？」

「そりゃあ、羨ましいさ。だけど、あいつ、今の仕事を面白がってやってるのかな。満足してるのかな」

「それは分からないけど、ちゃんとやってるじゃない」

「熱がないんだよ、熱が」本郷が頬杖《ほおづえ》をついた。「何というか今のあいつは、経験とテクニックだけで仕事をこなしている感じがする」

「歳を取ったら、誰でもそうなるんじゃない？」

「一般的にはそうなんだけど、若い頃のあいつは、もっと不器用だっただろう？　性格はフラットなんだけど、自分の仕事には変にこだわりがあって……それで支局の連中とも取材相手ともよくぶつかってた」

「本郷は、そんなことはなかったわよね。みんなに愛されてたから……馬鹿にしてるわけじゃないわよ」

「それは自分でも分かってるよ」本郷が苦笑した。「そういう人間から見ると、松浦みたいにこだわりがあって不器用な奴は、ちょっと羨ましかったんだ」

「そうか……」

「今回の件だって、俺は、あいつが気になって調べ始めるんじゃないかって、少し期待してたんだ。でも結局あいつは、俺たちがケツを蹴飛ばしてようやく動いただろう？」

「確かにね。でも、歳を取ると、動きも鈍《にぶ》くなるじゃない」

「俺自身、そうだからな」本郷が認めた。「でもあいつには、いつまでもこだわる男でいて欲しいんだよ」

「それは勝手な願望よ」

「そうだよな……」

　しかし、本郷の言い分は歩美にも理解できた。彼の言う「性格はフラット」というのは当たっている。同期四人で、酒を呑みながら議論がエキサイトしても、あまり自分の意見は言わずに「まあまあ」とまとめに入るタイプだった。それが仕事になると一転して、自分なりのこだわりは絶対に譲らない。藤岡の生真面目さとはまた違う粘り強さが、若い頃の松浦にはあった。

ところが、そういう新人時代から長い歳月が経ち、松浦はすっかり枯れてしまったようだった。もちろん、新人記者だった頃の気概を永遠に持ち続けるのは不可能だ。でも……本郷は、自分が失ってしまったものを松浦に見たいのだろう。自分もそうかもしれない。

「マツは、持ち直してると思うわ」

「持ち直す？」本郷がグラス越しに歩美を見た。

「ちゃんとやってる——どれぐらい馬力をかけてるかは分からないけど、きちんと調査してるじゃない。それで私たちにも疑問を投げ返している」

「まあ、そうだな」本郷が認めた。「じゃあ、俺たちも、しっかりボールを打ち返してやらないと」

「そうよ。だから、スクラップブック、速攻《そっこう》で調べてみてね」

途端に、本郷がうんざりした表情を浮かべた。

夜十一時台のニュースが終わって日付が変わる頃、スマートフォンに電話がかかってきた。

「埃まみれで、風呂に入り直さないといけないよ」本郷がいきなり愚痴を零《こぼ》した。「風呂に入ってから物置の整理なんかするもんじゃないな」

「それは、順番を間違えたわね」

「取り敢えず、記事をスキャンしてメールしたから」

画像になった記事をスマートフォンで見るのはきつい。後でパソコンを立ち上げて、大きい画面でメールを確認しよう。いや、それよりも、本郷に直接聞いてしまう方が早い。

「内容、教えて」

「それがさ……あまりはっきり覚えてないのも当然で、俺が書いた記事じゃなかったんだ。抜かれ記事の追いかけだ」

「じゃあ、誰が書いたの？」

「四日市支局の誰か――それこそ藤岡か、あるいは支局長の田宮さんだと思う」

「県政マターじゃなかったの？」

「情報の出どころは県だったかもしれないけど……」本郷が本当に恥ずかしそうに言った。何十年経っても、抜かれたことは情けない記憶として残る。「地元紙に抜かれて、結局四日市支局がフォローしてくれたんだよ」

「その時、藤岡君と話した記憶はない？」

「ない」本郷が即座に断言する。「だから、田宮さんが担当だったかもしれないけど……」

「結局、どういう話だったの？」

　本郷の説明は明快だった。現在、三重流通の物流センターがある場所に、産学協同の研究施設「四日市サイエンスパーク」が建設される、そのために土地開発公社が作られ、民間の私有地の買い上げを進めていた――四日市サイエンスパークは、地元の大学と四日市市、それに県内の企業数社が共同で、複数の研究機関が入る施設になる予定だった。記事では、バイオ関係、コンピューター関係の研究施設が入居予定、と紹介している。しかし現在、四日市にこの施設はない――建設予定地は、物流センターになっているのだから。

「場所は悪くない――いい場所だったんだ。この頃、高速にもつながる国道のバイパス工事も予定されていて、大阪へも名古屋へもアクセスがよくなることはわかっていたから」

「道路が先っていうことね？」

「たぶんな。それで、ちょっと調べてみたんだけど、三重流通の物流センターができたのは三年前だ。それ以前にどうなっていたかは分からない――サイエンスパークの計画は、結局実現しなかったし、土地取得から二十年以上も塩漬けになっていたかもしれないな」

「よくある話ね」歩美は納得した。二十五年前というと、バブル崩壊直後である。地価がいきなり下落したわけではないが、世間に金が回らなくなり、土地取り引きが停滞し始めた時期だろう。この時期にぶち上げられた大型の開発計画が頓挫《とんざ》してしまっても、不思議ではない。広大な土地を処分もできず、結局塩漬け――その後処理に二十年もかかったということか。

「ちょっと、きな臭い感じもするんだよな」

「何が？」

「これだけの土地なら、相当の値段になるはずだ。敷地面積五万平方メートル、今だと、四日市の市街地の公示地価が、一平方メートル五万円ぐらいだから……これだけでも二十五億円だ。記事だと、土地開発公社は、この土地を百二十億円で買い上げている」

「今より地価は高かったのよね」

「もちろん。場所も悪くないしな。いずれにせよ、あの当時、百二十億の土地を一気に買えるような事業主体は、他にはなかったんじゃないかな。その後三重流通が、あそこの土地をいくらで買ったかは分からないけど。お前の方で調べられないか？」

「それはちょっと……相手を下手《へた》に刺激したくないし。調べるとしたら、現地にいるマツに頼んで、登記簿を見てもらう方がいいんじゃない？」

「今は、登記簿はネットでも確認できる。持ち主は分かるけど、どれぐらいの金が動いたかまでは分からないだろう。これだけ広い土地の取り引きで、でかい金が動いた時は、絶対に胡散臭《うさんくさ》い裏があるもんだぜ」

「そうかな」

「おいおい、もう鈍っちまったのか？」本郷がからかうように言った。

そう言われてもピンとこなかった。しばらく無言でいると、本郷が焦《じ》れたような口調で切り出す。

「これはあくまで想像だけど……最初に国道のバイパス工事計画があった。それで当然、周辺の土地は値上がりする。その情報を事前に摑んでおけば、安い時に土地を買い占めて、いざという時にぐっと値を吊《つ》り上げて開発公社に売ることもできるだろう」

「その土地に、本当にそんな背景があったの？」

「いや、この件がそうだと言ってるわけじゃないけど」本郷が一歩引いた。「よくある話だ、ということだよ。こういう時は、だいたい裏で政治家が動いているもんだ。あるいは官僚。インフラ整備についていち早く知ることができる立場にあるから、それを利用して一儲けしようと考える人間は、昔からいた」

「元政治部が言うと、妙な説得力があるわね」

「まあ、あくまで想像だけどな」本郷の口調が軽くなった。「俺は、ちょっと話を聞いてみたい人が出てきた」

「田宮さんね？」

「そう。この前、帰りの新幹線で松浦が声をかけただろう？　確か今、横浜に住んでるんだよ。会いに行ってみようと思う。住所は、定年者相談室で分かるだろう」

「私も行こうか？　一人より二人の方が――」

「それはやめておいた方がいい」本郷が、歩美の言葉を遮った。「いきなり二人で押しかけたら、田宮さんも警戒するよ。それにお前、田宮さんとはほとんど話したことがないんじゃないか？」

確かに、早くに静岡へ転勤してしまった歩美のキャリアは、田宮とはほとんど重なっていない。ここは本郷の言う通り、彼に任せた方がよさそうだ。

電話を切り、パソコンを立ち上げて、本郷からのメールを受信した。添付されていた記事を二度、読みこむ。細部はともかく、概要は本郷の説明で聞いた通りだった。これを松浦に転送する。軽く事情は書いたが、明日、もう一度電話で話してみよう。土地取り引きについて調べるのは面倒だろうけど、今現地にいる松浦なら、当時の事情を知る人に話を聞けるかもしれない。

ソファに寝転がり、手元にあったオーディオのリモコンを取り上げる。先日聴いたまま……『ショウ・マスト・ゴー・オン』が入ったCD『イニュエンドウ』が鳴りだした。『ショウ・マスト・ゴー・オン』は、アルバム最後の曲である。リモコンのボタンを何度か押し、曲の頭を出す。ストリングス——シンセサイザーだろうか——が細かく刻むリズムから入って、ベースが低い旋律を短く奏で、ドラムが一瞬重なる。そのイントロに続くフレディ・マーキュリーの歌声は、ことの外《ほか》物悲しい。

最後まで聴いて、もう一回リピート。その時ふと、ある考えが浮かんだ。まさかね……でも、この曲は藤岡にとって、人生のテーマ曲のようなものだったのではないか。

起き上がり、パソコンを確認する。松浦はまだメールを読んでいないようだ。もう一通メールを送っておくか、あるいは電話をかけようか――いや、こういう時は焦《あせ》らないで。

歩美は藤岡から受け取ったメールを検索した。四日市支局へ異動する時に来た挨拶メール……その署名。さらに、藤岡から来た年賀状を探し出し、署名を確認する。硬いというか真面目な男の、たった一つの洒落っ気のようなものだろうか。

これで決まりとはいえない。もう少し考えてから、明日内容を伝えよう。しかし歩美の頭の中で、この推理の存在感は大きくなる一方だった。

第8章　塩漬け

寝落ちしてしまった——エアコンの冷気に震え、松浦は慌てて上体を起こした。目の前では、ノートパソコンの画面でスクリーンセーバーが動いている。キーボードに触れてスリープを解除し、画面の片隅で時刻を確認する。午前一時十分。こんな時間に風呂に入ると目が冴《さ》えてしまうから、今夜はこのまま寝てしまおう。シャワーは明日の朝でいい。

パソコンの電源を落とそうとして、メールが届いているのに気づいた。歩美からだった。受信したのは日付が変わる頃。内容を確認した瞬間、一気に目が覚めた。

四日市サイエンスパーク……どこかで聞いたような名前だった。記事を読んでいくうちに、記憶が蘇《よみがえ》ってきた。昔、本郷が「抜かれた」とぼやいていた記事ではないか。確か、地元紙の一面でやられたのだ。自治体、二つの大学、四つの企業が参加する予定の研究拠点——そこで働く人の数は四桁になるし、地元に落ちる金も増える。地元紙だったら一面で取り上げるのも当然の内容だ。

添付されていたのは、後追いした東日の記事だった。おそらく本郷が、自分のスクラップブックからスキャンしたのだろう。誰がこの記事を書いたのか……本郷ではなく、四日市支局にいた藤岡かもしれない。

歩美は、この土地が後に三重流通に買い取られ、現在は大規模な物流センターになっていることを指摘していた。これだけでは何も分からないが、何か問題がありそうな臭いはする。

しかしこの件について、話を聞けそうな人間が浮かばない。萩尾はいいネタ元だが、二十五年以上前の四日市の土地に関する情報となると、犯罪が絡んでいるのでもない限り、詳しくは知らないだろう。

さて、どこから手をつけよう。津支局の連中の知恵を借りるか……いや、今の支局員は当時は誰もいなかったはずだ。明日の朝、考えよう。睡眠不足だといいアイディアも浮かばないと思ってベッドに潜りこんだが、久しぶりに眠れぬ夜になった。

午前二時半。ベッドから抜け出し、冷蔵庫を開けてビールを取り出す。冷たいビールを喉に流しこむと、さらに目が冴えてくるようだった。机についてパソコンを立ち上げたが、調べられることはあまりないだろう。二十五年前の情報など、ネットではそれほど拾えない——本当に大事なことは、たぶん誰かの頭の中にあるのだ。重要なのは、事情を知っている人を探すこと。そして喋らせること。新聞記者になってから何百回、何千回と繰り返してきた手順だが、今回の一件が難しいのは間違いない。三重流通、猪熊一郎、民教研……情報が多いはずなのに、そこに辿《たど》り着く手段がない。一つ一つが離れ過ぎている。海に小さな島がたくさん浮かんでいて、橋でつながっていない瀬戸内海《せとないかい》のようなものか。

ビールを一本空けても、まったく眠気は訪れなかった。どうしたものか……考えろ。こういう時はとにかく誰かに会って聞いてみるしかない。噂の一端でもいい、摑めればそこから真相をたぐり寄せることができる。

結局、萩尾の顔しか思い浮かばなかった松浦は翌朝、四日市中央署にいた。萩尾が、呆れたとでも言いたげに両目を見開く。

「朝、地元の記者さんより早く来るっていうのは、熱心というか何というか……」萩尾が苦笑する。

「まだ誰も来てないんですか?」松浦はむしろその事実に呆れた。当直が交代する朝の八時前後には警察署に顔を出して、昨夜の事件事故について確認するのが地方記者の一日の始まりなのだが……今は、電話一本で済ませているのかもしれない。警察の方だって、事件もないのに、毎朝記者に来られても困るだろうが。

この三十年で、取材のやり方も含めた人間関係は大きく変わった。

松浦が新人の頃は、とにかく現場に顔を出して相手に名前を覚えてもらうのが取材の第一歩だった。最近は、メールやSNSなどをきっかけに取材相手とつながり、直接顔を合わせずに取材を済ませて記事にしてしまうことも珍しくない。松浦は、そういう取材には抵抗感があるのだが、若い記者の感覚は、「ちゃんと裏が取れれば、無理にネタ元と会う必要はない」ということのようだ。手間がかからない方がいいのは間違いないのだが……最近は、経費削減のために「夜回り禁止」を記者に命じている社もあるぐらいで、自分の考え方が典型的に古いタイプだと実感する機会も増えた。

今朝もそうだ。萩尾にも電話一本で話を聞くことはできるのだが、それを無礼だと感じてしまう。

松浦はバッグからノートパソコンを取り出し、画面を萩尾に示した。事前に、物流センター付近の地図を表示してある。

「ハギさん、この倉庫、ご存じですよね」

「ああ、三重流通さんの倉庫ね」すぐにピンときたようだ。

「これがどうかしたか？」

「この土地、長いこと塩漬けになってましたよね」

「そうだったかな」萩尾が首を捻る。とぼけているわけではなく、本当に知らないようだった。

「二十年以上ですよ」

「そう……そういうことはよくあるんじゃない？　それより何ですか、今度は急に土地問題の取材でも始めたの？」

「まあ、そういうことですね」

「何かやばい話でも？」

「やばい話かどうかを取材してるんです」我ながら説得力がない。もしもこれが事件なら——担当は捜査二課だろうか。

「面倒臭い事件だったら困るよね」

萩尾が本気かどうか、判断しかねた。捜査二課は、捜査一課のように、発生した事件に対処する部署ではない。詐欺《さぎ》や金融犯罪、汚職《おしょく》など、埋もれている事件を掘り返して捜査する。所属する刑事たちは、少しでもとっかかりがあれば、情報を収集するためにネタ元に食らいついていくのだ。だから常に新たな情報源の発掘に余念がないし、内偵に何年もかけることも珍しくない。警察官というのは、概して執念深く粘り強いのだ。捜査に「面倒臭い」という感覚はない。

「そういやあなた、迫田《さこた》さんを覚えてる？」

「迫田さん？」一瞬で思い出した。「捜査二課にいた迫田さんですか？」

「昔、あなたとは悶着《もんちゃく》があったようだね」

「いや、あれは悶着というわけでは……」松浦はとっさに誤魔化《ごまか》した。

松浦が県警キャップをやっていた頃、迫田は県警捜査二課の若手——確か松浦より五歳ほど年上だ——刑事だった。彼から直接取材したことはない。そもそも、捜査二課の平《ヒラ》刑事と接触するのは難しかったのだ。捜査一課の大部屋には普通に出入りできて、平の刑事とも会話を交わせたのだが、捜査二課ではそれが禁止されていた。部屋には入れるが、取材可能だったのは、課長とナンバーツーの次長のみ。他の刑事に挨拶しただけで、厳しくチェックが入った。

迫田と出会ったのは、まったくの偶然だった。津市で開かれた祭りの取材で、松浦はたまたま迷子を見つけて案内所に送り届けた。親もちょうど子どもを捜して案内所に来たところで、盛大に感謝されて露店で焼きそばを奢《おご》ってもらった。それが思わぬ事態を引き起こした。松浦は、普段であればこんなことで奢ってもらおうとは思わなかったのだが、迷子の親が迫田――捜査二課の部屋で何度も見かけた顔だと気づいて、パイプ作りに利用しようと思いついたのだ。もっとも「自宅で話ができないか」と迫田に水を向けてもやんわりと誤魔化されてしまった。ただし松浦は、既に重要な手がかりを得ていた。迷子になった娘――当時六歳だった――はしっかりしていて、案内所で名前と住所、自宅の電話番号を係員に告げ、松浦はそれを覚えていたのだ。

なかなか接触できない平の刑事の住所と電話番号が手に入れば、今後絶対に役に立つ――ところがその狙いが裏目に出た。祭りが終わって一週間ほどして、思い切って家を訪ねてみると、迫田は捜査二課の同僚を招いて宴会中だった。当然松浦は玄関先で追い返され、土産《みやげ》に持って行った酒を渡すことさえできず、その後、接触は松浦の方で遠慮した。

松浦自身が何か言われることはなかったが、迫田は課内でかなり厳しく追及されたようである――と知ったのは、二年後だった。松浦は熊野通信局に異動しており、それを追うように所轄《しょかつ》に赴任した迫田が連絡を取ってきたのだ。その時に初めて一緒に酒を呑んで、二年前に何があったかを知ることになった。

迫田の説明では、松浦が津支局に赴任する三年ほど前に、地元紙の記者が捜査二課の刑事とつながり、小さな汚職事件をすっぱ抜いた。それ以来、情報漏洩《ろうえい》を極端に恐れるようになった捜査二課では「記者との接触禁止」のルールを厳守するようになった。そういう状況なのに、同僚が大勢いる家に松浦が訪ねて来たので、大問題になったのだという。

まさかそれがきっかけで、本部から所轄に異動させられたのではと、松浦は蒼《あお》くなった。こちらはネタの一つも手に入れられたわけではなく、その後、迫田には接触もしていない。

だが実際には迫田は、警部補の昇任試験に合格して、所轄の刑事課係長として赴任してきただけだった。迫田は「二課が神経質過ぎた」と困惑していただけで、特に松浦の行動を迷惑だとは感じていなかったようだ。そして娘が迷子になった一件の礼を改めて言われ、たまに一緒に酒を呑むようになったが、結局ネタをもらったことは一度もない。

しかし、あのことを萩尾が知っているとは……県警内ではそれほど問題視されていたわけか。恐る恐る訊ねると、萩尾は苦笑した。

「マツさんは、危険人物だったからね」

「まさか」

「しつこいというか、粘り強い若手だったから。こちらとしても扱いにくかったんだよ」

「ハギさんもそう思ってたんですか？」

「そうだね」萩尾がさらりと認めたが、目は笑っていた。

「それで、迫田さんがどうしたんですか？」

「今、ここの事件指導官でね」

「そうなんですか？」事件指導官は、所轄では署長、副署長に次ぐ「三席」のような存在である。例えばこの四日市中央署には、刑事一課と刑事二課があるが、指導官は両方を指揮するポストである。指導官を経験すると、次はどこかの副署長へ異動、というパターンが多い。

「迫田さんも、偉くなったんですね」

「そうだね」

萩尾がうなずく。実際には年下の萩尾の方が出世は早いのだが。

萩尾が急にデスクの電話を取り上げ、ボタンを四回プッシュした。相手が出ると、松浦には聞こえないほどの小声で一言二言話し、すぐに受話器を置く。

「裏に回って」

「はい？」

「迫田さんが話したいそうだ」

松浦は面食《めんく》らいつつ、署の裏手に向かった。警察車両専用の駐車場。ここにいるのを署員に見られると、厄介なことになるだろう。萩尾がお墨つきを与えてくれたわけでもなく——副署長がそんなことをしたら逆に問題だ——とにかく誰かに見つからないようにと、頭を下げて急ぐ。

駐車場には交通課の事故処理用の車両、機動隊のバスなどが停まっている。覆面《ふくめん》パトカーも何台か……庁舎の陰に隠れるように立っている一人の男の姿を松浦は認めた。

あれが迫田？　自信がない。体型はほとんど変わっていないようだったが、顔が——四半世紀ぶりに会う迫田の顔には皺《しわ》が増え、頬もたるんでいる。髪は豊かだが、白いものが相当混じっていた。ネクタイなし、ワイシャツ一枚という軽装で、眩《まぶ》しそうに空を仰《あお》いでいる。しかし松浦を認めると、すぐにうなずきかけてきた。

「あんたは変わらないね」それが迫田の第一声だった。

「まさか」松浦は苦笑した。「最後に会ってから、四半世紀も経ってますよ」

「多少太ったか？」

「正確にはかなり、ですね」当時から体重は五キロぐらい増えただろうか。そのほとんどは腹——特に下腹部に集中している。

「水臭い人だね。こっちでふらふらしてるなら、連絡ぐらいくれればいいのに」迫田らしからぬ、親しみを感じさせる台詞《せりふ》だった。

「ふらふらしてませんし、迫田さんがここにいることも知らなかったんですよ。ハギさんとは、たまたま通夜で会ったんです」

「藤岡さんのことは残念だった」

深刻な表情で迫田がうなずく。そうか、指導官である彼は、当然この一件にも関わっていたはずである。もちろん、自ら現場に出るまでのことはなかっただろうが。

「藤岡とは顔見知りだったんですか？」

「まあね。ただ、うちは二階から上は立ち入り禁止だから、現場や懇親会で会うぐらいだったけど」

「昔より厳しくなってないですか？」

「そりゃそうだよ」

「だったら、こんなところで私と会っていていいんですか？　会うにしても夜とかにした方が……」

「あんたは地元の記者じゃないでしょう。利害関係はないからね」

そうだろうか？　もしも藤岡の一件が事件だとしたら、迫田はまずい立場に追いこまれる。真相を見逃して、単なる事故として処理してしまったのだから……彼が最終的に判断したわけではあるまいが、部下の判断に穴があったのに気づかず、疑義を呈さなかった、とマイナスの評価は下される。事件捜査において、指導官は最終防御壁のようなものだから、慎重さが求められるはずだ。

「この辺には、ちょっとしけこんでお茶を飲む場所もないからしょうがないんだ」

それは迫田の指摘通りなのだが……四日市中央署は、交通の便がいい国道沿いにあるのだが、繁華街からは外れている。近くにはファミレスなどがあるぐらいで、ゆっくり静かに話ができそうな店はないだろう。

「藤岡さんの件で、いろいろ嗅ぎ回っているそうだな」

「そんなに大袈裟なものじゃないですよ」

「写真の件、うちにも話が回ってきた。萩尾さんから皮肉たっぷりに通告があったよ」

見過ごしたな、とでも指摘されたのだろうか。萩尾は皮肉っぽいタイプではないのだが、副署長が東京から来た新聞記者に教えられたわけで、さすがにバツが悪かったのかもしれない。

「何か分かりましたか?」

「写真のデジタル処理をして、再検討してる。現段階では、それ以上のことは言えない」

「猪熊さんが写っていたはず――」

「何も言えないな」迫田が松浦の話を遮った。

「迫田さん、相変わらずですね。ずいぶん新聞記者を泣かせてきたでしょう」

「そもそも記者さんとはつき合っていない。これだけ話をした記者は、後にも先にもあんただけだよ」

「それは名誉なことですかね」

「さあ。俺には何とも言えないが」

肩をすくめ、迫田が煙草に火を点《つ》ける。松浦も慌ててつき合った。

「お互い、こいつはやめられないわけだ」迫田が皮肉っぽく言った。

「財布に厳しいですね」

「まったく……あんた、家族は？」

「嫁と娘が一人」

「そうか。俺は、孫が二人いる」

「本当ですか」思わず聞いてしまってから、馬鹿な反応だったと後悔した。祭りで迷子になった迫田の娘も、もう三十歳をとうに超えているはずだ。子どもが——迫田にとっての孫がいてもおかしくない。

「三歳と一歳だ。まあ、俺も歳を取るわけだよ」迫田が苦笑する。「あんたもすぐだよ。何というか、子どもが成人してからは特に早いような気がする。娘さん、何歳だ？」

「二十一です」

「だったら、あんたもすぐにおじいちゃんになるな」

「今は、就活の準備で手一杯ですけどね。働き始めたら、すぐには結婚しないでしょう」とはいえ、佐奈に交際相手がいるかどうかも知らないのだが……仮に恋人がいても、本当に新聞記者になったら、そう簡単には結婚できまい。最初の数年は地方勤務。そういう時期に結婚するのは、ハードルが高い。相手が東京で仕事をしていたら、いきなり別居婚だ。

こんな話をだらだら続けるのも悪くはないのだが、せっかく指導官に会えたのだから、もう一歩突っこんでみることにした。今の迫田は、一課も二課も面倒を見る立場だが、専門はやはり二課──金に絡む犯罪だろう。

「今、バイパス沿いに新しくできた三重流通の物流センターのことが気になってるんですけど」

「何だい、いきなり」迫田が携帯灰皿に灰を落とした。

「地元にとっても、雇用創出のいい機会になったでしょうね」

「だろうね」

「ずいぶん長いこと──私が三重県にいた頃から、塩漬けになっていた土地のようですね」

「らしいね」

反応があった──松浦は急いで言葉を継いだ。

「塩漬けになっている土地の処分に関しては、地方自治体も頭を抱えていることが多いですよね。三重流通が手に入れたのはラッキーでしたね」

歩美はメールに、あの土地全体の評価額は二十五億円前後では、と書いてきていた。もちろん、実際の取り引き額は分からず、現在の公示地価に面積をかけ合わせただけだろう。

「三重流通としては、喉から手が出るほど欲しい土地だっただろうね。バイパスが通ってから、あの辺は一気に便利になったから」

「もともと、サイエンスパークの建設予定地だったんでしょう？」

「その話は、ごく初期に潰れた」

「さすが、二課出身者はよくご存じですね」

「二課の仕事とは何の関係もないよ」迫田が苦笑する。「街の噂話の一つとして聞いていただけだ。あれだけでかい土地だから、いろいろ言う人もいたしな」

「ちょっと引っかかってるんですけどね……四半世紀前には、土地開発公社が事業主体になって、サイエンスパークの開発計画が進んでいたんですよね」

「その公社は、もう解散したよ。そもそも、サイエンスパーク開発用地の購入のために作られたような公社だから、土地が処分できれば用無しになったということだろう」

「何だ、結構知ってるじゃないですか」

「この県に住む人間としては、常識じゃないかな」迫田が真顔で言った。

「そうですか……」松浦は顎《あご》を撫《な》でた。何か引っかかる感じはするが、具体的な疑惑があるわけではない。「最初に土地を取得する際には、何か問題はなかったんですか？　ちょうどバブルの頃だから、地価はピークだったんじゃないですかね」

「どうかな。えらく昔の話だよ。そんな古い話は、警察的には何の意味もないな。事件だったとしても時効——立件もできないよ」

「警察的には、ですね」

「何が言いたい？」迫田が松浦を睨《にら》んだ。

「新聞のネタとしては、時効がないからですよ。何らかの疑惑があれば、書けるかもしれない」

「書くつもりなのか？」

「書くことがあれば、ですけどね。ただ、経済事件だとしたら、俺にとっては苦手なジャンルです」

「そうだねえ。昔、あんたと話していても、経済事件についてはあまりピンときてなかったのは分かったよ」

「そもそも迫田さんは、事件のことなんか何も喋らなかったじゃないですか」松浦はつい抗議した。

「上からのお達しがあったからねえ」迫田が白けた表情で耳を掻《か》いた。「今はどうなの？　そういう事件にも詳しくなった？」

「多少は……相変わらず一課事件の取材が多いですけどね」殺しの取材など、本来は編集委員が担当するものではないのだが、特異な事件が起きれば、全国各地どこへでも飛んで行く。

「得意じゃないことに首を突っこむと、ろくなことにならないよ」

「迫田さんにしては珍しいですね。ご忠告、ありがとうございます」松浦はさっと頭を下げた。「でも、この件はちゃんと調べないといけない気がしています」

松浦はタクシーを拾い——レンタカーを借りた方が経済的ではないかと思えてきた——三重流通の物流センターに向かった。

広大な敷地の倉庫、その大部分は、トラックなど大型車両のための駐車場である。建物自体は直方体の素っ気ない造りで、一階部分は荷《に》捌《さば》き場になっている。何台ものトラックが、荷台の方からそこに突っこんで並んでいた……どこの物流センターも、同じような光景だろう。出入りするトラックの動きを一日中観察していても、何かが分かるわけではない。最終的には、土地の売買契約書を確認するしかないのだ。

少し歩き回ってみることにした。バイパスに近いこの辺りは広々として、この物流センター以外に大きな建物は見当たらない。目立つのは、大きな駐車場を備えた飲食店やコンビニエンスストア。ドライバーには便利な環境だと言っていい。

少し歩いているだけで汗が噴き出してきた。今日も暑い……この辺りをうろついていても何も分からないだろう。松浦はタクシーを呼んだ。

どこの駅からも遠い場所なのだが、今後の動きを考えて、ＪＲ富田《とみだ》浜《はま》駅の方へ引き返した。駅の近くは、光景が一変して昔ながらの住宅街である。古い一戸建ての住宅が建ち並んでいるだけで、集合住宅もほとんど見かけない。松浦の記憶にある三重県内の田舎《いなか》は、だいたいこういう感じだった。歩いている人はほとんどおらず、時折車が行き過ぎるだけ。一休みしようにも、喫茶店の類《たぐい》もない。仕方なく、自動販売機で烏龍茶を買い、駅の待合室に入った。冷房も入っていないが、風が吹きこんでくるので、外にいるより多少はましである。

ノートパソコンを開き、三重流通について調べてみる。ネットに、何か黒い噂が転がっているのではないか……そういう情報は見つからなかったが、今回、三重流通に関して疑念を抱いている理由に思い至った。そこのかつての社長——歩美の昔のネタ元が、意味不明な接触をしてきたということではないか。しかも電話では、自分のことが話題になっていたという。ふと不安になり、駅舎を出て周囲を見回してみた。もしかしたら今も、誰かに見張られているのではないか？　田舎では独特の監視網があり、こちらの動きがいつの間にか筒抜けになっていたりする。

もちろん、誰もいなかった。

もしかしたら目の前の家で、誰かがカーテンの隙間《すきま》から覗いているかもしれないが。いやいや……そんな妄想を始めたら、取材にならない。

額に掌《てのひら》を翳《かざ》して周囲を見回す。それにしてもひなびた街だ……ここから名古屋方面へ一駅行った富田駅周辺は、四日市の「北の中心」として栄えているはずだが、この辺りは完全に、時代の流れに取り残されている感じがする。四日市が今のような工業地帯として成長したのは戦後のことだが、この街にはそれ以前の古い三重の香りが濃厚に残っている。

スマートフォンが鳴った。見慣れぬ携帯の番号……知らない相手から電話がかかってくることもあるのだが、見張られているかもしれないと思うと、やはり警戒してしまう。長年の習慣で、つい電話に出ると、相手は迫田だった。ほっとして駅舎に戻る。駅の中で電話で話をするのも無礼な気がするが、富田浜駅は無人駅だし、乗降客も非常に少ない。三十分に一本ぐらいしか電車が来ないから、誰かの迷惑になることもないだろう。

「どうしました？」

「あの土地――三重流通の土地のことだけどな」

「はい」いきなりくるか？　話が早過ぎるのではないかと松浦は不審の念を抱いた。

「三重流通は、二十億ぐらいで手に入れているはずだぞ」

「二十億？　相場よりずいぶん安いじゃないですか」歩美の見積もりの五分の四ほどだ。

「土地開発公社の土地は、固定資産税がかからないから塩漬けにはできる。ただ、買うときに金を借りているから、持っていれば毎年利子がかかる――結局、塩漬けにしても負債は増えるだけなんだ。あれだけ広い土地をまとめて買うのは珍しい。だったら安くても、買い手が出てきたらさっさと売り払った方がいいってことだろう」

「そうですけど、あまりにも安過ぎませんか？」

「その辺の事情はよく分からないけど、最終的には売る方、買う方の思惑が合致したとしか言いようがない」

「記録でも見たんですか？」

「いや、ただの噂だ」迫田がさらりと言った。「ただ、うちの刑事は耳ざといからな。直接事件につながりそうにないことでも、情報は何でも聞きこんでくる」

「それがいつ、事件化するか分からない――」

「そういうことだ」認める迫田の声は嬉しそうだった。「二課の刑事が集めてくる情報の九割九分は無駄だ。でも、無駄を恐れているようじゃ、この仕事はやっていられないからね」

「本当に、問題にならなかったんですか？」松浦は念押しした。

「不当に安いといえば安いけど、実際には処分できただけでも、公社にとっては御《おん》の字《じ》だったんじゃないかな。一度自治体に買い取らせて、それから三重流通に売却された」

「あれだけ交通の便がいいんだから、どこかの会社が手を挙げてもおかしくなかったと思いますけどね」松浦は、先ほど見てきた物流センターの様子を思い浮かべた。

「その辺は、価格との釣り合いということじゃないかな。詳しくは分からないが……とにかく、そういうことだ。どういう事情で取り引きが成立したかは、それこそ当事者に確認するしかないだろうが」

三重流通か、土地開発公社の関係者――どちらに当たっても、簡単に喋るとは思えない。取り敢えずは行政――四日市市役所に確認すべきだろう。元々「公共の土地」なのだし、全国的に見ても、土地開発公社は債務超過に陥《おちい》っているところが多く、土地を抑き売りしてでも借金を減らしたいと考えるのは自然だろう。

土地開発公社の所管は、四日市市役所のはずである。やはりここに取材して、当時の経緯を聞いてみるか……松浦にとっては苦手な経済ものの取材なのだが。

「何か、すみませんでした、早々に調べてもらって」

「大した手間じゃないよ。うちの刑事と雑談しただけだ――それとあんた、民教研について調べているそうだな」

「誰から聞いたんですか？」

「野暮《やぼ》なことは言うなよ」うんざりした口調で迫田が吐き捨てた。「あんたが接触している人間なんて、限られているだろうが」

やはり萩尾か……そもそも萩尾も、民教研のことは迫田から聞いた可能性がある。二人がどんな関係かは分からないが、署のナンバーツーとナンバースリーだから、密接に情報交換をしているのは間違いないだろう。

「――その民教研なんだが、土地開発公社の元専務理事もメンバーだったらしいよ」

「ちょっと待って下さい」松浦は思わず言った。迫田は、民教研の組織やメンバーを把握しているのだろうか。「何でそれが分かるんですか」

「ネタ元は言えないな」

「真面目に言ってるんですか？」

「俺は冗談は嫌いだ」

確かに……昔も、彼の口から冗談が出た例《ため》がない。

「残念ながら、この人は公社が清算されてから病気で亡くなっているけどな。ずっと市役所に勤めてきて、副市長にまでなった人だった」

「迫田さんは、民教研についてどこまで把握しているんですか？」

「何も知らないと言っていい。そういう組織があるということは知っているけど、それ以上は……まあ、一つだけ俺に関係があるとしたら、昔の選挙違反事件ぐらいかな」

「いつの選挙ですか」

「ずいぶん昔の衆院選だよ。四半世紀も前だ」

「もしかしたら、猪熊さんが当選した選挙ですか？」

「ああ、そういう人がいたな」

猪熊陣営から逮捕者が出た？　いや、松浦の記憶にはなかった。当時は熊野通信局にいたとはいえ、事件には目を配っていたから、間違いないと思う。

「正確に言えば、立件はできなかった。そこまで悪質じゃなかったということだけど、その時に初めて、民教研という名前を耳にしたんだ」

「話を聞く限り、悪の秘密結社みたいなんですけど」

「まさか」真面目な口調で迫田が否定する。「あくまで津中央高校のＯＢ会みたいなものだ。ただ、つながりは相当強固だし、メンバーもそうそうたる顔ぶれだよ。県の政界、財界の主要な人間が入っている。というか、そういう人ばかりを選んでメンバーにしているのかもしれない」

「つまり、エスタブリッシュメントの集まりですか」

「格好をつけて言えば、そういうことになるかね」迫田が認めた。

「で、何をやってるんですか？」

「そこまでは分からない。俺の周りには、そういう人間はいないしな」迫田が皮肉っぽく言った。

「その、選挙違反事件なんですが……どういう内容だったんですか？」

「詳しいことは覚えていない。だいたいあれは、本部が中心になって調べていて……ご存じの通り、俺はあの頃、熊野にいたから、本部の捜査について詳しく知る立場じゃなかった」

そんなものだろうか……いや、彼は別にとぼけているわけではないだろう。自分で手がけた捜査ならともかく、他人の話を聞いてもいつまでも覚えておけるものではない。だいたい松浦自身、猪熊という名前が出てきた時に、すぐにはピンとこなかった。

「選対の責任者が、票の取りまとめを依頼していたという話なんだが、それも民教研絡みだったんじゃないかな。俺はその時初めて、民教研を知った」

「学校のＯＢ会のつながりで票の取りまとめを依頼するのは、よくあることですけどね」

「それで金が動いたという噂があったから内偵していたんだが……もしも立件できたら、

かなりセンセーショナルな事件になったと思う。何しろ、捜査線上に名前が挙がったのは、県政界の大物ばかりだった。当時の県会議員や津市長とか――」

「ちょっと待って下さい」

「何だ」話を遮られ、迫田はいきなり不快そうに声を低くした。

「津市長が何か関係していたんですか？」

「馬鹿言うな。関係あったら、立件できてるさ」

迫田がさも当然のように言ったが、選挙違反で市長を逮捕、というのは相当ハードルが高いだろう。だいたい首長というのは、表向きは特定の政治勢力との癒着《ゆちゃく》を避けるものだ。当時の津市長は、どの政党に近い立場だっただろうか……。

歩美によると、津市長は藤岡の結婚式に出ていた。ただし藤岡側ではなく、花嫁側の招待客として。葉子の旧姓は何だっただろう、と必死に考えた。

「どうした」沈黙の時間を不審に思ったのか、迫田が訊ねる。

「いや、ある県議が民教研のメンバーかどうかを知りたいんですが……名前が思い出せないんですよ」

「ほんの数年、三重県にいただけの腰かけ記者さんは、県議ごときの名前は覚えていないかね」

「そういうわけでもないんですが……もう引退はしているんですが、まだご存命のはず――思い出した、池本《いけもと》さんだ」

「ああ、池本さんね」さすがに迫田は、すぐに名前にピンときたようだ。

「分かりますか？」

「四日市を地盤にしていた、民自党の人だったんじゃないかな」

「民教研のメンバーじゃないですか？」松浦は念押しした。

「どうだったかな。別に俺は、民教研の会員リストを持ってるわけじゃないし」迫田の腰が少し引けた。

「誰かが持ってませんか？　それこそ、二課の刑事さんとか」

「いやあ、どうかな……それが何なんだ？　民教研が何か犯罪に絡んでいるとでも？」

「分かりませんけど、二十五年前の選挙では、絡んでいるかもしれないと疑われたわけでしょう？」松浦は食い下がった。

「疑われただけだ。とにかく、この件については、俺は詳しく知らないんだよ」

「迫田さん、何でもいいんです。民教研について分かったら教えて下さい」藤岡の死と関係しているかもしれない——その疑念は口に出せなかった。もしも藤岡の一件とつながりがあると分かれば、警察は手を突っこんでくるはずだ。あくまで自分の手で、真相を明らかにしたかった。

「構わんけど、変に期待しないでくれよ。だいたいあんたは、うちがちゃんと調べた藤岡さんの死に疑念を抱いているんだろう？　違うか？」

松浦は沈黙し、迫田もそれにつき合った。そう、考えてみれば、自分は警察にとって目障《めざわ》りな存在のはずだ。捜査に疑義を呈し、藤岡の死が単なる事故や自殺ではなかったのではないかと疑っているのだから。

「写真の件なんだけどな」迫田が突然話を変えた。

「藤岡が撮っていた写真ですか？」実際には「撮った」のではなく偶然シャッターを押してしまったのだろうが。

「科捜研に持ちこむことにした」

所轄の鑑識で調べるのではなく、県警本部の科学捜査研究所でより本格的にチェックするのか……松浦はそっと溜息をついた。警察側が実質的に捜査をやり直している、と認めたも同然である。

「仮に、藤岡さんが死ぬ直前に猪熊さんと会っていたとしたら、あんたはどんな風に推理する？　何があったと思う？」

「分かりません」松浦は素直に認めた。「あの現場では、事件性はなかったんでしょう？」

「ああ、事件性は認められない。ただ、藤岡さんが亡くなる直前、最後に会っていたのが猪熊さんだったとすると、話を聴く必要は出てくる」

「聴くんですか？」

「必要はある、かもしれない」迫田は話を曖昧《あいまい》に誤魔化した。

「猪熊という人間についても、もっと知りたいんです。それこそ、二十五年前の衆院選のことも。藤岡は当時も四日市支局にいて、あの選挙も取材していたはずです」

「当時から関係があったということか」

「可能性は否定できません……迫田さん、俺は別に、警察を批判するつもりはないんです。藤岡の身に何があったのか、真実を知りたい――それだけなんですよ」

「結果的に、警察の捜査ミスを表沙汰にすることになるかもしれんが」

「そうであっても、真相が埋もれてしまうのは納得できません」

「あんた、昔と変わってないな。あの頃――支局時代のあんたは、とにかくしつこかった」

変わっていないわけではない。むしろ自分は変わったのだと思う。無数の事件取材で傷つき、感覚が鈍り、正義感や理念ではなく、単に蓄積されたノウハウに従って取材をするようになった――実際、こういう熱い気分を味わうのは久しぶりだった。

「何か分かったら――」

「約束はできない」迫田がぴしゃりと言った。「自分に都合の悪いことを、新聞記者にわざわざ言う刑事はいないよ」

「迫田さん――」

電話は切れていた。

ちょうど下り電車がホームに滑りこんでくるところだった。松浦は反射的に立ち上がり、ＩＣカード専用改札機にカードをタッチした。行き先は四日市市役所。あれこれ考えているよりも、とにかく動き回っている方が気が楽だ。

ホームには、松浦以外に一人も客がいなかった。電車に乗りこみ、ドアの近くに立つ。

四日市市役所には、何か手がかりがあるのだろうか――。

四日市市役所は、ＪＲと近鉄、それぞれの四日市駅のほぼ中間にある。地図を見て、どちらから歩いてもさほど遠くなかったと思いながら、松浦はＪＲ四日市駅の改札を出た。

ＪＲの駅前はだだっ広い空間――タクシー乗り場とバス乗り場があるだけで、高い建物がないせいで空が開けている。駅近くにはビルも建ち並んでいるのだが、この広い空間のせいで、妙に侘《わび》しく感じられた。駅として賑わっているのは、明らかに近鉄四日市の方である。

近鉄の駅まで続く中央通りに出て、早足で歩き出す。今日も陽射しは強く、広い道路を歩いていると遮るものは何もない。やはり地方都市特有の光景――歩行者はほとんどおらず、車が行き交うばかりだった。無意識のうちに振り返ると、ＪＲの駅舎が目に入る。横に長い二階建ての建物で、全体はくすんだ灰色。レンガの茶色がアクセントになっている。おそらく国鉄時代――自分たちが入社した時にはＪＲになったばかりだった――から時が止まっているように松浦には思えた。

市役所は、記憶よりも遠かった。タクシーを拾えばよかった、と弱気になりながら、大きな交差点に出ると、その向こうにようやく市役所の建物が見えてくる。いつもの癖で、建物の大きさを確認してしまう……十階建てか。入り口は、歩道から十段ほど階段を上がったところにある。地下一階というか半地下式のフロアがあるので、実際には十一階建てだと分かった。

ロビーに出ている案内板で、目的の場所を探す。市内の開発のことなどは……都市計画部だ。訊ねれば、どの課が担当か教えてくれるだろう。

市役所というのは取材に対して比較的警戒心が緩く、当該《とうがい》部署に直接顔を出して取材を申しこんでも、断られることはまずない。ごく稀《まれ》に「広報を通してくれ」と言われることもあるが、四日市市役所の場合、そういう堅苦《かたくる》しさはなかった。

エレベーターで上階に上がり、降りたところから一番近い場所にある建築指導課をまず訪れて担当部署を確認すると、都市整備課へ行くように言われた。

都市整備課を訪ねると、浅川《あさかわ》という課長がすぐに応対してくれた。名刺を見て「わざわざ東京から?」と不思議そうに首を傾げたが、松浦が「別件の取材で、ここの土地のことを調べないといけなくなりまして」と説明すると、納得したようにうなずく。「別件」という言葉は、一種のマジックワードなのだ。自分に関係ないと分かれば平然と話す人は少なくない。

浅川は小柄でよく日焼けした男だった。ただし、左手首から先だけ白い——ゴルフ焼けだろう。愛想よく、課長席の脇に腰を下ろすよう勧めてきた。役所の常で、課長席の横には丸椅子が一つ置いてある。部下が長い説明をする時や、記者が取材に来た時のために置かれている――松浦はこの手の椅子に何百回と腰かけて取材をしてきたが、粗末《そまつ》な椅子ばかりなのは、おそらく長居されないためだろう。

土地開発公社が持っていた塩漬けの土地について聞きたい、と本題を持ち出すと、すぐに話に応じてくれた。表情には特に変化はない。

「そもそも、あの土地はサイエンスパークの建設のために購入した土地ですよね？」

「あれは、バブルの負の遺産ですよ」浅川があっさり認める。「しかし、古い話ですね」

「私は、ほぼ四半世紀前に三重で記者をやっていました……ただその頃は、四日市の方はまったく取材していなかったので、詳しい事情は知らないんです」

「どちらにいらっしゃったんですか？」

「津支局と熊野通信局です。地元紙が当時、サイエンスパークの計画をすっぱ抜いたそうですね」

「どうだったかなあ……」浅川が首を捻る。「どの社の記事だったか……さすがに覚えてませんよ」

「スクラップしたりしていませんか？」

「あるかもしれませんが、四半世紀も前でしょう？　探すのは大変ですよ」

浅川が気乗りしない様子だったので、松浦は彼の記憶だけを頼りに話を続けることにした。

「計画自体は、頓挫したんですよね」

「大学と企業が何社か、参加することになっていたんですけど、企業の方が相次いで計画から撤退してしまいましてね。バブル崩壊で、産学協同の事業に金を出すような余裕はなくなったんでしょう。とにかく、タイミングが悪かったんですよ」

「具体的に、どんな研究施設ができる予定だったんですか？」

「バイオ関係、それと、半導体やコンピューター、情報システムなど、今で言えばＩＴ系ですね。かなり大規模な計画だったようですが、その分、企業側の負担も大きかったんでしょう。あのご時世だから、仕方なかったと思いますよ」

「なるほど……塩漬けになっていたのは、他に利用価値がなかったからですかね」

「たぶん金額の問題でしょうね。それほど場所は悪くないんですよ。ちょっと待って下さい」

浅川が振り向き、後ろにあるキャビネットの上段を開け、探し物をはじめた。取り出したのは、四日市市の地図。それを膝の上で広げ、物流センターの場所を示す。

「今はバイパス沿いなので、交通の便はいいんです。それにこれだけ広い土地だと、総体での評価額は相当なものになりますよ」

「現在でも二十五億程度とか」

「そんなものでしょうね」

「しかし三重流通は、かなり安く取得したようですが」

「ああ、それは……」浅川の表情が曇る。「あの土地は、土地開発公社でも大きな負担になっていたんですよ。固定資産税は払わなくていい決まりなんですが、借入金の利子は発生していますからね。処分は長年の課題になっていたんですが、金額が高くてどことも折り合いがつかなかった」

「それで三重流通に頼んだんですか？」

「いや、向こうからの申し出です。物流センターのために、四日市でいい土地を探していたんでしょう」

「入札ではなく随意契約ですか？」

「ええ」浅川がうなずく。「あれだけ広い土地だと、おいそれと手を挙げるところはありませんでしたからね。他に使い道というとショッピングモールぐらいでしょうけど、近くに既に何ヶ所もあって飽和状態なんですよ」

「あまりにも安いと、違和感を覚えますが……」地元の記者は突っこまなかったのだろうか、と松浦は首を捻った。実際、市の予算が無駄遣いされたのは間違いないのだから。

「相場より五億円ほど安かった、という情報もあります」

「手放せるなら、多少のマイナスは……という考えだったんでしょうね。私は直接担当していなかったので詳しいことは言えませんが、議会でも別に問題にはなりませんでしたし、承認もスムーズでしたよ」浅川が少し警戒した口調で答える。

「双方の利益にかなっていた、ということですね」松浦は念押しした。

「そうです。自治体としてはお恥ずかしい話ですが、売れただけまし、ということですよ。この土地を処分できたので、公社も最終的に清算にこぎつけました……失敗かどうかと言われれば失敗ですが、法的にも問題はない契約でした」浅川が溜息をついた。「もしも、サイエンスパークの計画が頓挫した直後に、安値で三重流通に払い下げていたら、疑惑を持たれたかもしれませんが、二十年以上も塩漬けになった後ですからね。特に裏はないですよ」

「不審な点はない、と」松浦はしつこく確認した。

「そうとしか言いようがありません」浅川が首を横に振った。「きな臭い話は一切出ませんでした。とにかく、記事になるようなことはありませんよ」

「あそこはもともと、どんな土地だったんですか？　あれだけ広い土地だと、個人の所有ではないですよね」松浦は話題を変えた。

「茂原《しげはら》電機の四日市工場があったところです」

「ああ……元々工場だったんですね」

茂原電機は日本を代表する家電メーカーで、本社は名古屋にある。

「そうです。確か、昭和六十三年にあそこの工場を閉鎖して、海外に移転したんですよ。当時は企業の海外進出が相次いだ時期で、他にも工場はずいぶん閉鎖されました」

現在の茂原電機は、業績悪化に加えて粉飾決算などの問題を抱え、青息吐息の状態になっている。中国企業への身売りまで噂されているぐらいだ。この辺については、歩美が詳しいはずだ。

「その、ぽっかり空いた土地を、開発公社が買ったわけですね？」

「直接、ではなかったんじゃないかな」浅川が首を捻る。「どこか別の会社が取得して、その後に公社が買ったような記憶があるんですけど……ごめんなさいね、よく知らないんですよ。その頃は、私もまだ市役所に入っていなかったので」

「土地の権利者の記録を、こちらでお持ちではないですか？　登記を確認できるといいんですが……」

「そんなことまで調べるんですか？」浅川の鼻に皺が寄った。

「気になると、放っておけないんですよ。とにかく、市にはまったく関係ない話ですから……どうですか？」松浦は粘った。

「ちょっと待って下さい」

浅川が部下を呼びつけ、小声で指示した。部下はうなずき——表情があまり変わらなかったので、さほど面倒なお願いではないのだろうと松浦は想像した——隣の課と隔《へだ》てる壁になっているファイルキャビネットに向かった。

松浦は、なおも問題の土地のことを聴き続けたが、浅川からはそれ以上の情報は出てこなかった。話の接《つ》ぎ穂《ほ》にと、「三重アルモニア」の社長に会った時の話題を持ち出す。野球とサッカーの話題は、雑談の鉄板だ。浅川の表情が微妙に変わった——どこか皮肉っぽくなっている。

「あれは、津の話ですからね。四日市にはほとんど関係ないですよ。四日市だと、グランパスファンが多いですしね」

「資金は潤沢みたいじゃないですか」

「スポンサーはたくさんついているようですけど、まあ、津のチームの話ですからね」

「津」をやたらと繰り返す。産業の中心地である四日市から見ると、津は遠く離れた県庁所在地に過ぎないのかもしれない。四日市の人は、津よりも名古屋に親近感を抱いているのだろう。

話題に詰まった。どうしようかと考え始めた時、資料を探すように指示された職員が戻って来た。ファイルキャビネットから持って来たフォルダを一つ、浅川に手渡す。かなり年季が入っていて、背表紙は黄ばんでいた。

浅川がパラパラとフォルダをめくり、ページを確認していく。すぐに目当てのページに辿りついたようで、顔を上げて松浦にうなずきかけた。

「不動産屋——地元の不動産業者が、平成三年に一括で購入していますね」

「失礼ですが、一介の不動産業者が購入できるような額だったんですか?」平成三年——一九九一年と言えば、バブル経済の末期だろう。四日市一帯も、地価は天井の時期だったはずだ。

「額は分かりませんが、とにかく五万平方メートル強——だいたい一万六千坪を一括ですね」

「現地を見てきました。かなり広いですよね」

「そうですね……分かりやすく言うと、東京ドーム一個分より少し広い感じでしょうか」

それが広いのかどうか……「サイエンスパーク」という語感からして、松浦はもっとずっと広い敷地を想像していたのだが。

それを指摘すると、浅川は「そんなものじゃないでしょうかね」とさらりと言った。

「神奈川の川崎に、KSP《ケイエスピー》——かながわサイエンスパークというのがあるんですよ。ご存じないですか？」

「名前は聞いたことがあるような気がします」松浦は曖昧な記憶を探った。

「そこが確か、同じぐらいの敷地面積だったはずですよ。実際、四日市サイエンスパークは、KSPの創設を受けて計画されたんです」

「なるほど」

「しかし、時期が悪かった」

「結局、バブル崩壊が全ての原因ですか」

「そういうことでしょう」浅川がうなずく。「あの頃はいろいろな計画ができたり潰れたり——訳が分からない時代でしたね」

長期的な街造りに取り組む公務員がそんなことでいいのか、と心の中で驚いた。とはいえ、自分たちも同じようなものだ。バブル最盛期に新聞記者になり、その崩壊を目《ま》の当たりにしていたはずなのに、松浦にはその実感が一切ない。あの狂乱の時代に、のんびりした熊野で暮らしていたせいかもしれないが、東京での騒ぎなど、どこか遠い世界の出来事にしか思えなかった。

たぶん、実際に自分がその渦中に巻きこまれない限り、実感などできないだろう。しかもその最中は、冷静に分析できないに違いない。

一度ホテルに戻り、今まで聞いてきた話をノートパソコンで詳細にメモにまとめた。記者人生は、ずっとこんなものだったな……自分も、藤岡も。入社当時、県警キャップだった先輩記者はやたらと細かい人で、取材したことはメモ帳からノート、あるいは当時出回り始めたばかりのワープロで「清書」して残しておくようにと、口を酸っぱくして松浦たちを指導した。以来松浦はずっと、このやり方を踏襲している。藤岡も同じやり方を続けていただろう。

当時と違うのは、情報共有がしやすくなったことだった。これはＩＴ化の明らかな恩恵……メモを、歩美と本郷にメールする。先に反応したのは本郷で、十分と経たずに電話がかかってきた。

「今、メモを読んだ」

「どうだった？」

「この土地、怪しくないか？」

「怪しいけど、これ以上調べるにはもう少し人手が必要だ。お前、こっちに来られないか」

「まさか」本郷が一笑に付した。「俺はもう記者じゃないんだぜ」

「休暇を取ってボランティアとかさ」

「勘弁してくれ。俺は、東京でやれることをやるよ——と言っても、お前に報告するようなことは、今のところ何もないんだけど。ただ当時、藤岡がサイエンスパークの件を取材していたような気はする。あの記事を、誰が追っかけで書いたかまでは覚えていないんだけど」

「藤岡じゃなければ支局長かな」

「ああ。それで俺は、今晩にでも田宮さんに会ってこようかと思うんだ」

「やる気満々じゃないか」

「いやいや、横浜へ行くだけだから……田宮さん、今は悠々自適だって言ってたよな」

「そうだったかな」藤岡の葬儀から帰京する新幹線で話した時、そこまで詳しい話が出たかどうか。

「まあ、土産に酒でもぶら下げて、ちょっと話を聞いてくるよ」

「頼む」相手の懐《ふところ》に入る能力なら、本郷の方が自分よりはるかに上だ。もっとも今回のターゲットは、かつての知り合いである。しばらく使っていなかったパイプに水を通す程度の難易度だろう。

「そっちでも何か分かったらすぐ教えてくれよ。田宮さんと会ってる時なら、本人に確認するから」

「分かった」

電話を切った瞬間、今度は歩美からかかってきた。

「メモ、読んでくれたか？」

「読んだわ」

「どう思う？」

「何とも言えないけど……これが不正な取り引きかどうかは、微妙なところね」

「そうだな」

「関係者に当たるしかないのかな……」

「これから、話を聞けそうな人を探すよ。もうしばらくこっちにいることになりそうだ」

「仕事の方は？　東京に戻らなくて平気なの？」

今さら何を言ってるんだ、と松浦は苦笑した。自分をけしかけたのは歩美と本郷ではないか。

「大丈夫だよ。編集委員にはノルマもないしな」

「理想的な職場……新聞記者の天国よね。ねえ、マツはずっとそこにいてね」

「どういう意味だ？」

「ずっと記者でいてっていうこと。私も本郷も、残念ながらこれから取材現場に戻ることはないんだから」

「だけど将来は、高本のほうが有望じゃないか？」

「記者として新聞社に入ったんだから、最後まで記者でいるのが王道じゃない？　でもほとんどの人は、途中で記者じゃなくなる。私たちの同期、入社したときに何人いた？」

「六十二人、だった」ささいなことほどよく覚えているものだ。バブル崩壊の前後は、記者の採用数も多かった。六十二人というのは東京本社管内だけの人数で、関西本社、九州本社は個別に記者を採用していたから、顔も名前も知らない同期を合わせると軽く百人を超える。

「そのうち、退職の日まで原稿を書いてるのって、三分の一もいないんじゃない？　もしかしたら、五分の一以下？」

「そうかもしれない」

「だから、よ。分からない？」

「そうだな……」

最初の志《こころざし》を最後まで貫け、ということか……しかし、同じように記者になりたくて入社した人間も、その後の人生は大きく分かれる。途中でうんざりして別の部署へ移る者、本人にやる気があっても、人事の都合で記者職から外れる者、出世して編集幹部になり現場を離れる者——最後まで原稿を書き続けているのは、自分のような編集委員や社説を書く論説委員、それに地方記者の道を選んだ者だけだ」

「一つ、手がかりになるかもしれない話があるんだけど……」歩美が自信なげに言った。

「何だ？」松浦はすぐに食いついた。この際、どんな材料でもいい。

「藤岡君のパソコン」

「ああ」

「ロックされていて、パスワードが分からないと言ってたわよね」

「そうなんだよ」

「パスワード、分かるかもしれない。あまり自信はないけど」

「どうして知ってるんだ？」

歩美はパスワードそのものは告げず、推測だけを話した。そんなものが？　ピンとこなかったが、彼女の説明を聞いているうちに、これはありかもしれないと納得した。

「マツ、彼の一番好きだった歌って知ってる？」

「いや……高本は知ってるのか？」

「たぶん」

「俺は、そんな話はしたこともない」

「着信メロディにしたり、CDジャケットを待受にもしていたはずよ。一種のおまじないみたいなものかもしれないわね。それから連想できる文字列に社員番号を組み合わせる方法とか……念のために、藤岡の社員番号も調べておいたから、ちょっと試してみてくれる?」

「分かった」

電話を切り、松浦はホテルを飛び出した。もしかしたら宝の山になるかもしれないパソコンは目と鼻の先――四日市支局にある。

第9章　証言者

さて、田宮をどう攻めるか……本郷は迷っていた。

連絡なしでいきなり急襲《きゅうしゅう》する手もあったが、空振りしたら馬鹿らしい。結局、正攻法で田宮の家に電話をかけ、「今夜、お会いできないか」と誘った。向こうは突然の電話に驚いたものの、むしろ歓迎している様子だった。新幹線で話をした時、松浦は「どこかぎこちなかった」と言っていたのだが……生来の愛想の悪さのせいだろう、と本郷は楽天的に考えた。実際、昔はいつも仏頂面をして威張っていた。

本郷は記憶をひっくり返し、田宮の好物は焼酎《しょうちゅう》だったと思い出した。わざわざ九州《きゅうしゅう》から好みの焼酎を取り寄せて楽しんでるんだ――という話を、呑み会の席で聞いた記憶がある。

本郷自身は、酒は好きだがこだわりはない――そもそも弱いのだが、取材相手を喜ばせるために、どこで美味《うま》い酒が手に入るかは把握している。鹿児島《かごしま》の焼酎と言えば……日比谷《ひびや》にアンテナショップがある。田宮の家に向かう前に寄ることにした。

店員に相談し、最近地元で人気だという焼酎を一本、手に入れた。痛い出費だが、酒で何か情報が手に入れば安いものだ。

横浜と言っても広い――田宮の自宅は、東横線《とうよこせん》の東白楽《ひがしはくらく》駅の近くだった。渋谷《しぶや》に出て東横線を使うか、京浜東北線《けいひんとうほくせん》で横浜まで行って渋谷方面へ戻るか……少し悩んだ末、本郷は横浜経由のルートを選んだ。極端な方向音痴《おんち》なので、大規模改築中の渋谷駅で乗り換えると、迷ってしまうかもしれない。支局時代も、自分で車を運転して取材するのがどれだけストレスだったか……当時はカーナビもまだ普及していなかったから、地図と睨《にら》めっこで運転していて、取材の約束に遅れることもしょっちゅうだった。政治部に上がって、常にハイヤーで取材するようになった時にはほっとしたものである。

東白楽の駅の周りは、何とも地味な街だった。商店街らしい商店街もなく、駅前からいきなり住宅街が広がっている。横浜から東横線でわずか三分の街とは思えない。

東横線沿いの広い道路を渡って、西の方へ歩くこと十分ほど。この辺りは区画整理がまったくされておらず、道路はカーブして入り組み、歩きにくいことこの上ない。陽は傾いていたもののまだ気温は下がらず、本郷は汗が背中を伝うのを感じた。一戸建ての家の他に、小さなアパートが目立つ。スマートフォンの地図を動かして調べると、すぐ近くに神奈川大があるのが分かった。なるほど、学生目当てのアパートが多いわけだ……しかし、学生街につきものの雑然とした賑やかな雰囲気は皆無だった。「神奈川大の学生の街」は、隣の白楽駅の周辺だろう。

田宮の家は、小さな一戸建てだった。一階がガレージで、玄関は、その横にある階段を上がった先にある。外壁は元々薄いピンク色だったようだが、建ててから結構時間が経っているようで、色合いは微妙にくすんでいた。しかし、ピンクとはね……愛想が悪かった田宮のイメージには似合わない。奥さんの趣味だろうかと、本郷はぼんやりと考えた。

　階段を十五段上がり、玄関についたインタフォンを鳴らす。まるで待ち構えていたように、すぐに玄関のドアが開いた。スーツ姿ではない田宮は、ずっと歳を取って見えた。元々小柄な男なのだが、加齢のせいでさらに身長が縮んだように見える。

「やあ」声は元気だった。

「ご無沙汰してます」本郷はさっと頭を下げた。

「この前、新幹線で会ったばかりじゃないか」

「あの時はご挨拶だけでしたから」

「まあまあ、上がってよ。今日は女房が旅行でいないから、おもてなしもできないけど」

「旅行は、ご夫婦二人じゃないんですか？」

「俺はいつも置いてきぼりだよ」田宮が寂しげに笑う。「あいつは顔が広くてね……俺があちこちで働いていたから、各地に知り合いが多いんだ。今は、そういう知り合いを訪ねて回るのが一番の楽しみなのさ」

「田宮さんこそ、あちこちに知り合いがいるんじゃないですか」本郷は上がり框《がまち》に腰かけた。紐靴《ひもぐつ》を履《は》いているので、脱いだり履いたりが少し面倒臭い。

「俺の場合は、仕事上の知り合いだから。女房は、ご近所のつき合いや地元の婦人会関係の友だちとまだやり取りがある。そういうつき合いの方が濃いんだね」

「ずっと続いているのもすごいですよね」

「年賀状の数なんか、毎年俺の三倍だよ……さあさあ、こっちだ。最近、肝臓の数値がよくなくてな……まったく大したことはないんだが、女房がうるさいんだ。今日は好きに呑めるよ」

「失礼します」

廊下を歩き出しながら、本郷は首を捻った。こんなに口数が多く、明るい人だっただろうか？　仕事から引退すると、途端に家に閉じこもってしまう人もいる。誰かが訪ねてくれれば、それだけで嬉しいのだろう。しかし田宮の反応はいささか極端過ぎた……松浦が新幹線で話した時の、暗いよそよそしさは、かつての部下の葬式に参列して、嫌な気分を引きずっていたからだろうか。

「ろくな肴《さかな》もないから、寿司《すし》を取っておいたよ」

「かえって申し訳ないです」

「いやいや、大事なお客さんだからね」

通されたのは、玄関のすぐ脇にある応接間だった。座り心地の良さそうなソファが向かい合わせに二脚。ローテーブルにはガラス製の大きな灰皿。リカーキャビネットもあった。自分の実家もこんな感じだったと懐かしく思い出す。今は、人を家に招いたり招かれたりというのも少なくなっているから、応接間の代わりに広いリビングのある家がほとんどだろう。本郷も家を建てる時、応接間を作る話は妻からまったく出なかった。

「土産《みやげ》です」

焼酎の瓶をテーブルに置いた。手に取った田宮が、すぐに頬を綻《ほころ》ばせる。

「おお……よく手に入ったな。これ、なかなか買えないんだ。鹿児島に出張にでも行ったのか？」

「種明かしをすれば、日比谷のアンテナショップです」

「ああ、今はああいうのがあるから便利だな……俺はさっそくこれをいただくけど、君はどうする」

「お相伴《しょうばん》に与《あずか》ります」芋焼酎は匂いがあまり好きではないのだが、しょうがない。せいぜい酔わないように気をつけないと。

田宮は応接間を出て行った。ちょっと気が回らなかったな、と後悔する。奥さんがいないと分かっていたら、何か軽く食べられるものも買って来たのに。

五分ほどして、田宮がグラスを二つ、それに小さなポットを持って戻って来た。

「俺は、焼酎は常にお湯割りなんだ」

「ああ、俺もお湯割りで大丈夫です」

つまみの用意はないようだ。寿司が来るまで、酒だけで済ませるつもりなのだろう。

空《す》きっ腹で呑むと、胃にはよくないのだが……。

田宮がお湯割りを作り始めた。手慣れている——何十年も同じことをやっていたわけで、動きに淀《よど》みがない。できあがったグラスを一つ本郷の方に押しやった。同時に手元のグラスを取り上げ、目の高さに掲げてうなずく。——本郷はふいに、昔の事を思い出していた。そうそう、田宮は、乾杯で絶対にグラスを合わせないタイプだったのだ。どうしてかと聞いたら、「一度ビールのジョッキを粉々にしたことがある」という答えが返ってきた。

田宮が美味そうに焼酎を啜《すす》る。本郷はほんの一口……お湯割りにしても特有の匂いはきつい。なるべく呑まずに済ませよう、と決めた。

「いやあ、いい焼酎だね」

「気に入っていただけてよかったです。やっぱり、今でも焼酎一筋なんですね」本郷は話を合わせた。「あの頃は、焼酎好きの人って珍しかったですよね」

「ようやく時代が俺に追いついた感じかな」田宮が屈託《くったく》のない笑みを浮かべる。「まあ、焼酎は趣味としても悪くないよ。日本酒より太らないし、美味い焼酎を呑むために、あちこち旅もできる」

「そういう時は、奥さんと一緒なんですか」

「基本的にはな……女房は呑まないから、つき添ってくれるだけだ。まあ、悠々自適だな」

「俺も、悠々自適までもう少しですよ」

酔ってしまう前にすぐにでも本題に入りたいのだが、まだ場は温まっていない。本郷は近況を打ち明けることにした。

「そんなことを言い出すような歳じゃないだろう」

「いや、もう五十三歳ですからね。あと十年もないですよ」

「今、東日文化財団にいるんだっけ？」

「はい、財団の事務局です」

「そうか……出向か？」

「給料は変わりませんけど、主流は外れた感じですね」

「自分から希望したのか？」

田宮の質問には、さすがに苦笑せざるを得なかった。ヘマをして、最終的に今の職場に流れついたとは言えないし、そもそもそのヘマも田宮には説明しにくいものだった。

「まあ、そういう年齢なんでしょうね」

「文化財団だって、大事な仕事じゃないか」

「ていのいいお払い箱ですよ……考えてみれば、田宮さんが羨《うらや》ましいな」

「どうして」田宮がぎょろりと目を見開いた。

「退職するまで、ずっと記者でいたんですから」

「田舎回りの記者なんて、同じことの繰り返しで地味なだけの仕事だぞ」

ひどく自嘲《じちよう》的な台詞《せりふ》だったが、本郷は内心納得していた。東日では、入社した時から地方記者を目指す人間はほとんどいない。誰もが東京で——すなわち日本の中心で仕事をしたいと願っている。あるいは海外で特派員生活。実際、本郷も地方記者を見下していた部分がある。どうでもいい地方版を埋めるための暇ネタを探すだけの仕事だし、転勤も多く、マイホームも買えないではないか——しかし田宮はずっと記事を書き続けて記者人生を終えた。自分はもう書いていない。これから先、書くこともないだろう。

「支局長、最後は小田原でしたよね」

「あそこは暇だったねえ。事件事故も少ないし、政治的にも経済的にも大した話題がある街じゃない。最後の頃なんか、箱根《はこね》のネタばかり書いてたよ」

「でも箱根は、日本を代表する観光地じゃないですか」

「外から見ればそうかもしれないけど、実際には面白いことはそんなに起こらない」田宮が苦笑した。「まあ、見事に暇ネタばかりだったな。ただ、歳を取ってくると、そういう暇ネタを書くのは上手くなる。あと、政治部だった君には分からんだろうが、オッサンになると、記者も警察ではそれなりに厚遇してもらえるんだ。たいがいの警察官よりも年上になるわけだしな。ただ、警察に厳しく取材する事件もなかったけどな」

「事件事故は、やっぱり記者の腕の見せ所ですからね」本郷も同意した。

「君、記者に戻りたいのか？」

「いや——今の環境にもう慣れました。慣れた自分もどうかと思うんですけどね……しはらくは、そのうち編集局に戻れるかもしれないって期待してましたけど、今はそういう気持ちもないです。このまま定年まで行くんだろうなと考えても、もうどうしようもないですよ」

「新聞記者の——新聞社の社員の人生は様々だからな」田宮がうなずく。「最後まで、自分の好きな仕事をやって定年を迎える人は誰もいない。いつかは、仕事からそれ以外の部分に比重を移して、定年後のことを考えはじめるんだよ。家族のこととか」

「ああ……そうですね」自分は家族との関係もあまり上手くいっていない。それを考えると、気分がどんよりした。

「何だい、家族に問題でもあるのか？」

「子どももまだ、高校生と中学生なんで……受験で大変ですよ。下の子が、エスカレーターなのに他の高校を受けて、将来は医学部に行きたいとか言い出しまして」

「優秀で何よりじゃないか」

「金がかかってしょうがないですよ」

「天下の東日の人間が、金のことで文句を言うなよ」田宮が笑った。「子どもを医学部にやるぐらいの給料はもらってるだろう」

「いやいや……家のローンもまだまだ残ってますし」先日、ちょっと計算してみて、目の前が真っ暗になった。私大の医学部だと、学費は六年間で数千万円かかる。学資保険でもその費用は賄《まかな》えず、貯金の切り崩しになるだろう。それに家のローンが加算されると……定年後の生活がにわかに不安になってきた。妻がパートの時間を増やしたぐらいでは、追いつかない。かといって、金の問題で医学部を諦めろというのは、いかにも悔《くや》しい。

「子どもの夢は叶えてやれよ。俺みたいに子どもがいない人間からすると、子どものためにやることがあるのは、夢みたいな話だ」

「今はいろいろですけどね……高本みたいに結婚しなかった人間もいますし」

「あいつは今、広告局の局次長だっけ？」

「ええ」

「女性の局次長は珍しいんじゃないか？」

「そうですね。上からは期待されているようです。役員の目もあるんじゃないですか」

「さすがだな。俺はあまり彼女のことを知らないんだけど、優秀なんだろう？」

「局次長になれるぐらいには」とはいえ、記者として局次長になったわけではない。記者としての将来を閉ざされたという意味では、自分と同じだ。あいつは、そのことをどう考えているのだろうか……。

「結局、津支局に同期で赴任したうち、記者として生き残ったのは、松浦と藤岡だけでしたよ」

「そうだな」

田宮がすっと目を伏せる。藤岡の話が出た途端にこれだ……やはり何かあったのでは、と本郷は訝った。

「藤岡とは会っていたんですか？」

「十五年前、俺が記者を辞める時には、わざわざ小田原まで挨拶に来てくれたよ。この前は——新幹線で松浦と話した時には忘れてたけど、その後も一度会った」

「それはいつですか？」

「二年前かな」

「あいつが四日市へ行く前ですか？　後ですか？」そこで本郷は、怪しさを覚えた。二年前に会ったのを忘れるものだろうか？　松浦に嘘《うそ》をついていた？

「赴任前の挨拶だった」

「律儀《りちぎ》な男ですねえ」少し急ぎ過ぎかもしれないと思いながら、本郷は続けた。

「昔からそういう奴だろう、あいつは」しみじみと言って、田宮がうなずく。「はからずも、新旧四日市支局長の顔合わせでもあったわけだ。あいつも、いろいろアドバイスが欲しかったんだろう。デスクも経験しないでいきなり支局長だから」

「当時とはずいぶん状況が違ったでしょうけどね」

「あの頃……あいつが俺の下にいたのは四半世紀も前だからな。こっちも歳を取るわけだよ」田宮が自嘲的に言った。

「何か、引き継ぎみたいなことはあったんですか」

「まさか」笑って、田宮が焼酎をぐっと呷《あお》る。「そもそもあいつは、四日市のことはよく知っている。奥さんも地元の人だしな」

「奥さん、津中央高校でしたよね」本郷は一歩踏みこんだ。「確か、お父さんが三重県議だった」

「そうだな。地元のよいところのお嬢さんだよ」

「藤岡が亡くなってから、あいつが書いた昔の記事を読み返してるんですよ」本郷は、少し目線を上げて言った。「あいつも、四日市で頑張って取材してましたよね」

「そうだったな」

「それで一つ、思い出したというか、田宮さんにお詫《わ》びしなくちゃいけないことがありまして」

「今頃？」田宮が警戒心を露《あら》わにした。「いったい何事だい」

「四日市で、サイエンスパークの計画があったでしょう？　それを地元紙に抜かれて、俺が後追いを書くべきだったのに、四日市支局に押しつけました」

「そんなこと、あったかな」

田宮が首を傾げる。見た限りでは、本当に覚えていないのかとぼけているのか分からなかった。

「かなり大規模な産学協同の事業で――」

「ああ、思い出した。あれは君の担当――県政マターってわけじゃなかっただろう。四日市の土地開発公社が事業主体になって進めていた話だ一

「完全に抜かれたんですか？」

「嫌なこと、聞くね」田宮が顔をしかめた。「そんな昔のこと――」

インタフォンが鳴った。寿司の出前だろう。いい感じで話が転がっていたのに、と本郷は悔いたが、こればかりは仕方がない。田宮が立ち上がって応接間を出て行く。ありがたいのは、今のところ自分は焼酎に少ししか口をつけていないことだ。これなら、意識がはっきりしたまま話を聞けそうである。

本郷は、背広のポケットからスマートフォンを取り出した。何か――松浦か歩美から連絡が入っているかもしれないと思ったが、電話やメールの着信はなかった。二人の手助けなしのまま、話を進めていくしかないか……ほどなく、田宮が寿司桶《おけ》を持って戻って来た。中を盗み見て、ウニを見つけた瞬間、本郷はこれは「上」だと悟った。まずいな――焼酎よりも高いに違いない。せっかく手土産を持ってきたのに、それよりも高い料理を出されたら気まずくて、話を聞きにくくなる。

「さあさあ、食ってくれ。俺も今日はラッキーだよ。君のおかげで美味い寿司が食える」

「奥さんに怒られますよ」

「鬼のいぬ間に何とやら、だよ。最近は好きな物もロクに食わせてもらえないんだ」

ニヤリと笑って、田宮が早々と寿司に手を伸ばした。釣られて、本郷も寿司を摘《つま》む。まあ、そこそこ美味い……そう言えば最近、うちでは出前の寿司を取るようなことはほとんどないな、と思った。

「さっきの話なんですけど」

「うん？」顔を上げぬまま、田宮が相槌《あいづち》を打つ。

「サイエンスパークの件です。あれを書いたの、田宮さんですか？」

「いや」田宮が首を捻る。「藤岡じゃなかったかな」

「あの土地、その後はずっと塩漬けになってたみたいですね」

「何でそんなことまで知ってるんだ？」

「いやいや……ちょっと気になったら調べてみるのは、記者の習性みたいなものでしょう。今は、その程度の話ならネットでも分かりますよ」

「塩漬けねえ……悪い場所じゃなかったと思うけど。確か、国道のバイパスがすぐ近くに通る予定じゃなかったかな」

「実際、バイパスは完成しました。ただ、あの土地はかなり高い値で買ったせいで、バブル崩壊の余波もあって、ずっと買い手がつかなかったんです」

「あの頃は、そういう話がよくあったな」田宮がうなずき、グラスに焼酎を注《つ》ぎ足《た》した。お湯は申し訳程度で、「お湯割り」とは言えないぐらいだ。

「バブルの崩壊で死んだままになっている土地は、まだありますよね」

「その土地は、まだ塩漬けになってるのか？」

「三年前に、物流センターができました――

「なるほど。そういう場所としてはよさそうだな」

「三重流通という会社の物流センターなんですけど……」

「三重流通って、三重発祥の会社じゃなかったか？」

「今、本社機能は東京ですけど、未だに三重県とのつながりは強いようですね。だから中京圏の物流のハブとして、あの土地を確保したんでしょう。そういう話、藤岡から聞きませんでしたか？」

「そうね……聞いたような気もするな」

間違いなく聞いているな、と本郷は確信した。明確な否定でない場合は、実質的な肯定なのだ。長い取材活動で、そういうニュアンスは読めるようになっている。

「藤岡は、そもそもどうして四日市に赴任したんでしょうね」

「現場に戻りたいという話だった。少なくとも俺はそう聞いたぞ。あいつも、不遇だったからな……本人が悪いわけでもないのに」

「東京じゃなくて地方記者であっても、もう一度現場で取材したい、そういうことですよね？」

「地方支局は、今でも人手が足りないんだろう？　手を挙げれば、すぐに希望が叶うんじゃないか」

「そうらしいですね。でも、どうして四日市だったんですかね？」

「知らないところよりも、土地勘《かん》のある街の方がいいと思ったんじゃないか？　だいたいあいつは、奥さんの出身地の三重県にはよく里帰りしてたそうだから」

「奥さんの出身地で仕事って、どちらかと言うとやりにくい感じもしますけどね」

「あいつは、どこにでも自然に溶けこめる——赴任地を腰かけだとは考えない奴だ。どこへ行っても、やりにくいということはなかっただろう」

「何か、取材したいことがあったんじゃないですか？　それこそ、二十五年前にやり残した取材とか」

「そういう話を聞いた記憶はないなあ……」首を傾げ、田宮が焼酎をぐっと呑んだ。

その時、上着のポケットでスマートフォンが震えた。一度だけ——メールの着信だ。

本郷は立ち上がり、「トイレをお借りできますか」と頼んだ。

「ああ」田宮も立ち上がる。応接間のドアを開けると、廊下の向かいのドアを指差した。

「そこだよ」

「ちょっと失礼します」

トイレに入ると、本郷は急いでスマートフォンを取り出した。松浦が自分と歩美に送ってきたメール——添付ファイルつき。やたら長いファイルなのはすぐに分かった。これを全部読むには、相当時間がかかるだろう。しかし松浦は、いかにも新聞記者らしく、要点を数項目にまとめてメールに書いていた。それを読んで、本郷は顔から血が引くのを感じた。藤岡が何を取材していたか。その根っこには、自殺した先輩記者の取材があった……自分ならこの情報の裏が取れると確信した。

急いで二人に返信する。「この件で重要取材中。電話の発信は控えて。終わったら連絡する」――送信。急いで田宮に確認しなければならない。トイレを出ようとして、慌てて水を流した。あくまで、単にトイレに行った振りをしないと。

「失礼しました」頭を下げながら応接間に戻り、ソファにまた腰を下ろす。

「あまり酒が進んでいないようだけど？」田宮が残念そうに言った。彼自身のグラスの中身は、もう底まで一センチほどになっていた。

「最近、すっかり弱くなりましてね。昔から、あまり呑めない方だったんですけど」

「まあ、無理は言わないが……酒の呑み方も、昔とはずいぶん変わったみたいだな」

「そうですね」本郷はつい苦笑してしまった。「若い奴を誘っても、平然と断りますからね。まあ、今の職場にはオッサンしかいませんけど……とにかく昔みたいに、仕事が終わってから毎晩軽く一杯ってわけにはいかなくなりました」

「人のつき合い方も変わるもんだな」田宮が感慨深《かんがいぶか》げに言った。「昔は、原稿を出したらすぐに呑みに行って、ゲラが上がってくる頃に支局に戻って確認していた」

「今は、ゲラもメールで送られてきて、自宅で確認します」

「昭和は遠くなりにけり、だな」

　田宮が溜息をついた。本郷に言わせれば、「二十世紀は遠くなりにけり」だ。新聞社でＩＴ化が一気に進んだのは二十世紀の終わりから二十一世紀の初めにかけてのことで、その頃ようやく、原稿やゲラをメールでやり取りするのが普通になった。カメラもフィルムからデジタルへと変わった。入社当時は、フィルムの現像で四苦八苦していたものだ――歩美も同じようなことを言っていた。

さて……いつまでもこんな話を続けているわけにはいかない。田宮は酒を呑むペースが速い。相当酒が強かったのは間違いないが、それはまだ中年の頃である。年齢を重ね、今は昔のようにいくら呑んでも平気、というわけにはいくまい。酔っ払う前に、重大な情報を確認してしまいたかった。

「さっきの話なんですけどね」本郷はしつこく蒸し返した。

「うん？」田宮がつぶやくように相槌を打つ。

「サイエンスパークの土地のことです。あの土地、いわくつきだったんじゃないですか」

「どうだったかな」田宮が顎《あご》を撫《な》でた。「元々、どこかの会社の工場か何かがあったところだと思うが」

「家電メーカーの工場です。八〇年代後半に移転が決まって、空き地になりました。それを地元の不動産屋が買い上げて、さらに土地開発公社に転売したんです」

「何で君がそんなことを詳しく知ってるんだ？　えらく古い話じゃないか」

「この件を調べていた人間がいたんですよ」本郷は明かした。「誰かは、お分かりですよね」

「……藤岡か」田宮がきゅっと目を細める。

「ひょっとしたら、田宮さんもご存じだったんじゃないですか？　当時なら関係者も全員健在だったでしょうし、調査は難しくなかったと思います。でも、工場が閉鎖されてからは、三十年が経っている。登記簿を確認することはできるでしょうけど、当時の契約について知っている人を、今になって探すのは大変でしょう。でも藤岡は、土地取り引きの経緯を丹念に辿《たど》っていたようです。もちろん、取材はまだ途中でしたけどね。何しろあいつは死んでしまったんだから」

田宮の喉仏が上下した。目は大きく見開かれ、本郷の顔を凝視する。手探りで焼酎のグラスを摑もうとしたが空振りしてしまう。一つ咳払いすると、きちんとテーブルを見てグラスを摑んだ。

「藤岡は、何を調べようとしていたんでしょうね」本郷は独り言のように言った。「何十年も前の土地取り引きについて、今になって書く意味はあったんでしょうか。記事にならないようなことは、取材しませんよね？」

「それを決めるのは俺じゃない。藤岡だ」

「確かに、記事になるかならないかを最初に判断するのは取材した人間ですが……」田宮の微妙な言い方が気になった。「俺じゃない」。まるで、藤岡から相談を受けたものの、判断を拒否したように聞こえる――それは穿《うが》ち過ぎか。

「もしかしたら田宮さんも、昔この件を調べていたんですか？」

「〝抜かれ〟の後始末から始まった話だけどな」田宮が自嘲気味に言った。「当時は産学協同の事業が流行《はや》り始めた時期だったし、サイエンスパークの構想も各地でもてはやされていた。ところがあの土地の所有権の推移を調べ始めると、おかしな点がいくつもあることが分かったんだ」

「たとえば？」

「価格」

「俺が知る限り、あの土地は三回、所有者が変わっています。最初の所有者は茂原電機。茂原電機があそこから撤退した後は、地元の不動産会社が一括して購入しています。そしてサイエンスパークの建設計画が持ち上がったのに伴って、事業主体になった土地開発公社に売却……しかしその後、計画は白紙になって、二十年以上も塩漬けにされました。そして現在の所有者は三重流通——大規模な物流センターになっています」

「その経緯は合っている」

田宮がうなずく。ふいに、本郷は違和感を抱いた。田宮はどうして、自分がいなくなった後のことを知っているのだ？　ずっとフォローしていたのか？　そこで本郷はふいに思いつき、一気に田宮に話させることができるかもしれないキーワードを持ち出した。

「園田さん」

田宮の頰がぴくりと動く。本郷が身を乗り出し、一気にまくしたてた。

「自殺した園田さんですよ。あの時はびっくりしましたけど、結局動機が分からなかったんですよね。でも、もしかしたら分かった——これから分かるかもしれません。園田さんは、いち早くこの土地の問題に目をつけて取材していたようです。でもその取材は実らなかった。何があったんでしょうね？」

返事はない。本郷は一時この話題を棚上げした。

「当時藤岡が取材した時には、何が問題だったんですか？」

「あそこにバイパスが通る計画が明らかになったのは、いつだと思う？」

「さあ……俺たちがいる時には、もう計画は出ていたはずですよね」

国道に関する事業は国土交通省——当時はまだ建設省だ——の所管だが、地元の支局が記事を書く場合も多い。「国道」とは言っても、あくまで地方の交通に関することだからだ。ただし本郷は、その記事を書いた記憶はない。

「あの土地を地元の不動産屋が入手したのは、一九九一年だ」

本郷は無言でうなずいた。すらすらと情報が出てくるのは、彼が四日市支局長時代にかなり詳しく取材していた証拠だろう。田宮が本郷の顔を凝視しながら続ける。

「サイエンスパークの計画がぶち上げられたのは九二年で、土地の売却が済んだ直後に地元紙が書いてきた」

「計画が白紙になったのは……」

「九三年だな。参加予定の企業が撤退を発表して、俺はその記事も書いた。君たちは——もう東京本社に転勤になっていたんじゃないかな」

「そうでした」九三年の秋、衆院選の少し後だった。「それで、バイパス計画のことですが……」

「公式に発表されたのは、九一年だ」

「茂原電機から不動産屋への土地売却が済んだ後ですか？　前ですか？」

「どっちだと思う？」

「……後だったんですね？」

田宮がうなずき、「九一年の秋……十月だった」と認める。

本郷は、自分の勘がまだ鈍っていなかったことを内心誇らしく思った。同時に、これがかなりやばい話だと実感し始める。園田が自殺したのは、バイパス計画が公表されてしばらくしてから——翌年の一月だったはずだ。

「こういうことですか？　地元の不動産業者は、バイパス計画を事前にキャッチしてあの土地を購入した。バイパス計画が発表されれば、地価はぐっと上がって、売却すれば差額による大きな利益が期待できる」

「ああ。そこに一つ、大きな問題がある。分かるか？」

「不動産業者が、バイパス計画の情報をどうやって入手したか、ですね？」

「こういう取材は難しいんだ」田宮の眉間《みけん》に皺《しわ》が寄った。「地方の政財界は、独特の閉じた輪のようなものだからな。政治部だった君に言うのは釈迦《しゃか》に説法《せっぽう》かもしれんが、隠そうと思えばいくらでも隠せる」

「ええ」

「それを掘り起こそうとするとどうなるか、分かるか？」

「好ましく思わない人間がたくさんいるでしょうね」

「園田は当時、一人でこの取材を抱えこんでいた。俺も、あいつが死ぬまでは知らなかったんだ。取材メモを調べて初めて、背後に胡散臭《うさんくさ》いものがあるのが分かった」

そのメモは、藤岡に引き継がれた。とはいえ、彼も園田の遺志を継いで取材を続けることはできなかったのだが。問題はその理由だ。自殺、そして取材からの撤退。どれほど大きな圧力がかかっていたのだ？

「……藤岡を止めておくべきだったかもしれんな」田宮が本郷から視線を外した。「あの時と同じように」

第10章　ある決意

女性の勘というのは恐ろしい。女性の勘などと言ったら歩美は絶対に怒るだろうが……藤岡の業務用パソコンのパスワード――歩美は松浦に、「ＳＭＧＯ《エスエムジーオー》」というアルファベットの羅列《られつ》と社員番号の組み合わせではないかとヒントをくれたのだった。電話での彼女とのやり取りを思い出す。

「ＳＭＧＯって何なんだ？」何の略なのか分からず、松浦は思わず訊ねた。

「クイーンの『ショウ・マスト・ゴー・オン』って曲、知ってる？」

「いや」

「たまには洋楽も聴いたらいいのに……とにかくこれは、藤岡のテーマ曲みたいなものだから。その頭文字を取って、ＳＭＧＯ。年賀状やメールの署名にも書いてあるわよ。気づかなかった？」

「覚えてないな」松浦が首を捻った。「年賀状なんか、そんなにじっくり見るものじゃないだろう」

「とにかく、そういうことなの。だから、パソコンのパスワードにも使っているかもしれない」

なるほど……イマイチ納得できなかったが、他に手がかりがないからやってみようと決めた。社員番号は、入社年度の下二桁の数字を頭に、その後に苗字《みょうじ》の五十音順で振った三桁の数字を加えたものだ。これを「ＳＭＧＯ」の前につけるか、後ろにつけるか、あるいは間に挟《はさ》むか。考えながら支局に向かい、まだ預かっていた鍵で中に入り、藤岡のパソコンの電源を入れた。

最初は数字を前につけて、あっさり弾《はじ》かれた。あと何回でロックされるのかと考えると緊張したが、数字を後につけて打ちこんでみると、あっさりデスクトップ画面が現れた。確かに壁紙はクイーンの『ショウ・マスト・ゴー・オン』のジャケットだ。松浦は見覚えがないが、タイトルが書いてあるからまず間違いないだろう。安堵《あんど》とともに、背中を汗が伝うのを感じる――すぐに歩美に電話をかけ、ロックが解除できた、と報告した。ついでに、『ショウ・マスト・ゴー・オン』という曲について詳しく聞こうと思ったが、歩美は忙しそうで、すぐに電話を切ってしまった。

支局には誰もいなかったので、そのままパソコンの中身を精査していてもよかったが、支局員の羽賀がいつ帰って来るか分からない。ざっと中身を調べて、必要なファイルをコピーしていくことにした。まずは、記事執筆ソフトで書かれた記事。これは「東日テキスト」というフォルダにまとめて入っているので――どの記者パソコンでも同じ設定だ――フォルダごと自分用のＵＳＢメモリにコピーした。さらに「ドキュメント」フォルダもそのままコピー。念のため、メールも全てバックアップをとった。それが終わってから、さらにハードディスクの中身を確認して「参考」「資料」という二つのフォルダを発見した。デフォルトでは存在しないフォルダだから、藤岡が自分で作ったものに違いない。「ナイト・ファクトリー」というフォルダもあった。例の連載用に撮影した写真データを保存してあるのだろう。これは直接関係ないだろう……と思いながらも、念のためにコピーした。

作業を終え、パソコンをシャットダウンしてから、少し躊躇《ちゅうちょ》する。このパソコン自体を持っていってもよいのではないか？　この後で誰かに見られたら、藤岡が必死で集めていた情報を知られてしまう可能性もある——いや、このパスワードを突き止めるのはまず不可能だろう。「ＳＭＧＯ」という文字列を思いつく人がいるとは思えない。

支局のドアをきちんと施錠してホテルに戻る。自分のパソコンを起動して、コピーしてきたファイルを全てそちらに移すと、じっくり腰を据えてファイルの中身を精査し始めた。

既に記事として掲載されたもの、予定稿として書いていたもの——数えると、全部で百五十本を超えていた。一番古い記事は一年前。それ以前のものは削除してしまっていたのだろう。年間で百五十本——二日に一本弱の出稿数は、地方記者としては平均的だ。それに四日市は、何かと記事の材料が多い街である。去年は選挙もあったし、毎日のように記事を書きまくっていたにちがいない。

全て読んでみたが、期待していたものは見当たらなかった。となると、まだ記事に書いていないものか——松浦は「参考」「資料」の二つのフォルダに手をつけた。「資料」の方はまさに資料で、デジタルデータで送られてきた広報資料などを保存するフォルダだと分かった。「参考」の方には、サブフォルダがある。名前は「SP」。サイエンスパークの頭文字だとすぐに分かり、松浦は思わず興奮した。

「SP」フォルダ内の全てのファイルに目を通していく。雑多な資料だった。登記簿や写真をスキャンして取りこんだものもある。そして何より松浦が求めていたもの——藤岡の「メモ」があった。新人の頃に教えられた通り、藤岡は取材した内容をまとめてメモにしていたのだ。そのファイルは数十——正確には三十八あったが、整理好きの藤岡は、さらに「まとめ」というファイルを別に作っていた。これを、記事を書く時のベースにするつもりだったのだろう。

箇条書きで事実だけが淡々と並べてある。「まとめ」という割に、取材した事実がランダムに並べられているだけだったが、それでも松浦はだいたいの全貌《ぜんぼう》を把握した。これで十分……ではないが、藤岡の取材はかなり真相に近づいていたようだ。そして松浦は、懐かしい名前を見つけた。園田——一部に【園田さんメモから】と書かれていたのだ。どうして園田が？　昔、藤岡と組んでこの件を取材していたのだろうか？　それとも、自殺した園田から情報を託された？

松浦は、さらに自分なりにこの「まとめ」を整理した。誰が読んでもすぐに分かるように――それと藤岡の「まとめ」を歩美と本郷に送る。本郷は、元四日市支局長の田宮と会っているかもしれない。「今晩にでも」と言っていたし、あいつがやる気さえ出せば、難しいことではないだろう。本郷は、相手の懐に入っていくのが上手い。

何もなければ歩美は帰宅しているはずだから、まず彼女と話してみようか……しかしすぐに、本郷からメールが入った。

「この件で重要取材中。電話の発信は控えて。終わったら連絡する」

やはりあいつは田宮と会っていたのだ。さすが政治部の元エース、なかなかの行動力……取材を邪魔しないように、本郷からの電話を待つことにした。歩美と話そうかとも思ったが、その前にもう一度、藤岡が残したメモを精査する。何度も読みこんでいるうちに、ある推測が浮かび上がってくる。事実の裏付けに足りない部分はあるが、そこを穴埋めするように考えると、バラバラだった点が、線で一本につながった。

しかも藤岡のメモには、さらに重要な手がかりがあった。この件で、彼がネタ元にしていた人間のリスト――それがことごとく、四日市在住者だった。民教研と距離を置く人間をネタ元にしていたのかもしれない。

民教研か……全てはこの団体から始まったわけだ。もう少し詳しく知りたいが、どこに当たればいいだろう。腕組みをして天井を仰《あお》いだ瞬間、スマートフォンが鳴った。本郷が早くも電話してきたのか？　画面を見ると、迫田だった。

すぐに取り上げて話し始める――民教研を丸裸にできるかもしれないと松浦は思った。

猪熊は、四日市市ではなく隣の鈴鹿市に住んでいた。住所を調べると、伊勢鉄道の鈴鹿駅から歩いていける場所のようだったので、松浦は翌朝急襲することにした。

そう決めてベッドに入ったものの、寝つきが悪い……今夜の出来事をあれこれ考えてしまったのだ。本郷とじっくり話をして、昔の四日市支局――藤岡と田宮に何があったかはほぼ確信した。分からないのは園田の自殺……藤岡が昔から、この件を疑問視していたことはわかったのだが。本郷と話した後には、遅い夕食を迫田と一緒に摂ったものの、快《こころよ》い会合にはならなかった。迫田は、とにかく心配していたのである。

「警察に任せたらどうだ」

「これは事件なんですか？」

「下手《へた》なことを言えば名誉毀損《めいよきそん》になるぞ」

「それは言ってみないと分からないでしょう」

同じようなやり取りが、少なくとも三回は繰り返された。まだ事件と決まったわけではないのだから、警察は前に出て来ない方がいい――松浦の主張を、結局迫田は受け入れた。ただし、何かあったらすぐに連絡するように、と念押ししてきた。

ありがたい援軍だが、彼の手を借りずに済むように、と真剣に願う。

寝不足のまま、早々とベッドから抜け出す。朝食も摂らず、着替えただけでホテルを出た。今日も暑い……いったい、今年の夏はいつになったら終わるのだろう。

四日市を朝八時三十七分に出る下り特急「ワイドビュー南紀《なんき》」に乗ると、鈴鹿までは十分もかからなかった。津支局にいた頃、移動は基本的に車で、地元の鉄道を使った記憶がほとんどない松浦にとっては妙に新鮮な体験だった。こういうローカル線に乗るのも、鉄道ファンなら、楽しいに違いない……まだ余計なことを考える余裕があると、気づいて少しだけ気が楽になった。

鈴鹿駅で降りて、スマートフォンで地図を確認しながら歩き出す。駅前の住宅街を抜けて、細い道路に入る。この通りが伊勢街道だが、少し歩いてみた限りでは、特に古《いにしえ》の趣《おもむき》を感じさせる建物などがあるわけではない……普通の落ち着いた静かな住宅街だ。矢橋《やばせ》一丁目の交差点を左折し、少し行くと広い中央道路に入る。車の販売店、タイヤショップなど、他の街とまったく変わらない光景が広がっている。

藤岡もここへ取材に来たことがあるのだろうか――そう思うと、だんだん足取りが重くなった。手元にある材料だけで、猪熊と勝負できるのか……。

最初の信号の近くに、猪熊の自宅を見つけた。地方で金儲けをした人間は、だいたい家にまず金をかけるものだが、特に豪華でも広くもないこの家を見た限りでは、そういう印象は受けなかった。

玄関に立ち、インタフォンを鳴らす。返事を待つ間、急に鼓動が速くなるのを感じた。やがて、インタフォンから低い声で「はい」と返事があった。

「東日新聞の松浦と言います。猪熊一郎さんですね？」

「そうですが」返事は素っ気なかった。

「ちょっとお話を伺えないでしょうか?」

「記者さんに話すようなことはないですよ」

「こちらは、お話ししたいことがあるんです。お願いします」話しながら、松浦はつい頭を下げてしまった。

「……お待ち下さい」

松浦は背筋を伸ばした。インタフォンが少し低い位置にあったので屈《かが》みこんでいたため、短時間で腰が凝り固まってしまったようだった。

ほどなくドアが開く。小柄な老人——特徴的な鷲鼻で、間違いなく猪熊だと確認できた。

「ありがとうございます」

松浦はさっと頭を下げた。顔を上げると、猪熊の戸惑いの表情が視界に飛びこんでくる。「ありがとうございます」という言葉の真意を測りかねている様子だった。

「四日市支局の藤岡の葬儀に参列していただいて、感謝します」

「ああ……」猪熊の口が薄く開いた。「それはどうも」

松浦はさっさと玄関に入った。昼間なのに中はひんやりしていて、すっと汗が引く。抗議しようとしたのか、猪熊が目を細めて口を開きかけたが、結局何も言わなかった。

静かだった。人の声もテレビの音も聞こえない。一人暮らしなのだろうか……玄関の中は綺麗《きれい》に片づいているが、冷たく侘《わび》しい感じがした。

「急にお伺いして申し訳ありません」松浦はまた頭を下げた。「藤岡の葬儀に参列して下さったのは何故ですか？　以前からつき合いがあったんですか？」

「あなたこそ、何故、彼のことを聞きに来たんですか？」

「彼とは同期で、新人の時に一緒に三重にいました……あなたは不動産業者で元代議士、ですね。ただし、代議士は一期で辞めています。残念ながら、あなたが当選した総選挙が行われた時、私は熊野通信局にいて、あなたの選挙戦を直接取材しませんでした。藤岡は、当時四日市支局で、あなたの選挙区を取材していた」

「そうだったかな」

「選挙担当の支局員は必ず、候補者に会います」

「記憶にないな」

「だったらどうして、藤岡の葬式に？」松浦は話を巻き戻した。「あいつは一昨年、支局長として四日市支局に戻って来ました。あなたとは現在もつき合いがあったんですか？」

猪熊は口を閉ざしたまま、松浦の目を凝視した。言葉を選んでいる……唇が小さく動いたが、結局何も言わなかった。

「では、民教研という組織についてうかがいます」

猪熊の視線が厳しさを増す。松浦は一気にまくしたてた。

「民主教育研究会のことです。もともとは、戦後まもなく――昭和二十八年に、津中央高校の先生たちが作った、文字通りの教育研究会ですね？　アメリカによる占領が終わり、日本の民主主義や学校教育がどういう方向へ行くか、揺れ動いていた時期です。教育の現場にも左翼勢力が浸透していた時期だと思いますが……民教研は、必ずしも左翼系の組織だったわけではない。むしろ県内トップの高校として、どんな風に学力向上を進め、学校としてのステータスを上げていくかを考える会だった。進学校らしい考えですね。ただしこの会が特殊だったのは、先生だけではなく生徒も参加していたことです。当時も、津中央高校には意識の高い生徒さんが多かったのでしょう。先生と対等の立場であれこれ議論して、学校の価値を高めようとする――いかにも、昭和二十年代、時代が新しく生まれ変わった頃の話ですね」

「私は当時、津中央にはいなかった」

「分かっています。あなたが津中央に通っていたのは、もう少し後、民教研がOB中心の団体に変化していった時期です」

猪熊は身じろぎもせずに話を聞いている。だが、その視線は松浦を見つめているようで、実際には逸《そ》らしていることに気づいた。まるで、本当に目を合わせるべき相手は、松浦の後ろにいるようだった。

「津中央は県内ナンバーワンの高校ですから、OBには有力者が揃っています。政財界、教育界に、強力な人脈がありますね。といっても、OBなら誰でも入れるものではない。

古参のメンバーによる審査があって、そのお眼鏡《めがね》に適《かな》った人だけが入会できる仕組みになっています」

「まるで怪しい組織のようだね」猪熊がわずかに語気を強めた。

「私は、こういう組織に対して、悪い感情はありません。三重県内の、いわゆるエスタブリッシュメントの人たちの集まりは、いろいろなことをスムーズに進めていく上でも役に立ってきたんじゃないんですか。何か問題があれば、立場や所属の違いを超えて協力し合える――ただ、それが問題になることもあるはずです」

「たとえば？」

「この手の組織が一番力を発揮するのは、選挙です。責任のある、影響力の大きい立場にいる人が多いですから、集票マシーンとしても機能する。もちろん、お金も集まる。ただし、民教研自体は特定のイデオロギーに傾いた団体ではありませんから、どこかの政党の候補者を会を挙げて応援することは、これまでありませんでした」

「そう、単なる親睦《しんぼく》団体だ」

猪熊が民教研の存在を認めた――しかも「親睦団体だ」と踏みこんで説明している。それが本当かどうかはともかくとして。

「そうですか……では、話を三十年近く前に引き戻します。平成三年――一九九一年に、現在三重流通の物流センターが建っている四日市の土地を、ある不動産会社が取得しています。これは推測ですが、五万平方メートルを超える面積の土地の取得金額は、当時約百億円だった。この土地を持っていた茂原電機は、一刻も早く土地を処分したくて上物《うわもの》の処理も自分たちで負担する条件で取り引きを成立させました。一九八八年に工場が閉鎖されて以来、あまりにも広い土地なので、なかなか買い手がつかなかった。茂原電機にすれば、税金を払い続けるだけでもかなりの負担になる。取り敢えずキャッシュが手に入り、土地を処分できるということで、相場よりも安い、不利な取り引きにもかかわらず応じた」

「それが、何か」

猪熊が自分の話を否定しないことに密かに興奮しながら、松浦はさらに続けた。

「所有権が移転していることは、こちらで確認しています。買い主は、当時県議だった池本さんが社長を務めていた不動産会社――そしてあなたの会社は、池本さんの不動産会社と業務提携をしていた」

「ああ」猪熊が認めた。

「それを翌年――九二年には四日市の土地開発公社に転売しました。目的は、産学協同によるサイエンスパークの建設です。この計画は当然、ご存じですね」

「知っている」

猪熊が目の前に立てた壁が、次第に下がりつつあるのを意識した。もうすぐ、おそらくはあと一撃で素顔が覗く。

「バブルが弾《はじ》けた後ですが、この時、転売総額は約百二十億円になっていたはずです。

たった一年、土地を保持しているだけで、約二十億円の利益です。税引き後にいくら残ったかは分かりませんが……選挙資金としては十分すぎる金額だったんじゃないですか？」

　猪熊がはっと顔を上げた——それまで、わずかにうつむいていたのだと気づく。今度は松浦としっかり目が合った。それにしても、二十五年前に、藤岡たちは既にここまで調べ上げていたわけだ。その時点で記事にできれば、かなり大きな扱いになっただろう。だが、どうして記事にならなかったのか——その理由は、本郷が元支局長の田宮から聞き出していた。

「土地取り引きで利益を得て、それを選挙資金に注《つ》ぎこんでも、違法でも何でもありません。裏金を貰うより、よほどましです」

「何が言いたい？」

「この件はちょっと置いておきましょう」松浦は一歩下がった——下がったふりをした。こうやって、相手の頭に強い印象を残しておけば、それに引っ張られて失言することもある。「選挙に出ることは、あなたの希望だったんですか？」

「……いや」

「だったら民教研の総意ですか？　民教研は、政治には首を突っこまないのが基本方針だったはずですが、九三年の総選挙に、あなたを候補者として擁立しました。考えてみればこの時は、非民自連立政権が発足して、民自党が五五年体制の確立以降、初めて下野した年です。今に至る政治的な混乱が始まった年で、民教研はその混乱に加わった形になります。まだ中選挙区制で、三重一区は定数五人、このうち民自党は三議席が指定席だったんですが、この時は、あなたが無所属で割って入って、民自党は二議席を減らし、辛《かろ》うじて一議席を確保するに止《とど》まりました。何故、無所属で出馬したんですか？」

「特定の政党に所属する意味がなかったからだ」

「民教研の後押しがあれば、無所属でも当選する見込みだった——そういうことですね？　目的は、民自党のベテラン代議士、若山真司《わかやましんじ》氏を追い落とすこと。彼は、四日市第一高校の出身で、民教研とは対立する立場にありました」

「馬鹿なことを」猪熊が吐き捨てたが、言葉に力はなかった。「そんな、私怨《しえん》のような話で……」

「四日市第一には、民教研のようなOB組織はありませんが、組織対組織の戦いとも言えるんじゃないでしょうか……民教研はなぜか、若山氏を目の敵《かたき》にしていたようですね。とにかくこの作戦は見事に成功して、あなたは当選した。若山氏は落選後、引退を表明しました。それであなたは、次の選挙に出る意味を失ったんでしょう。その後、民教研は選挙からは再び距離を置きました。もちろん、個人で政治活動をすることには、制約はない。実際、民教研に所属している政治家もたくさんいますしね。あなたも、現在は次期総理と目されている湧永さん——やはり民教研メンバーである彼を支援している」

全て田宮の証言、そして藤岡のメモから組み立てた話だった。猪熊がまったく否定しないので、この推測は正しいと確信する。

「適法である限り、正直、あなたたちの政治理念や活動の実態にはあまり興味はありません。しかし、その裏に見過ごせないことがあった場合は——取材するのが当然でしょう。話を戻しますが、茂原電機の工場跡地を取得する時には、ずいぶん大胆な手に出ましたね。しばらく買い手がつかなかったということは、本来なら利用価値の低い土地だったはずです。それでもあそこを買ったのは、実際には高く売れる目論見《もくろみ》があったからではありませんか？　バブル崩壊で地価は下落しましたが、交通の便がよくなるのであれば、高く売れる。もし、その情報を事前に摑んでいたら……実際にあの土地——三重流通の物流センターがある場所のすぐ横には国道のバイパスが通り、非常に便利になりました。問題は、どうしてあなたたちがその情報を事前に摑むことができたか、です」

猪熊が口をぎゅっと閉じる。これ以上喋るとまずいと判断したのだろう。

「藤岡も、この件をずっと取材していました。そして一番重要なポイントは、あいつが死ぬ直前にあなたと会っていたことです。場所は、藤岡が転落したとされる堤防のところですね？　時刻は、午後十時過ぎ」

「知らんな」

「決定的な証拠が残っていました。あいつが撮影した写真に、あなたが写っています」

松浦はバッグからノートパソコンを取り出した。電源は入れたまま、スリープ状態だったパソコンのキーボードを叩いてすぐに復帰させ、藤岡が撮影した写真を修整したものを表示させる。パソコンの向きを変えて、猪熊に示した。

「藤岡が意識してこの写真を撮ったのか、偶然シャッターを押してしまったのかは分かりませんが、ここに写っているのは間違いなくあなたですね」松浦は念押しした。

猪熊は何も言わなかった。無言で目を見開き、画面を凝視している。

「いったい、こんなところで何をしていたんですか？」松浦は一歩前に出た。「あなたが藤岡を殺したんですか？」

「馬鹿な……」

「殺していない、という証拠はありますか？」

「私は、殺していない」

一音ずつ区切るように、猪熊がはっきりと言った。否定すればそれで終わるはずなのに、猪熊の目には迷いのようなものが見える。何か隠している――本当に殺していないのか？

「この件を、以前にも取材していた記者がいました。私たちの一年先輩で……彼は自殺しています。何があったんでしょうか」

「その件は知らない」

猪熊が目を逸らす。松浦は最悪の事態を想像していた。まずいところに首を突っこんでしまった園田が、実は自殺ではなく殺されていた――さすがにそれはないだろう。警察も、特定の勢力の影響を受けることはあるが、殺しを自殺として処理するようなことはないと信じたかった。ただし、何らかの材料で脅され、自殺に追いこまれた可能性は否定できない。ただ、今となってはそれを証明するのは不可能だろうが……園田を引き継いで取材を始めた藤岡は、「自分も殺されるかもしれない」と恐怖を感じて身を引いたのか？

　猪熊が何も言わないので、松浦は自分の身を守ることにした。

「一つ、忠告しておきます。私を監視している民教研の関係者がいるようですが、私を殺しても無駄ですよ。この件は、東日新聞の中でも何人もの人間が知っています。もしも私が死ぬようなことがあったら、東日は一斉《いっせい》に取材を始めます。今のうちに真相を話してくれた方が、傷口が広がらずに済みます……藤岡は、あの土地について取材する過程で、あなたにも接触した。でもこの件が蒸し返されれば、あなたたちの組織が致命傷を受ける恐れもあった。だからあなたは、藤岡を止めようとしたんじゃないですか」

「私はただ忠告しただけだ」

　認めた――松浦は一瞬息を止め、すぐにゆっくりと吸い込んだ。厚く高い壁をやっと一枚、倒した。ノートパソコンを閉じ、バッグに入れる。

「取材をやめるように頼んだだけだ」猪熊が口を開く。

「だけ、ですか」

「私は何もしていない。手も出していない」

「ではどうして取材をやめさせようとしたんですか？　民教研を守るためですか」

「民教研は政党ではない。どこかに届け出をした公的な組織でもない。単に志を同じくする人間の自発的な集まりだ。皆、郷土の発展のために、よかれと思って行動している──それだけだ。自分たちの立場を利用して、不正に利益を追い求めてきたわけではない」

「理念は分かりました。でもあなたがたは、実際に取材を妨害した。報道されて困ることをしていたのは事実でしょう」

「本当に私が藤岡記者を殺したと思うか？」

「私はそうだと考えています」

「では何故、彼の葬儀に出たと思う？」

「それは……」確かに奇妙な話だ。松浦のように、猪熊が藤岡を殺したのではと疑う人間もいる──そんな状況で、のこのこと葬儀に顔を出すのは、明らかに不自然だ。

「面倒な人間が死んで、ほっとしたからじゃないんですか」

「彼の死を残念に思ったからだ。純粋な弔意《ちょうい》だ」

「あいつは撮影中に誤って転落して水死した──それがどう残念なんですか？」

「あそこは、普通なら足を滑らせるような場所じゃない」

「ではやはり、誰かに殺されたんですか？」

猪熊は何も言わなかった。ただ目を大きく見開き、松浦を凝視している。いったい誰が……藤岡が、それほど多くの人に恨みを買っていたとは思えない。民教研に絡んでの話だとすると、猪熊以外の関係者か――。

「三重流通ですか？　問題の土地は、二十年も塩漬けになった後、あの会社に格安で払い下げられました。その経緯に何か問題があったとか？」

「それに関しては、私は関与していない。確かに土地は叩き売りのような価格で払い下げられたが、公社としてはそのような手しかなかったのは間違いない」

「だったら、いったい誰が藤岡を……」

猪熊がゆっくりと首を横に振った。いつの間にか、顔面は蒼白《そうはく》になっている。この男は、誰を庇《かば》っているのだ？

「私が選挙に出た時……民教研の中で誰が一番熱心に応援してくれたか、そもそも誰が私を担ぎ出したか、あなたは知っているのか？」

「いいえ」

「藤岡記者のことはどこまで知っている？」

「どこまで……とは？」嫌な言い方だ。まるで松浦が、藤岡のことを全然理解していないとでも言いたげだった。

「彼は、何故四日市に戻って来たんだろうか？」松浦は猪熊を睨《にら》んだ。

猪熊が質問を畳みかける。むっとして、松浦は猪熊を睨んだ。その瞬間、藤岡の結婚式のことが頭に浮かび、ある可能性に思い至った。

「もしかしたら……」松浦は一人の人間の名前を挙げた。

「残念ながら彼は今、自由に動ける状態ではない」

だとすると……松浦の顔から血の気が引いていく。そして疑念が、先日感じたある違和感と直接結びついた。――どうしても口に出せなかった。しかし猪熊は、依然として松浦を凝視し続けている。

――俺に言わせようとしているのだな、と松浦は気づいた。

松浦は、絞りだすようにその名を口にしたが、猪熊は否定も肯定もしなかった。彼自身、しっかりした証拠を摑んでいるわけではないのだろう。

猪熊の口から最後まで真実は聞けないのかとじりじりしたが、彼は、ついに口を開いた。自分は撮影中の藤岡と会って話をした。その帰り際、一人の人間が藤岡に近づいて行くのを見た――。

いったい誰が悪いのだろう。その人物は果たして悪人なのだろうか。いや、そもそも悪人はいたのか？

駅へ引き返しながら、松浦は本郷と歩美にメールを打った。今は話したくない――しかし、自分がこれから誰に会うかは知っておいて欲しかった。

これからの自分の行動は取材なのか？　それともただ藤岡の友人として真相を知りたいのか？

自分に問うてみたものの答えは出ず、不安は消えない。

四日市に戻り、ＪＲ四日市駅前でタクシーを拾って住所を指示する。シートに深く腰かけ、目を閉じる。まぶたの裏に、若い頃の藤岡の姿が去来したものの、目を開けるとすぐに消えてしまう。

途中、市の消防本部の前を通り過ぎる。あいつ、何でこんな場所に家を借りたのだろう、と松浦はつい苦笑してしまった。消防車がサイレンを鳴らせば、嫌でも聞こえてしまう距離である。消防車や警察の緊急車両が出動すれば、すぐに電話で突っこんで確認するのが記者の仕事だ。状況によってはそのまま現場に直行する。真冬だろうが夜中だろうがそれは変わらない――地方記者には、気の休まる暇がない。

藤岡のマンションの前でタクシーをおり、エントランスに入った。オートロックだったので部屋番号を呼び出すと、すぐに藤岡の妻、葉子の声で返事があった。実家にいるかもしれないと思ったが、その予感が外れてほっとする。マンションなら、二人だけで話ができるはずだ。

「はい」

「松浦です」

「……はい」

「ちょっとお話を伺いたいと思いまして」

無言。もしかしたら猪熊から連絡が入って、警戒しているのかもしれない。しかしエレベーターホールにつながる自動ドアはすぐに開いた。部屋は五階だった。ドアの前に立ち、インタフォンのボタンを押す。

ドアを開けた葉子は、濃紺の半袖《はんそで》のカットソーに色の抜けたジーンズという軽装だった。髪は後ろで一本に束ねている。葬式の時に比べれば、いくぶん血色はよかった。

「入っていいですか？」

「……どうぞ」

ドアを押さえ、玄関に足を踏み入れる。その瞬間、アディダスの「カントリー」が目に入った。白にグリーンの三本ライン。新品……ではない。かなり履き古している。この定番のスニーカーが、松浦の記憶を三十年前に引き戻した。

「この靴は……」思わず訊ねる。

「靴がどうかしましたか？」葉子が振り向く。

「あいつ、昔からこれでしたね」

「そう──ずっと」葉子が無表情にうなずく。「これは、何代目かしら」

藤岡がこの靴を履いているのを松浦が初めて見たのは、入社一年目のゴールデンウィークだったと思う。その日、休みだった藤岡は何かの用事があって支局に顔を出し、その時にこの靴を履いていた。映画『ビバリーヒルズ・コップ』でエディ・マーフィが履いていたことで一躍《いちやく》流行したが、それから数年が経っていたので、何だか時代遅れだと思って馬鹿にしてしまった。藤岡は「俺は中学生の頃から履いてた」と、顔を赤くして反論したものだ……。

「散らかっていてすみません」と言いながら葉子が出してくれたスリッパを履き、室内に入る。

玄関から続く廊下の先がリビングルームになっていた。窓の方には高い建物がなく、生活この先にある三滝川がかすかに見える。部屋の中には余計なものがほとんどなく、生活の匂いがしなかった。普通、どの家にも「どうしてこんなものがあるのか」と首を傾げるようなものの一つや二つは置いてあるのだが……松浦の家のリビングルームには、とうに壊れて使えなくなってしまったCDラジカセが、何故かずっと置いてある。夫婦の間で「捨てようか」という話が出ることすらなかった。

勧められるまま、ソファに座る。葉子はすぐに麦茶の入ったグラスを出してくれたが、松浦は手をつけなかった。無性に煙草が吸いたい。外で一本吸ってくればよかった——緊張のあまり、今まで煙草のことさえ忘れていた。

葉子は、松浦の向かいに座ると、きちんと足を揃え、麦茶のグラスを大事そうに両手で持った。

「すこしは落ち着きましたか？」

「なかなか……あの、申し訳ないんですけど、これから出かけるので、あまり時間がないんです」

「どちらへ？」

「病院です——津まで——

「体調が悪いんですか」彼女が何故、病院に行くかは知っていたが、松浦は敢えて訊いた。

「お見舞いです」

「そうですか……」予想通りだった。「では、手短に」

「どうぞ」

葉子が麦茶を一口飲む。毒は入っていないようだが、それでも手を伸ばす気にはなれなかった。

「昔の話です。あなたが藤岡と結婚した時の話ですけど——最初はあなたのお父さんがあいつを気に入ったそうですね?」

「さあ、そうだったかもしれませんね」

「あいつは同期なのに、あなたに関してはあまり喋りませんでした。照れていたのかもしれません。——元々そういう男ですから。実は今の話も、結婚式のビデオで分かったことなんです。私は、結婚式には出られませんでした」

「そうでしたか?」

「事件が起きまして——私は現地で取材をしていたんです。同期の結婚式に出られなかったのは残念でしたけど、謝ったら藤岡は笑ってました」

……当時の記憶が蘇《よみがえ》る。結婚式は日曜日の昼からの予定で、松浦は朝イチで熊野通信局から津へ向かおうとしていた。そこへ、警察から「殺人事件発生」の一報が入ったのだった。現場は、隣県の新宮《しんぐう》市にほど近い山深い場所で、往復だけで通信局から二時間ほどかかる場所……取材はどれだけ時間がかかるか分からないし、結婚式には出られそうにない——慌てて藤岡に電話すると、彼はいきなり声を上げて笑い、「お前、本当に事件づいてるな」とからかった。特にわだかまりは生じなかった。

「私は詳しく知らなかったんですけど、大変盛況だったようですね。あなたの方の知り合い——お父上の知り合いと言うべきですか——がたくさん参列されました。それも当然でしょうね。お父上は当時、現役の県議でしたし、主賓は津市長でした」えらく豪華な結婚式——いかにも地方の有力者の娘の結婚式らしかった。「藤岡は、あなたのお父上とは取材で知り合ったんですね？」

「選挙の取材だったと思います」葉子があっさり認めた。

「それでお父上が、あなたに紹介したんですか」

「ええ」

「その頃あなたは、まだ大学生だった」

「はい」

「お父上は、最初から結婚相手として藤岡を紹介したんですか？」

「いえ」葉子が苦笑した。「最初はそういうわけでは……将来有望な若者がいるから、という話でした」

「あいつは確かに〝有望〟でしたね」

葉子が寂しげな笑みを浮かべる。彼女は、未来の夫に対する父親の評価をどこまで信じたのだろうか。その後のあいつのキャリアをどう考えていたのだろうか。

「結婚することにしたのは、やはりお父上の勧めですか？」

「そういうわけじゃありません。そこは自然に、でした」

「あいつがプロポーズしたんですか？」

「そうでした……」

「こっちがいくら聞いても、藤岡はあなたのことを話そうとしなかった。たぶん、女子大生とつき合っていると言ったら、からかわれると思ったんでしょう」

「松浦さんならどうするつもりだったんですか？」

「絶交を宣言されるまでからかったかもしれませんね」

「でも実際は、そんなに歳が離れていたわけじゃないんです」

「確かに……あなたには、抵抗感はありませんでしたか？　社会人を経験せず、家庭に入ることについて」

「今なら珍しいかもしれませんけど、当時は大学を出たらすぐ結婚して、そのまま専業主婦になる人も少なくなかったですよ。今でも、田舎の方だと、若いうちに結婚する人も多いです」

「藤岡にとって、あなたは魅力的——絶対に結婚したい女性だったんでしょうね」

「それは分かりませんけど……」

「全てを捨ててでも——自分にとって大事なことを捨てても、結婚したい相手だった」

「どういう……意味でしょう」葉子の顔に戸惑いの色が浮かぶ。

「記者の基本は、取材して記事を書くことです。そのためには、大抵のことを犠牲にします。張り込み続きで何日も家に帰らず、小さな子どもに顔を忘れられてしまうことも珍しくありません。そこまでして取材するのは、記者の本能みたいなものです」

「本能、ですか」

「人が知らないことを知りたい、そしてそれを他人にも教えたいという欲です。人間には、『知識欲』と『伝達欲』とでも言うべきものがあるのかもしれません。ツイッターなどのSNSで情報があっという間に拡散するのも、そのせいじゃないでしょうか」

「私にはよく分かりません……」

「でも、それよりも大事なものがあるかもしれない。それこそ、家族とか。仕事と家族とどちらを選ぶかと言われたら、誰でも迷うでしょう。家族ではなく恋人、婚約者でも同じだと思います」

「はあ……」

「ある人が証言してくれました」元四日市支局長の田宮。彼も、二十五年間、ずっと悔いを抱えて生きてきたのだろう。わざわざ藤岡の葬儀に参列したのも、そのために違いない。

「藤岡は当時、ある問題を取材していました。茂原電機が持っていた土地の動きです。

ここには、産学協同のサイエンスパークを作る計画がありました。覚えていますか?」

「記事で読んだかもしれません」葉子がすっと視線を逸らす。

「ところが、この土地の所有権の動きに、不自然な部分があったんです。五万平方メートルを超える広大な土地なので、茂原電機が工場を閉鎖した後、数年間買い手がつきませんでした。その後、地元の不動産業者が買い取ったんですが、わずか一年だけ保有して公社に転売しました。何故だと思いますか?」

「サイエンスパークの計画が出てきたからじゃないんですか?」

「最初から価格が上がることがわかっていたからです。サイエンスパークの計画が立ち上がる直前に、あの土地の近くに国道のバイパスができることが決まりました。遊休地は突然交通の便がよくなり、一等地に化けたんです。これは偶然ではないと、藤岡は注目しました。つまり、国道のバイパス計画が公表される前に、その情報を入手して、土地を安く買って高く売る作戦を立てた人間がいたんです——それが、あなたのお父上、元県議の池本さんでした」

葉子の唇が薄く開く。しかし言葉は出てこなかった。

「この件をあなたが知っていたとは思えません。あなたはまだ大学生だったし、これは大人の世界——政治の世界の話です。お父上は、県議の立場を利用してこの情報を入手し、土地を有利に取り引きできると踏んだんです。大きな差額で生じた利益は、衆院選の選挙費用に使われました。その時に当選したのが、猪熊さんです。背後には、様々な政治的な対立があったようですが……そして、この計画全体を裏で進めたのが、お父上を含めた民教研なんです。あなたもそのメンバーですね？　津中央高校のＯＢの中でも、特に優秀な人だけが選ばれて入る会です」

「名簿に名前が載っているだけです」

葉子が認めたが、松浦に興奮はなかった。

「当時もメンバーだったんですか？」

「入ってはいました。でも、それだけです。今も同じですけど」

「そうですか……お父上が立場を利用して情報を入手し、いわば不当な利益を得ていた――これは問題で、記事で告発すべきことです。この件については、私たちの先輩記者が先に取材に入っていました。しかし彼は自殺してしまい、その後、情報を引き継ぐ形で、藤岡と当時の支局長が取材にかかりました。ところが途中まで取材を進めたものの、記事にはしなかった。どうしてだと思います？」

「分かりません」

「藤岡は、どうしてもあなたと結婚したかったんです。あなたのお父上の問題を書けば、当然結婚どころではなくなるでしょう。一方、支局長には別の圧力がかかりました。全国紙の支局長なんて、地方ではそれほど力を持った存在ではありません。県政界の有力者から圧力をかけられたら、ひとたまりもない。もしかしたら、この件を記事にしない代わりに、見返りがあったかもしれません。金ではなく、情報だと信じたいですが……

記者は、金よりも情報をありがたがる人種ですから」

　葉子は反応しない。うつむき、自分の手を見るばかりだった。

「それはともかく、取材は完結しないまま、藤岡は東京本社へ異動になりました。この件は完全に埋もれて、藤岡は本社で淡々とキャリアを積んでいきました。ところが当時の四日市支局長が、定年退職するときに、『あることで後悔している』と藤岡に打ち明けました。藤岡にとっても当然、屈辱の記憶です。あいつはそれをきっかけにして、ずっとこの件で悩んでいたはずです。それを払拭《ふっしょく》するためには、何とかもう一度取材して記事にするしかない――そのために、自ら希望して四日市支局長として赴任することを決めた。ただし、理由はもう一つありました」

　松浦は葉子の顔をじっと見た。依然として戸惑いの表情が浮かんでいる。

「池本さん――お父上は今、重篤《じゅうとく》なご病気で治療中なんですよね？　あなたは地元で、お父上の面倒を見たかった。藤岡は表向きはあなたの希望を叶えるために、四日市支局への異動を申し出た。お義父《とう》さんのためと言えば、あなたには反対する理由はなかったでしょう。むしろキャリアを降りてまで四日市に来た藤岡に感謝すらしたはずだ」

「母は亡くなって、残った肉親は父一人です。看病するのは娘として当然です」

「結婚式で、お父上は号泣していたそうですね。ビデオを観た同期の人間は、花嫁の父があそこまで号泣するものだろうかと言ってました……四日市へ来る話を聞いた時、あなたは藤岡の本当の意図を知っていましたか？」

「……いいえ」

「いつ知ったんですか？」

「自然に……主人は、父と何度も話をしていたんです」

松浦は思わず身をのり出した。話は核心に入りつつある。

「病院に見舞いに行くからと言って。でも、実際には取材だったんです。父から、二十五年前のことを聞き出そうとしました。そんなに頻繁に、義理の父親の見舞いには行きませんよね？　不自然だとは思ったんです。行くとしても、私と一緒に行くのが普通じゃないですか？」

「そうですね」

「そのうち父が、主人に厳しく追及されていると打ち明けました。昔の話を蒸し返されていると」

「その時に、二十五年前――あなたたちが結婚する時に何があったかも分かったんじゃないですか？　記事を出さないことと引き換えに、結婚を許した。あなたはその事実を知らなかった」

「そうです」

松浦はそっと息を吐いた。自分だったらどうしていただろう。家族を守るか、記事を書くかという選択肢を目の前にしたら――葉子と藤岡の夫婦関係は、どんな具合だったのだろう。

二十五年前に、藤岡はそれを経験していたのだ。記事ではなく葉子を取った。長い歳月の後、四日市に戻ってきちんと取材して記事にしたいという気持ちが頭をもたげたのも理解できる。それは記者の本能だからだ。もしかしたら、義父の先が長くないと読んで、決断したことだったかもしれない。記事が出ても、当人が死んでいれば迷惑はかからない——。

葉子は、そんな藤岡の狙いを読んでいたのではないか？

「あなたにとってそれは、絶対に避けたいことだったんじゃないですか？　お父上の先が長くないにしても、名誉を傷つけられるのは我慢できなかった」

「誰でもそうじゃないですか？　家族が傷つけられるのを、黙って見過ごすわけにはいかないでしょう」

「藤岡は家族じゃないんですか」

葉子が口を閉ざす。唇の両脇に深い皺《しわ》ができた。

「藤岡は、将来有望でしたか？」

「それは……」葉子が言い淀む。

「あなたは、お父上の背中を見て育った。民教研の他のメンバーもよく知っていたでしょう。彼らは、いわば地方のエスタブリッシュメントだ。三重の政財界をリードしていく存在です。一方藤岡は、中央で——東京で仕事をする人間だ。しかし全国紙の記者といっても、所詮《しょせん》はサラリーマンに過ぎない。そういう人間と結婚して、不満ではなかったですか？　不満という言葉が悪ければ、物足りなかった……」

「私は——世間知らずだったんだと思います」葉子が認めた。「二十二、三歳まで三重県で育って、外の世界をまったく知りませんでした。結婚して東京へ出ても、世界が広がったわけではなかったんです。私と社会とのつながりは、主人を通じてだけでした。子どもがいればまた違っていたかもしれませんけど……私は、主人が会社でどういう立場にあったのか、社会的にどんな地位にあった人なのか、分かりません。判断のしようもありません」

　そう言えば松浦も、東京で藤岡の家を訪ねたことはなかった。親しくつき合ってはいたが、プライベートに関しては、藤岡が壁を作っているように感じていた。事実、話を振っても、気のない返事をするばかりだった。

「藤岡は、あなたのお父上を貶《おとし》めようとした。あなたはお父上を守りたかった……一つ、確認させて下さい。藤岡が亡くなった後、私物の一部がなくなっています。いや、私物とは言えませんね。会社の取材ノートです。当然あって然るべきものが見つからない——もしかしたら、あなたが持ち去ったんじゃないですか？　それは、お父上に関する取材メモだったんじゃないか……」

「私がそんなことをした証拠はあるんですか？」

「いえ。残念ながら……ただ、藤岡は几帳面《きちょうめん》な男です。取材の時にノートに書きこんだ内容を、自分のパソコンで整理していました。私は、そのパソコンを確認しました—

「パソコン……」

「あなたは藤岡ではなく、お父上を選んだんです」

葉子が、白くなるほど強く唇を噛み締める。松浦の目を真っ直ぐ見つめたが、言葉は出てこない。松浦は胸に小さな痛みを感じながら続けた。

「私は、藤岡が間違って転落したと聞いて耳を疑いました。あなたがご存じかどうかは分かりませんが、あいつは極端に水を恐れていたんです。それこそ病的なぐらいに。川や海――水に関係するところの取材は避けていたぐらいなんですよ。そんなあいつが、堤防の上に立って写真を撮影するとしたら、十分気をつけるはずです。だから、故意に落とされたと考えていました」

「それが私だって言うんですか？」

「やっぱりそうなんですか？」松浦は聞き返した。

葉子が黙りこみ、沈黙が二人の間に流れた。松浦はソファから身を乗り出し、さらに突っこもうとした。そもそも通夜の後に、葉子が現場に行ったのは何故か。「犯人は犯行現場に戻る」とよく言われる。わざわざ危険を冒《おか》してそんなことをするのは、何か証拠を残しているのではないかと不安になるからだという。

あなたもそうだったんですか？　もう一つ、重大な目撃証言――猪熊は、藤岡の説得に失敗して立ち去る時に、あなたの姿を見ている。夫の取材現場に、わざわざ立ち会うことがあるんですか？

だが、仮に葉子が藤岡を突き落としたとしても、それを聞いて記事にできるのか？　それに、もしも葉子が何もしていなければ、夫を亡くした悲しみからまだ抜け出していない悲劇の妻を質問で傷つけることになる。

どちらに転んでも、藤岡が喜んでくれるかどうかは分からなかった。

「私は何もしていません」葉子が突然、毅然《きぜん》とした声で言った。

「葉子さん……」

「何もしていないんです。私に言えるのはそれだけです」

これ以上の会話を拒絶する宣言だった。松浦は、何も言えない自分に苛立《いらだ》ちを覚えたが、言い返す術《すべ》がない。松浦の迷いは、葉子の一言で断ち切られた。

「もうよろしいですか」麦茶のグラスを持ったまま立ち上がる。「そろそろ出かけないといけないので」

「お父上の容態は……」

「もう長くはないでしょう」

「これからどうするんですか？　ここでずっと暮らすんですか？」

「さあ……どうしましょう。何も決めていません」

松浦は、急に彼女が気の毒に思えてきた。彼女は今でもまだ、「妻」ではなく「娘」なのかもしれない。夫も父も失って一人になり、これから初めてむき出しの「世間《せけん》」と向き合うことになるのだろう。

それに対して自分はどうすべきなのか。松浦の頭に、ぼんやりと一つの考えが浮かんだ。

午後九時過ぎ、東京駅に着くと、本郷と歩美が新幹線のホームで待っていた。帰る時間は事前に連絡していたのだが、まさか迎えに来ているとは思わなかった。

「ひでえ顔してるな、お前」本郷が本気で心配そうに言った。

「そうか？」松浦は慌てて両手で顔を擦《こす》った。

「ご飯は？」歩美が訊ねる。

「食べた」嘘《うそ》だった。とても食事をする気になれず、名古屋からの新幹線ではただぼうっと時間をやり過ごしていた。何も食べず、コーヒーを一杯飲んだだけ……しかし、「食べた」と言ってしまった以上、「飯にしよう」とは言えなかった。

「どこかで話ができるかな」松浦は切り出した。

「会社に戻るのが一番いいんじゃないか？」本郷が提案する。

「……そうか」

味気ないが、仕方ない。他人の目を気にせず話すには、やはり会社の中に限る。

八重洲《やえす》口に出てタクシーを摑まえ、銀座の本社に戻る。山手線《やまのてせん》を使った方が早いのだが、何故か誰からもそういう話は出なかった。まるで昔みたいだな、と松浦は思った。昔は——支局から本社に上がったばかりの頃は、どこへ行くにもタクシーというのが常識だったのだが、その後は「経費削減」のかけ声が喧《かまびす》しくなるばかりだ。

タクシーの中では、誰も口を開かなかった。車に揺られていたのは五分ほど。沈黙が不快感を増幅させたが、運転手には話を聞かれたくなかった。

本社に着くと、本郷が「どこにする？」と訊ねた。

「うちは駄目だぞ」松浦は答えた。「編集委員室には、まだ誰かいる」

「じゃあ、うちにしたら？ この時間だと、さすがにもう誰もいないと思うから」歩美が申し出てくれた。

かつて新聞社では、どの職場にも遅くまで人がいた。本当に残業している人間もいたし、仕事もないのにただだらだらと酒を吞んでいる人間もいた。しかし今や「働き方改革」が浸透し始め、夜遅くまで人がいるのは編集局、それに印刷工場と発送部門ぐらいである。広告局のフロアもすっかり灯《あか》りが落ちて、真っ暗だった。歩美は、自分の席の近くの正面だけを点《つ》けた。スポットライトが当たる舞台のように、デスクが照らし出される……歩美は自席につき、残る二人は椅子を引っ張って来て彼女のデスクの前に陣取った。

「吞みたければ、冷蔵庫にビールぐらい入ってるわよ」歩美が言った。

「いや、素面《しらふ》でいこう」松浦は答えた。一息ついて、一気に喋り出す。

「本郷、田宮さんはよく全部喋ってくれたな」

「ああ」

「お前の取材能力を褒めるべきか？」

「いや」本郷が力なく首を振った。「田宮さんも、忸怩《じくじ》たる思いは抱いていたんだ。だからこそ、定年退職する時に、藤岡に悩みを打ち明けていた。それが今回……病気みたいだな」

「病気？」

「はっきりとは言わなかったが、結構深刻な病気だと思う。それこそ命に関わるような――だから、思い残すことがないように、俺に話しておこうと思ったのかもしれない。藤岡が亡くなって、あの件を取材する人間もいなくなってしまったし」

「そうか……」新幹線で会った時、胃の辺りを押さえていたのを思い出す。あれも病気のせいだったのだろうか。「でも、俺は書かない――書けない」

二人がまじまじと松浦の顔を見た。その視線に貫かれるのが辛く、つい目を伏せてしまう。だが、意を決して顔を上げた。

「葉子さんが藤岡を殺したかどうかは分からない。はっきりした証拠がない限り、真実は知りようがないんだ。藤岡の件をこれ以上取材する勇気は、俺にはない」

「そうか」本郷が低い声で言った。「ベテラン事件記者のお前でも無理か」

「俺にも人間の心があるんだよ」松浦は反論したが、まるで自分の三十年のキャリアを全否定するようなものだと情けなくなった。個人的な感情を押し殺さなければ、いい記事は書けないことも多い。「書けば、藤岡を傷つけることになるかもしれない。それが怖い」

「結局、藤岡がどうして死んだか、真相は分からないままか……」

「だけど、当初の俺たちの疑問――藤岡がどうして四日市へ行ったかは分かった。あいつは二十五年前、書くべき記事を書かなかった。負けたんだ」

「そんなの、よくある話じゃないか」敢えてだろうか、本郷が軽い口調で言った。「俺だって、書かなかった記事なんていくらでもあるぞ」

「政治部の場合は、取り引きや忖度《そんたく》だろう？　あくまで仕事上のことだ。藤岡は違う。自分の結婚のためだった」

「ある意味、ロマンティストだったのね」歩美がつぶやいた。

「それに関しては、俺には何も言えないけど……二十五年前の一件は、俺たちが想像するより重かったんだろう。園田さんが追いこまれて自殺したと考えれば、敵討《かたきう》ちをしたいという気持ちもあったはずだ。でも、二十五年前に書くべき記事を書けなかった――書かなかったのが、あいつの記者人生に大きな影を落としたのは間違いない。五十を過ぎて、会社員人生の先行きが見えてきて、最後に何をしようと思ったのか。その気持ちは理解できる」

「最後まで大人しく眠らせておくわけにはいかなかったんだ」本郷がうなずく。「あいつは昔から、真っ直ぐな男だからな」

「ああ……高本、一つ聞いていいかな？」

「何？」

「例のパスワード。『SMGO《エスエムジーオー》』。どうして年賀状やメールにその署名があったんだろう」

「合言葉みたいなものだから」歩美が耳をかすかに赤くした。「ちょっとしたことがあってね」

「それって、藤岡が結婚する前か？」

「マツが想像しているようなことじゃないわよ」

「おいおい、面白そうな話じゃないか」本郷が身を乗り出した。「聞かせろよ」

「古い話よ……私が静岡支局に転勤した時に、藤岡が『記念に』ってくれたのが、あの曲が入ったクイーンのアルバムだったの。好きな曲って、人にも聴かせたくなるでしょう？　友だち同士で曲のやり取りをしたりとか。そういう単純な話よ……私は洋楽にはあまり興味がないけど、あの曲だけは染みたわ。藤岡はあの曲が本当に好きで、自分のテーマ曲だと思ってたみたい」

「友だちか」本郷が溜息をついた。「あいつは、俺たちを友だちだと思ってくれてたのかな」

「それはそうよ」

「でも俺は、アルバムなんかもらってないぞ」

「そういう問題じゃないでしょう」歩美が苦笑した。

「それで……」松浦は一瞬口をつぐんだ。葉子と会った後にぼんやりとした考えが生まれ、東京へ着いた時にははっきりとした決意に変わっていた。しかし、家族に相談しないまま、二人に話していいか、分からない。ただ、家に帰るまで黙っていると、決意が揺らぎそうだと思った。「俺は、四日市支局へ行こうと思う」

「は？」本郷が目を見開く。「それは……四日市支局長になるっていう意味か？」

「ああ」

「何言ってるんだ」本郷が憤然《ふんぜん》と言った。「わざわざ編集委員の椅子を捨てて？　編集委員は記者の天国じゃないか。なりたくてもなれない人間がたくさんいるんだぞ」

「傲慢《ごうまん》かもしれないけど、俺は藤岡の遺志を継ぎたい。あいつが下調べしていた材料を使って、もう少し取材を進めれば、絶対に書ける。何十年も前の土地取り引きを犯罪と言えるかどうかは微妙だけど、それでも書く方法はあると思う」

「民教研は、三重県内で今でも大きな影響力を持っているのよね」歩美が言った。「そういうところを相手にして、本当に大丈夫なの？」

「分からない」松浦は認めた。「でも、心配していても何もできない。やるだけやってみないと。この件のそもそもの始まり——園田さんがどうして自殺したかも調べられるかもしれない」

「お前がそう言うなら止めないよ」

「本郷……」歩美が溜息をついた。「無責任過ぎない？　マツの人生が大きく変わるかもしれないのよ」

「そもそもそういう歳じゃないか、俺たちは」本郷が指摘する。「俺だっていろいろあるんだよ。仕事はこのままでいいのか、家族はどうするのか、迷うばかりだ。何かきっかけがあったら、大きく変えてみたいぐらいだよ」

「どうやって？」歩美が首を傾げる。

「例えば俺は、津支局長になってみるとかさ。そうすれば、松浦の上司になるわけだから、威張れる」

「ああ、好きなだけ威張ってくれ」松浦は相好《そうごう》を崩した。「とにかく俺も、いろいろ考えた。このままあと何年か、今と同じように仕事をして……それは、他の人間から見たら幸せなことかもしれない。でも、これでいいのかって思うことがないでもないんだ。何も成《な》し遂《と》げていない――慣れた仕事をこなしていくだけで、定年を迎えていいのかね」

「お前らしくないな。いつの間に、そんなに向上心が強くなったのかね」本郷が茶化すように言った。

「そういうわけじゃない。実は、娘が新聞社を受けるって言い出してさ」

「マジか」

「受かるかどうかは分からないけど、もしも娘が新聞記者になったら、俺の仕事ぶりがどんなものか、分かるだろう？　家族をほったらかしにして家にも帰らずにやっていた仕事が、大したことがないって思われたら、父親の面子《メンツ》は丸潰れになる」

「娘の前で格好をつけたいのか？」

「そうかもしれない」松浦はうなずいた。

「俺も、家族のことではいろいろあるんだ。娘が、医学部に行きたいって言い出してさ」本郷が溜息をつきながら打ち明けた。

「優秀じゃない」歩美が言った。

「どれだけ金がかかると思ってるんだよ……とにかく、子どもの希望を叶えようと思ったら、もうひと頑張りしないといけない。どう頑張ったら金が稼《かせ》げるかは分からないけどな。俺は、出世の面では失敗した。編集局長になるのが目標だったのに、政治部長にもなれなかった。正直言って、ずっと腐っていたけど……今回、調べて行くうちに、どうしてこんなことになったかが分かったんだよ。実に下らないことで、ある人を怒らせたらしい。でもそれを知ってから、馬鹿らしくなった」

「……私も、これからどうなるか分からないわ」歩美が遠くを見て言った。

「お前は、悩みなんかなさそうに見えるけど」本郷が言った。「順風満帆、役員一直線じゃないか」

「そうもいかないかもしれない。実は、父親に認知症の症状が出てきてるのよ」

「マジか……親父さん、何歳だ？」本郷が訊ねる。

「もう八十歳だから、そういうことがあってもおかしくないんだけど……症状が悪化したら、仕事か家族かっていう選択を迫られると思うわ」

「どうするつもりなんだ」松浦は眉をひそめた。ここまでのキャリアが閉ざされたらたまらないだろう——いや、藤岡だって、結局葉子のために一度は仕事を捨てたのだ。

「分からない……その時になって考えるしかないわね。準備していても、その通りに進むとは限らないし。でも、覚悟はできてるわ。何とか介護と仕事を両立できる道を探るけど、どうしようもなくなったら——家族を取るかもしれない。関西本社に転勤できれば、まだありがたいわね」

「介護転勤か……お前は同期の希望の星なんだけどな」本郷が溜息をつく。もし転勤したら、女性初の役員という「ガラスの天井」は破れないままだろう。

「私が役員になろうが社長になろうが、誰かが得するわけじゃないでしょう」

「後輩の女性たちのためだよ。それに俺たちにも、何かお零《こぼ》れがあるかもしれないじゃないか」

「茶化さないでよ、本郷……とにかく、私たちもそういう年齢になった、ということでしょう」

そう……五十三歳、もうすぐ就職する娘がいるのにこんなことを考えるのはおかしいかもしれないが、松浦は青春時代が戻ってきたように感じていた。

これまで松浦はずっと、好き勝手にやってきた。家族に対する責任はあったが、特に大きな問題があるわけでもなく、基本は自分の仕事にだけ専念できた。それに慣れるに従い、いつの間にかやりがいを感じることもなくなって、淡々と仕事をこなすだけの日々が当たり前になっていった。

だが藤岡は、一度は捨てた記者としての本能を取り戻した。今度は自分がその本能に従ってみるのも手だろう。初心に帰る——いや、ゼロの状態に帰還するのだ。どんな結果が待っているかは分からないが、藤岡がこなした取材の跡を辿《たど》り、それを上回ってやる。

「ビール、本当にあるか?」

「たぶん」歩美が答えた。

松浦は立ち上がり、冷蔵庫を開けた。確かに……彼女が言う通り、缶ビールが何本か入っている。四本取り出し、二人に手渡した。残った一本は歩美のデスクに置く。

「乾杯しましょう」歩美が小さい声で言った。

「何の乾杯?」本郷が訊ねた。

「さあ、何だろう……でも昔は、よくこうやって皆で缶ビールを呑んでたよな。藤岡も一緒に。金がなかったから、お互いの部屋に集まって、ポテトチップスやせんべいを齧《かじ》りながら」

「なに、昔を懐かしがってるの?」歩美が表情を緩める。

「そうかもな」

松浦はプルタブを引き上げ、二人もそれにならう。額の高さに掲げ、缶はぶつけずに静かに乾杯した。軽くビールを流しこむと、空きっ腹に沁みて、胃がきゅっと痛くなった。

「もしも俺に何かあったら、バックアップを頼む」

「誰かに殺されるとでも思ってるのか？」本郷が目を見開いた。

「何が起きるか分からないのが人生じゃないか」

本郷が拳《こぶし》で顎《あご》を擦り、真っ直ぐ松浦の目を見た。

「分かるけど、せいぜい気をつけてくれよ。俺はもう、同期の葬式に出るのは嫌だからな」

「縁起《えんぎ》でもないな」松浦は顔をしかめた。

「まあ、いいわ。骨は拾ってあげるから」歩美が言った。

「骨にはならないさ」俺には藤岡がついている。お前の足跡を辿っていけば、必ず書ける。

松浦は、歩美のデスクに置いた缶ビールを開けると、自分の缶を軽くぶつけた。今はここにいない友へ――献杯ではなく乾杯だ、と思いたかった。

初出　「オール讀物」二〇一七年十二月号～二〇一八年九月号
「海鳥のいた夏」を単行本化にあたり改題しました。
単行本　二〇一九年四月　文藝春秋刊
DTP制作　エヴリ・シンク

文春文庫

帰《き》還《かん》

定価はカバーに
表示してあります

2021年11月10日　第1刷

著　者　堂《どう》場《ば》瞬《しゆん》一《いち》
発行者　花田朋子
発行所　株式会社 文藝春秋

東京都千代田区紀尾井町 3-23　〒102-8008
TEL 03・3265・1211㈹
文藝春秋ホームページ　http://www.bunshun.co.jp

落丁、乱丁本は、お手数ですが小社製作部宛お送り下さい。送料小社負担でお取替致します。

印刷・凸版印刷　製本・加藤製本　Printed in Japan
ISBN978-4-16-791779-1